南 英男

毒蜜 冷血同盟

実業之日本社

実業之日本社文庫

目次

毒蜜　冷血同盟

プロローグ

ここから逃げ出したい。

名取琴美《なとりことみ》は、幾度もそう思った。しかし、それではあまりにも身勝手だろう。担当医には世話になっている。恩義を忘れてはいけない。

琴美は自分を窘《たしな》め、溜息《ためいき》をついた。

南新宿《みなみしんじゅく》にある心療内科クリニックの待合室だ。琴美は診察を待っていた。

患者たちの表情は一様《いちよう》に暗い。誰もがメンタルに問題を抱えているからだろう。

四月上旬のある日の夕方だ。平日だった。

二十三歳の琴美は、一年半ほど前から通院していた。名門女子大の大学院生だった。修士課程で、社会心理学を学んでいる。

琴美の病名は窃盗症《クレプトマニア》だ。ほとんど無意識に万引きを繰り返してしまう心の病気である。凶悪な犯行を重ねているわけではないが、厄介《やっかい》な病気だろう。

琴美の父方の祖父は、名の知れた製菓会社の創業者だ。いまは会長職に就《つ》いている。二代目の父親は社長を務《つと》め、五つ違いの兄は広報部で働いていた。

言ってみれば、琴美は社長令嬢だ。世田谷《せたがや》区成城《せいじょう》四丁目にある自宅は豪邸で、敷地は三百五十坪近い。庭木が多く、家屋は奥まった場所に建っている。

琴美は何不自由なく育った。

特に不満はなかった。学業に優《すぐ》れ、友人関係にも恵まれている。容姿も悪くない。

それなのに、琴美は高校に入学して間もなくドラッグストアで一本のリップクリームを盗んでしまった。なぜ万引きをしたのか、自分でもわからなかった。

スリルを味わいたかったのかもしれない。店の従業員に万引きを覚《さと》られたら、それこそ大変なことになる。そう考えながらも、暗い愉悦《ゆえつ》はなんとも刺激的だった。全身の細胞が活気づき、生《せい》の実感を覚えた。忘れられない快感だった。

別段、出費を惜《お》しむわけではない。親から充分過ぎるほどの小遣いを貰っていた。家庭教師のアルバイト収入もあった。それでいながら、こっそり商品をくすねたい衝動に駆られてしまう。

琴美は背徳に魅《み》せられ、その後もショッピングモール、スーパーマーケット、デパートで万引きに及んだ。

年に数回は万引きGメンや保安員に捕まった。そのたびに父か母が迷惑をかけた店に駆けつけ、ひたすら詫《わ》びた。当然、自分も平謝りに謝った。

有名企業の社長令嬢ということもあって、一一〇番通報されたのはわずか数回だった。所轄署に連行されても、説諭《せつゆ》処分で済んだ。書類送検されたことは一遍《いっぺん》もない。そのことを後ろめたく思いつつ、ありがたくも感じていた。

琴美はまっすぐ下校する努力を重ねた。問題を起こすことはなくなったが、禁欲的《ストイック》な生活が長くつづくと、次第にストレスが溜《た》まる。そのうち自制心が利かなくなってしまう。

そうした経緯があって、琴美は万引きの魔力の虜《とりこ》になった。苦悩する日々がつづいた。家族に言い諭《さと》され、このクリニックに通うようになったのだ。

担当医の小宮《こみや》諭《さとし》は三十七歳の勤務医だが、誠実で仕事熱心だった。どんなときも、患者たちに寄り添う姿勢を崩さない。

琴美は月に一回、通院することを義務づけられていた。できることなら、一日も早く健全なメンタルを取り戻したかった。

琴美は真面目にカウンセリングを受け、処方された精神安定剤を服《の》んで、適度な運動も心掛けた。精神分析の専門書も読み漁《あさ》った。

それでも、メンタルは安定しなかった。数カ月に一度は万引きをしたくなる。懸命に自分を律《りっ》しても、その衝動は抑《おさ》えられなかった。

窃盗症《クレプトマニア》は一生、治らないのではないか。

琴美は強迫観念に取り憑《つ》かれて、二カ月あまりクリニックから遠ざかっていた。なし崩しに通院を止めたら、担当医を裏切ることになる。それは人の道に反しているだろう。琴美は気を取り直して、ふたたびクリニックに通う気になったのである。

「名取さん、診察室にお入りください」

女性看護師の声が耳に届いた。

琴美は待合室の長椅子から立ち上がって、診察室に向かった。ドアを軽くノックし、診察室に足を踏み入れる。少し気まずい。

「やあ、足の指の骨折はもう完治した？」

パソコンに向かっていた小宮医師が笑顔で訊《き》いた。

「は、はい。もうちゃんと歩けるようになりました」

「嘘が下手だね。左足の指を二本も骨折したという話は作り話なんだろう？　通院するのが辛くなったようだな」

「すみません！　その通りなんです。先生にはお見通しだったのですね。嘘をついて、ごめんなさい」

　琴美は頭を下げ、円椅子《まるいす》に腰かけた。

「メンタルが不調になると、治るまで少し時間がかかるんだよ。心は脆《もろ》いようで勁《つよ》いが、その反対にちょっとしたことで自信が揺らいだりする。根気強く治療を受けないとね」

「それがベストなのでしょうけど……」

「名取さん、焦《あせ》っちゃ駄目だよ。もどかしいだろうが、ゆっくり心のメンテナンスをしないとね」

「はい。現実と向かい合うことが怖くて、つい逃げてしまいました」

「きみの気持ちはわかるよ。だけど、諦《あきら》めたら、負けなんだ。一緒に頑張ろうじゃないか。ほかのことで何か悩みは？」

　いつものようにカウンセリングが開始された。小宮の声は穏《おだ》やかだった。

　琴美は質問に正直に答えた。そうしながらも、なんとなく虚《むな》しさを覚えていた。悪い癖は当分、自分をさいなむのではないか。そうした諦念《ていねん》を拭《ぬぐ》えない。

「ブランクがある割には、メンタルは安定してるね。いつもの薬を処方するので、きちんと服《の》んでほしいな」

「わかりました」

「ところで、きみのお父さんは病院経営に興味がないだろうか」

「どういうことなのでしょう？」

「おっと、説明不足だったね。ぼくは損得を度外視した心療内科クリニックが必要だと考えてるんだ。現代人はストレスと闘いながら、みんな、必死に生きてる」

「そうでしょうね」

「心の病《やまい》を治すには、気長に治療しなければならない。外科の患者は手術などで病状が驚くほど好転するが、メンタル治療は時間が必要なんだ。ボランティア精神を持つ実業家がメンタルヘルスの治療活動に協力してくれれば、医療の質は向上するはずだよ。利潤を最優先させるクリニックじゃ、働き甲斐《がい》がない。患者ファーストの病院経営者がいたら……」

「アメリカの富豪たちは巨万の富を得ると、大金を気前よく寄付していますよね」

「そうだな。しかし、日本の実業家たちの多くは金儲けに走ってて、社会的な奉仕にはあまり熱心ではない。あっ、誤解しないでくれないか。きみのお父さんやお祖父《じい》さんのことを言ったわけじゃないんだ」

「ええ、わかっています」

「少し前に口走ったことは忘れてくれないか。来月の上旬に必ず来てね」

小宮が優しく言った。

琴美は謝意を表し、診察室を出た。受付窓口で治療代を払って、調剤薬局で処方薬を受け取る。

それから、琴美は小田急線の線路伝いに歩きはじめた。

どう考えても、すぐに窃盗癖《クレプトマニア》は治りそうもない。クレプトマニアを克服しない限り、夢も希望も持てないだろう。悲観的にならざるを得ない。そう考えると、心が翳《かげ》る。とても辛い。生きていく自信がなくなってくる。

十数分歩くと、前方右手に大型スーパーマーケットが見えてきた。

琴美は何か見えない力に背を押され、スーパーマーケットに入った。客の姿は疎《まば》らだった。店内の防犯カメラの設置場所を目で確かめる。無意識の行動だった。

琴美はさりげなく菓子売場に歩み寄り、狐色《きつねいろ》のトートバッグに板《いた》チョコレートとマシュマロの袋を手早く入れた。ぞくぞくするような感覚がたまらない。緊張感が快かった。

琴美は急いでスーパーマーケットを出て、近くにある南新宿駅に向かった。数十メートル進んだとき、背後で男の野太《のぶと》い声がした。

「お客さん、ちょっと待って！　まだチョコとマシュマロの代金を払ってないよね」

「えっ⁉」

　琴美は体ごと振り返った。

　四十代前半に見える男が立っていた。顔つきが硬い。目は険《けわ》しかった。

「店の保安を担当している草野《くさの》恭太郎《きょうたろう》という者なんだが、きみが万引きをした瞬間を視《し》認《にん》した」

「ご、ごめんなさい。考えごとをしていて、うっかり精算するのを忘れてしまいました」

「そんな言い訳は通用しないよ。きみの手口は鮮やかだった。万引きの常習犯だなっ」

「ち、違います」

「社会人かい？」

「いいえ、大学院生です。レジでお金を払いますので、どうか見逃してください。一生のお願いです」

　琴美は両手を合わせた。

「そうはいかない。名前は？」

「名取、名取琴美です。東和《とうわ》女子大の大学院に在籍しています」

「学生証か、運転免許証を出して！」

草野が命令口調で急《せ》かす。

琴美は気圧《けお》されて、トートバッグから学生証を抓《つま》み出した。草野が琴美の学生証を引ったくる。

「親父《おやじ》さんはサラリーマンかな？」

「会社経営者です」

「そう。社名は？」

「それは言いたくありません。親に恥をかかせたくないんです」

「きみ、反省が足りないな。店長に連絡して、パトカーを呼んでもらおう」

「ま、待ってください。社名は『スマイル製菓』です」

「おっ、有名企業じゃないか。娘が万引きしたと知ったら、親はショックを受けるだろうな。会社のイメージダウンにもなるだろう」

「父母には連絡しないでください。悲しませたくないんです」

「どうするかな」

草野は狡《ずる》そうな目つきになって、両腕を組んだ。

「どうか今回だけ……」

「きみは社長令嬢なんだから、勤め人なんかより金を持ってそうだな。百万円のお目こぼし料をくれるんだったら、店長には黙っててやろう」

「本当ですか⁉」

「ああ。おれは警備会社の派遣万引きGメンだが、給料が安いんだよ。毎日、三、四人の万引き犯を取っ捕まえても、特別手当の類《たぐい》は付かない。悪い取引じゃないと思うがな」

「大学生のころからアルバイトをしてきたので、少しは貯《たくわ》えがあります。百万円は用意できますけど、いまキャッシュカードを持っていません」

「金は明日、店に持ってきてくれればいいよ」

「わかりました。これはお返しします」

琴美はトートバッグの中から板チョコとマシュマロの袋を取り出して、草野に渡した。

「裏取引に応じなかったら、きみの人生は暗転するぞ」

「わたし、約束は守ります」

「できたら、明日の夕方六時までに金を持ってきてくれないか。そのとき、学生証を返してやるよ。それじゃ……」

草野が踵《きびす》を返し、スーパーマーケットに引き返していった。

琴美はその場にしゃがみ込み、ひとしきり泣きじゃくった。同じ過《あやま》ちを繰り返す自分を胸の中で罵《ののし》った。自己嫌悪が膨《ふく》らむと、少しずつ厭世的《えんせいてき》な気持ちが強まりはじめる。

「死ぬのは卑怯《ひきょう》だわ」

琴美は声に出して呟《つぶや》き、ハンカチで目頭を押さえた。頬の涙を拭って、静かに立ち上がる。

死の誘惑を遠ざけることはできたが、意志の弱さはどうにもならない。どうすればいいのか。この世から、いっそ消えてしまいたい。

琴美は暗然としたまま、重い足取りで歩きだした。

第一章　令嬢の窃盗症《クレプトマニア》

1

少し先に踏切がある。

小田急線の南新宿駅の近くだ。多門剛《たもんごう》は、メタリックブラウンボルボXC40の速度を落とした。警報音が鳴り響きはじめたからだ。知人宅を辞去して間《ま》がない。

前を行く白いアルファードは一時停止を怠《おこた》り、強引に踏切を突っ切った。その直後、遮断機《しゃだんき》の遮断棒《バー》が下がった。

多門は車を停止させた。

踏切の手前にいる若い女性が片腕でバーを押し上げ、線路内に侵入する動きを見せた。

暗くて表情は読み取れなかったが、何か思い詰めた様子だ。

鉄道自殺する気なのではないか。多門はそう直感し、急いでマイカーから降りた。線路内に入りかけている女性に走り寄って、強く引き戻す。

「ばかなことは考えるな」

「放してください。わたし、人間失格なんです」

相手が言いながら、全身でもがいた。

「何があったか知らないが、死に急ぐことはないよ。命のスペアはないんだぞ」

「でも……」

「とにかく死ぬな」

多門は女性を羽交《はが》いじめにして、数メートル後退した。

電車が風圧を残して、通過していった。遮断機のバーが上がる。後続の灰色のプリウスの運転者がホーンを轟《とどろ》かせた。

「怪しい者じゃない。きみ、おれの車に乗ってくれないか」

「それはできません」

「いいから、乗るんだ」

多門は相手を強引にボルボの助手席に押し込み、運転席に乗り込んだ。

ボルボを発進させ、踏切の少し先の脇道に入る。多門は車を路肩《ろかた》に寄せ、ライトを消した。

「生きづらい時代だが、人生は片道切符なんだ。一度っきりの人生なんだから、命を粗末にしちゃいけないな」

「わたし、生きる値打ちもない人間なんです。メンタルに障害があるんですよ」

「うつで悩んできたのかな？」

「いいえ、そうではありません。わたし、窃盗症《クレプトマニア》という心の病気で一年半も心療内科クリニックに通っているんです」

「クレプトマニアというと、万引きを断《た》てない病気だったね？」

「ええ、そうです。クリニックでちゃんとカウンセリングを受けて、処方された錠剤を服用してきたんですけど、また近くのスーパーマーケットで板チョコとマシュマロを盗んでしまいました。わたし、駄目な人間なんですよ。生きてたら、他人《ひと》に迷惑かけるだけなので……」

鉄道自殺しかけた女性が細い声で言って、泣きじゃくりはじめた。

多門は無言で、相手の肩口をそっと叩きつづけた。頭の中で励ましの言葉を探したが、あいにく適当なフレーズが浮かんでこなかった。

三十七歳の多門は、交渉人《ネゴシエーター》を兼ねた揉め事請負人《トラブルシューター》だ。わかりやすく言うと、裏始末屋である。

多門は巨漢だ。身長百九十八センチで、体重は九十一キロもある。筋肉質で、肩と胸板が厚い。二の腕の筋肉は瘤《こぶ》状に盛り上がっている。ハムの太さの三倍近くあるのではないか。

そうした体型から、多門は〝熊〟という綽名《あだな》をつけられた。〝暴《あば》れ熊〟とも呼ばれている。

親しくしている者は、たいがいニックネームで多門を呼んでいた。体軀《たいく》そのものは他人に威圧感《いあつかん》を与える。

しかし、顔は厳《いか》つくない。やや面長《おもなが》の童顔だ。

きっとした奥二重《おくぶたえ》の目、小鼻の張った大きな鼻、引き締まった唇、いかにも頑丈そうな顎《あご》。髭《ひげ》が濃い。腕白坊主が、そのまま大人になったような面立《おもだ》ちだ。

笑うと、太い眉《まゆ》が大きく下がる。両眼からは凄《すご》みが消え、口許も緩《ゆる》む。

そうしたことが母性本能をくすぐるのか、多門は異性に好かれる、それだけではなく、社会的弱者にも慕《した》われていた。粗野だが、頼りになる好漢だからだろう。

多門は無類《むるい》の女好きだった。親密な女友達は常に十数人はいる。

といっても、ただの好色漢ではない。多門は、すべての女性を観音《かんのん》さまのように崇《あが》めている。老若や美醜《びしゅう》は問わない。惚《ほ》れた女性には物心両面で尽くす。それが生き甲斐《がい》であり、活力に繋《つな》がっている。

経歴も異色だった。十八歳まで岩手県で育った多門は、都内の中堅私大に入学した。大学を卒業すると、陸上自衛隊に入って第一空挺《くうてい》団のメンバーに選ばれた。

エリート自衛官の前途《ぜんと》を自《みずか》ら閉ざしたのは、上官の妻との恋愛に溺《おぼ》れたせいだ。二人の不倫が上官に知られて、諍《いさか》いになった。そのとき、多門は上官を半殺しにしてしまったのである。

彼は上官夫人と駆け落ちする気でいた。

だが、不倫相手は傷ついた夫のそばから離れようとしなかった。予想もしなかった敗北だった。ショックは大きかった。

部隊に戻れなくなった多門は、なんとなく新宿に流れ着いた。

へべれけに酔い、関東義誠会《ぎせいかい》田上《たがみ》組の構成員たちと殴り合うことになった。皮肉にもそれがきっかけで、多門は田上組に入った。

武闘派やくざとして暴れまくり、二年数カ月後には舎弟頭《しゃていがしら》に出世した。それなりに役得があって、割に愉《たの》しかった。

だが、組から与えられたデートガールの管理は苦痛だった。

大半のデートガールはドライに割り切って、体を売っていた。組に自分らの稼ぎの上前をはねられることも当然だと受け止めていた。しかし、多門は立場の弱い女性たちを喰《く》いものにしているという罪の意識を拭《ぬぐ》えなかった。

耐えられなくなって、足を洗ったのは三十三歳のときだった。

組長の田上は、多門を客分扱いにしてくれていた。そのおかげで、多門はすんなりと堅気《かたぎ》になれた。指を詰めさせられることはなかったし、金も要求されなかった。刺青《いれずみ》で肌を汚さずに済んだ。そのことをありがたく思っている。

組を脱《ぬ》けて間もなく、多門はいまの稼業に入った。特に宣伝はしなかったが、クチコミで仕事の依頼は切れ目なく舞い込んだ。

裏社会には、さまざまな欲望が渦《うず》巻いている。

欲と欲がぶつかれば、当然、摩擦《まさつ》が生じる。捨て身で生きている無法者《アウトロー》たちは、絶対に他人に自分の弱みを見せない。そうしたら、相手につけ込まれてしまうからだ。

無法者たちのせめぎ合いは熾烈《しれつ》をきわめる。金のためなら、平然と恩人を裏切る者も少なくない。身内や愛人さえ利用する。

多門の仕事には常に危険がつきまとう。敵対者に殺されかけたことは数え切れない。極東マフィアや上海《シャンハイ》の犯罪組織に狙撃されたこともあった。

オーバーではなく、命懸《が》けの稼業だ。その分、成功報酬は高い。たまに一件で数千万円の謝礼を得ることもある。最近は毎年七、八千万円は稼いでいるが、いつも貯《たくわ》えはない。

多門は浪費家だ。気に入った高級クラブがあれば、ホステスごと店を一晩借り切って陽気に酒を喰らう。ホステスたちがブランド物の服やバッグを欲しがれば、気前よくプレゼントする。

おまけに多門は大酒飲みで、大食漢だった。

見栄っ張りでもあった。身に着《つ》ける物は一級品でなければ、気が済まない。しかも、服や靴はすべてオーダーメイドだった。腕時計も安物は買わない。

高収入を得ながらも、自宅は代官山《だいかんやま》にある賃貸マンションだ。間取りは1DKと狭い。終日、塒《ねぐら》にいると、息が詰まる。

もっと広い高級マンションに移ったら、惚れた女性たちをサポートできなくなるかもしれない。それは何がなんでも避けたかった。多門は、好きになった相手にとことん尽くすことが男の務《つと》めだと本気で考えている。そのため、住居費を抑《おさ》える必要があった。

助手席の女性が泣き止んだ。

「通りすがりの方にご迷惑をおかけして、申し訳ありませんでした」

「そんなこと、気にしなくてもいいんだよ。それより、万引きの件で誰かに脅されたんで困り果てて、死ぬ気になってしまったんじゃないのかい？」

「失礼ですけど、あなたはどんな仕事をなさっているのでしょう？」

「こんな図体だから、格闘家に見えるかもしれないが、交渉人を兼ねたトラブルシューターをやってるんだ。何かで心理的に追い込まれてるんだったら、力になるよ。報酬はゼロでもかまわない」

「本当ですか⁉」

「ああ。こっちは女性が何かで思い悩んでたら、黙って見ていられない性分《しょうぶん》なんだ」

「奇特な方ですね」

「そうかな。おれは多門、多門剛というんだ。きみは何をしてるの？」

「大学院生なんです、修士課程の」

「どこの学校？」

「東和女子大です」

「名門じゃないか」

「申し遅れましたけど、わたし、名取琴美といいます。学生証をお見せすべきなんですけど、取り上げられてしまったので……」

「取り上げられたって、誰に？」

多門は訊《き》いた。

「板チョコとマシュマロを万引きしたスーパーの派遣保安員にです」

「もっと詳しい話をしてくれないか」

「ちょっとためらいがありますけど、聞いてくれますか。わたし、万引きGメンに百万円のお目こぼし料を払う気があれば、窃盗には目をつぶってやると裏取引を持ちかけられたんです」

「で、きみは裏取引に乗る気になったのか」

「ええ。さんざん迷惑をかけた家族をもう落胆させたくなかったんですよ。ですので、草野恭太郎という名の保安員の話に乗ってしまいました。学生証を取り上げられていたので、断ることもできませんでしたしね」

「金は用意できそうなの？」

「アルバイト代を貯金していたので、百万円は用意できます。それで、明日の夕方六時までにお金を店に持っていくことになったんですよ。お金と引き換えに学生証は返してくれることになりました」

「悪い保安員がいるもんだな」

「わたしもそう思いましたけど、こちらの弱みを握られているので……」

琴美が目を伏せた。

「そういう卑劣《ひれつ》な奴は懲《こ》らしめてやらなきゃな。こっちと一緒にスーパーに行って、草野って男を店の外に誘い出してくれないか」

「あの保安員を怒らせるようなことをしたら、わたしの万引きの件は表沙汰になってしまうんじゃないかしら？」

「草野って野郎は保安員のくせに、恐喝を働く気になった。そのことが警察や勤務先に知れたら、一巻の終わりだよ。きみの万引きのことを店側にも警察にも話せっこない」

「ええ、そうでしょうね。でも、多門さんが草野という男を痛めつけて警察沙汰になったら、申し訳ありません。わたし、板チョコとマシュマロを盗み出そうとしたことを店の方に正直に話して、土下座します。そこまですれば、きっと見逃してくれるでしょう」

「保安員は悪党《ワル》なんだ。土下座をする必要なんてないよ。シートベルトを掛けて、スーパーまで道案内してくれないか」

多門は琴美に言って、ボルボを走らせはじめた。

琴美の道案内で、スーパーマーケットに向かう。五、六分走ると、目的の店舗に着いた。

「この駐車場に草野を誘い込んでくれないか」

多門は頼んだ。

琴美が神妙な顔でうなずき、ボルボを降りる。急ぎ足で歩き、彼女は店の中に消えた。

多門はロングピースをくわえた。

ヘビースモーカーだった。日に、五、六十本は喫《す》っている。多門は一服し終えると、静かにボルボの運転席から出た。十メートルほど歩いて、暗がりにたたずむ。

そのあたりに駐《と》まっている車はなかった。専用駐車場の走路からは死角になる場所だった。

数分後、スーパーマーケットの出入口から琴美が現われた。その後ろに四十絡みの男が見える。派遣保安員の草野だろう。

琴美が急に走りだした。怯《おび》えた顔で多門に駆け寄ってくる。草野と思われる男が琴美を追う形になった。

「救《たす》けてください」

琴美が言いながら、多門の背後に回り込んだ。多門は前に進み出た。

「万引きGメンをやってる草野恭太郎だなっ」

「そうだが、おたくは誰なの？」

「琴美ちゃんのボディーガードみたいなもんだよ」

「やくざっぽいな。元組員なんだろう？」

「好きに考えなよ。話は琴美ちゃんから聞いてる。保安員のくせに、恐喝《カツアゲ》してるんだなっ」

「時たまだよ。いつもじゃない」

草野が言い訳した。

「てめえはクズだな。痛い目に遭《あ》いたくなかったら、素直に琴美ちゃんの学生証を出すんだな」

「百万円と引き換えじゃなければ、名取琴美の学生証は返せない」

「恐喝のことを会社に知られてもいいのかっ」

「ああ、かまわないよ」

「開き直りやがって！」

多門は草野の後ろ襟《えり》を摑んで、大腰《おおごし》で投げ飛ばした。コンクリートの床《フロア》に叩きつけられた草野は長く唸《うな》って、体を丸めた。

多門は三十センチの靴で、草野の脇腹を蹴りつけた。爪先《つまさき》が深く埋る。草野がさらにすかさず多門は、相手の腰と尻に連続蹴《けっ》りを見舞った。草野が呻《うめ》いて上着のポケットから琴美の学生証を取り出した。

手脚《てあし》を縮めた。

「あんた、凶暴だな。もう蹴らないでくれ」

「まだ序の口だよ」

多門は草野の眉間《みけん》に肘打《エルボー》ちをくれ、琴美の学生証を奪い取った。それを琴美に渡してから、両手を使って草野の顎の関節を外す。

草野が動物じみた声を発しながら、転げ回った。涎《よだれ》を垂らしている。

「少し過激ではありませんか？」

琴美がためらいがちに言った。

「きみは百万円を脅し取られそうになったんだ。この男に同情することない。目には目をだよ」

「ですけど、大怪《け》我《が》させたら、多門さんは警察に捕まることになるかもしれないんですよ」

「ちゃんと手加減してるから、心配ないって。学生証を取り返したんだから、きみは先に帰宅しなよ。家はどこにあるんだい？」

「成城四丁目にあります。でも、自分が先に帰宅するわけにはいきません。わたしが多門さんを面倒なことに巻き込んでしまったのですから」

「そんなことまで考えなくてもいいんだよ」

「いいえ、まだ帰れません。それよりも、わたし、スーパーマーケットの店長さんに万引きのことを正直に話して、謝ったほうがいいのではないでしょうか。倒れている保安員に百万円のお目こぼし料を要求されたことも喋ります。そうすれば、所属している警備会社を解雇されると思うんですよ」

「きみは根が真面目なんだな」

「保身本能が働いて、つい裏取引に応じてしまった自分の弱さを恥じているんです。脅迫に屈していなければと考えると……」

「真面目すぎるな。きみがくすねたのは板チョコとマシュマロだけなんだ。被害額は千円にも満たないんだろう？」

「そうですけど、万引きはれっきとした窃盗罪です。窃盗症《クレプトマニア》のことを隠したかったので、万引きを重ねてきたことが表沙汰になるのを恐れてしまいました。ですけど、それはよくないことです」

「それは正論だが、あまりにも生真面目だな。どんな人間も正邪、善悪を併《あわ》せ持ってる。

多少のルール違反は勘弁してもらえるだろう」

「そうかもしれませんけど、なんだか自分が狡《ずる》い生き方をしてきたようで……」

「ふつうの人間は聖者でも、君子でもないんだ。ピュアに生きるのは望ましいことだが、生真面目《きまじめ》に考えることはないよ」

「でも、このままではすっきりしません。板チョコとマシュマロを盗んだことを店長に打ち明けて、謝罪してきます」

「育ちがいいんだな。草野に百万円のお目こぼし料を脅し取られそうになったことも喋るつもりなのかい？」

多門は確かめた。

「それは話さないことにします。裏取引のことまで喋ったら、わたし自身、辛くなるでしょう。悪徳保安員の人生も閉ざされるかもしれません。恐喝未遂で終わったのですから、あまり騒ぎ立てるのは……」

「万引きの件を店長に告白することで気持ちがすっきりするなら、あえて反対はしないよ。好きなようにすればいいさ」

「身勝手ですけど、そうさせてもらいます。わたし、ちょっと行ってきます」

琴美が意を決し、スーパーマーケットの出入口に足を向けた。

多門は片膝をコンクリートに落とし、草野のポケットを探《さぐ》った。運転免許証で、派遣保安員の現住所がわかった。草野は北区赤羽《あかばね》の賃貸マンションに住んでいる。満四十三歳だ。名刺入れには、同じ名刺が十枚ほど入っていた。草野の勤務先はゼネラル警備という社名で、本社は千代田区内にあった。

多門は草野の名刺を一枚だけ抜き取り、名刺入れと運転免許証を所定のポケットに戻した。

草野が右腕を上下させ、目顔《めがお》で何か訴えた。

多門は冷笑しただけだった。五、六分経《た》つと、琴美が足早に戻ってきた。

「どうだった？」

多門は小声で問いかけた。

「正直に話したら、店長さんは許してくれました」

「それはよかった」

「わたし、学生証を呈示《ていじ》して、できるだけ誠意をみせたんです」

「だから、勘弁してもらえたんだろうな。恐喝未遂の件は？」

「やはり、喋りませんでした。狡いかもしれませんけどね」

琴美が口を結んだ。

多門は屈《かが》み込んで、草野の顎の関節を元の位置に戻した。草野が肺に溜《た》まった空気を一息に吐き出し、慌《せわ》しく深呼吸を繰り返す。

「琴美ちゃんは店長のとこに行って、万引きの件を謝罪した。そっちに捕まったことは喋らなかったそうだ」

「それはありがたい。お目こぼし料のことを密告《チク》られたら、即座に出禁《できん》になって会社もクビになるだろうからな」

「また琴美ちゃんを脅迫したら、そっちを殺《や》っちまうぞ」

「もうそんなことはしないよ」

草野はゆっくりと起き上がり、琴美に向かって深く頭を下げた。それから、スーパーマーケットに足を向けた。

草野が遠のいてから、多門は口を開いた。

「成城の自宅まで車で送るよ」

「わたし、どこかでタクシーを拾います」

「いいから、ボルボの助手席に乗ってくれ。自宅に着いたら、スマホのナンバーを教えるよ。何か困ったことがあったら、連絡してくれないか」

「何から何まで、すみません。それでは、お言葉に甘えさせてもらいます」

琴美がそう言い、先にボルボの車中に入った。多門は運転席に腰を沈めた。

口許は緩《ゆる》みっ放しだった。

2

多門は車で名取琴美を自宅に送り届けてから、西麻布《にしあざぶ》にある違法カジノでルーレットに興《きょう》じはじめた。運が味方してくれたようで、勝ちつづけた。

黒いタキシード姿の男性ディーラーは、明らかに渋い顔をしている。多門の洋盆《トレイ》には、チップが山のように積まれていた。

「少しは外していただきたいな」

三十歳前後のディーラーが冗談口調で言った。だが、目は笑っていない。

「ルーレットで三百万を溶《と》かしたこともあるんだ。たまには勝たせてもらわないとな」

「めったにマイナスにはなっていませんでしょ？」

「均《なら》したら、まだマイナスだよ。今夜は客が少ないな」

多門は言った。

「少し前から、お客さんがオンラインカジノに流れているんです。外国のカジノ運営会社ですと、日本の法律がそっくり適用されませんでしょ？」

「そうだな。オンラインカジノの客が罰《ばっ》せられたケースは少ない」

「ええ、そうですね。そうですので、うちのお客さまもそっちに流れてしまって、商売上がったりですよ」

「しかし、ここを仕切ってる東門会《とうもんかい》は麻薬《クスリ》で荒稼ぎしてるって噂じゃないか」

「その話は偽《フェイク》ですよ。東門会はシノギが下手なんで、青息吐息《あおいきといき》です」

「そんなことはないだろうが、少しポーカーで負けてやるか」

「ぜひ、そうしてください」

ディーラーが言って、近くに控えているバニーガールに目配せした。
二十一、二歳のセクシーなコスチュームをまとったバニーガールが一礼して、多門の洋盆《トレイ》をカードテーブルに運ぶ。そろりそろりと慎重に歩いた。
多門は右横にあるカードテーブルに移動した。

カードテーブル担当の美人ディーラーは、アメリカ国籍の元モデルだ。メアリーという名だった。モデルの仕事が少なくなったので、ディーラーになったらしい。

多門はポーカーで二度負けたが、その後は勝ちに転じた。ブラックジャックでは一度も負けなかった。チップが増える。

「まいったわ」

　メアリーが肩を竦《すく》め、滑《なめ》らかな日本語でぼやいた。

「ディーラーが負け込んだら、ある程度のペナルティーを課せられるんだろう？」

「ええ、そうね。負けつづけたら、わたしの日給は一万円にもならない」

「それじゃ、生活が大変だろうな。チップを現金に換《か》えたら、少しメアリーにカンパしてやるか」

「そうしてくれたら、わたし、嬉しい。でも、ホテルには行けないの。いま生理中なのよ」

「こっちは見返りなんか期待してない。スマホをわざとカードテーブルの上に置いて帰るから、おれが換金したら、追ってきてくれ」

　多門は小声で言った。メアリーが黙ってうなずき、新しいトレイにチップを載せた。控えているバニーガールがカードテーブルに歩み寄ってきた。

「お客さま、お帰りになられるのですね？」

「そう。チップの交換を頼むよ」

　多門は言った。

　バニーガールが二つのトレイを捧《ささ》げ持って、チップ交換所に向かった。摺《す》り足だった。

多門はスマートフォンをカードテーブルの上に置き、椅子から立ち上がった。

チップ交換所の斜め前にバニーガールが立っている。壁にへばりつくような恰好《かっこう》だった。

「きょうは少し勝たせてもらったよ」

多門は、チップ交換所にいる五十代に見える支配人に言った。

「大勝ちですね。ビル一棟ぐらい建つんじゃないですか。羨《うらや》ましいな」

「もう少しリアリティーのある冗談を言ってくれ」

「オーバーすぎましたかね。それでも、たいしたものですよ。百七十六万三千円のプラスですので」

「まだマイナスなんだが、今夜は少し運に恵まれたようだ。そのことに感謝するか」

「ええ、そうしてください」

支配人はトレイに乗せた札束を差し出した。帯封《おびふう》の掛かった札束の上に、七十六万三千円が重ねられている。

多門はおどけて手刀《てがたな》を切ってから、百万円の札を先にウールジャケットの内ポケットに収めた。残りの七十六万三千円の紙幣を二つ折りにして、上着の右ポケットに突っ込む。

多門はバニーガールに見送られ、違法カジノを出た。雑居ビルの三階だった。

エレベーター乗り場に足を向ける。多門はホールで、メアリーを待った。数分経《た》つと、元モデルのヤンキーガールが駆け寄ってきた。多門のスマートフォンを手にしている。

「お客さま、スマホを忘れましたよ」

「おっ、いけねぇ。カードテーブルの上に置き忘れたんだろうな」

「ええ、そうです」

「ありがとう」

多門は左手でスマートフォンを受け取り、右手で上着のポケットから札束をそっくり摑み出した。七十六万三千円をメアリーの手に握らせる。

「こんなにたくさん貰ってもいいの？　なんだか悪い気がするわ」

「どうせ泡銭《あぶくぜに》なんだ。黙って受け取ってくれ」

「お客さま、リッチなのね。わたし、あなたに何かお礼したい。あと三日ぐらいしたら、生理が終わると思う。そうしたら、あなたとホテルに行ける」

「説教じみたことは言いたくないが、もっと自分を大事にしなよ。金と引き換えに体を売るような真似をしたら、いつか後悔するだろう」

「そうかもしれないけど、何か返礼したいのよ。他人《ひと》に借りを作るのは好きじゃないの」

「アメリカ人なんだから、もっとドライになれよ」

「カンパしてもらうだけでいいのかな」

メアリーが考える顔つきになった。

その直後、違法カジノから支配人が姿を見せた。怒ったような表情だった。

支配人はメアリーに走り寄ると、栗色の髪を鷲掴《わしづか》みにした。

「おまえ、そこにいる大男とグルって、いかさま《サマ》をやったなっ」

「わたし、そんなことしてない。お客さまと結託《けったく》して、悪いことなんかしてません」

「握ってる札束は何なんだっ。客に配ったカードをこっそりゼスチュアで教えたんじゃないのか。え？」

「このお金は、そこにいるお客さまにカンパしてもらったの。汚ないお金じゃありませんよ」

「メアリー、おまえは店の客に体を売ってたんだな。東門会の縄張り《シマウチ》内で勝手な真似をしやがって！」

支配人がメアリーを捻《ひね》り倒した。メアリーが悲鳴をあげる。スカートの裾《すそ》が乱れていた。股の奥が丸見えだった。

「そうじゃねえよ。メアリーの言った通りだ。おれが気まぐれで少しカンパしたんだよ」

多門は言うなり、支配人の股間《こかん》を蹴り上げた。

支配人が水を吸った泥人形のように頽《くずお》れ、横に転がった。唸《うな》りながら、手脚《てあし》を縮める。

「わたし、どうしたらいい？」

「誤解はすぐには解けないだろうな。カジノを辞めて、しばらく身を潜《ひそ》めたほうがいいね。私物を取りに戻ったら、すぐに逃げるんだ」

「ええ、そうします。それで、やくざ《ギャングスター》が絡んでない仕事に就《つ》くわ」

メアリーがそう言い、違法カジノに引き返していった。多門は支配人を摑み起こそうとした。

そのとき、支配人がベルトの下からイタリア製のコンパクトピストルを引き抜いた。

タンフォリオGT27だ。ハンマー露出式のシングルアクションである。

全長は十二センチ弱しかない。弾倉《マガジン》には六発しか入らないが、予《あらかじ》め薬室《チャンバー》に初弾を送り込んでおけば、フル装弾は七発になる。

「おたくが元やくざだってことは知ってるが、おれはビビらねえぞ。口径は六・三五ミリだが、至近距離なら人間も殺《や》れる」

「てめえに撃てるかっ。その度胸と覚悟があるんだったら、撃鉄《ハンマー》を起こして引き金《トリガー》を絞りな」

「撃《ハジ》く前に確認させろ。本当にメアリーとグルってないのか？」

「くどいぞ。おれたちを疑いつづけるなら、そっちを半殺しにする。ずっと年上のおっさんをやっつけても、自慢にはならないがな」

「メアリーと結託してないんだなっ」

「同じことを何度も訊くんじゃねえ」

多門は怒声を放ち、支配人の両眼を二本の指で突いた。いわゆる二本貫手だ。的《まと》は外さなかった。支配人が床《フロア》に護身用拳銃を落とし、横倒しに転がった。

「こいつは戦利品として、貰っとくぞ」

多門はイタリア製のポケットピストルを拾い上げ、ベルトの内側に差し込んだ。

通路の向こうから、メアリーが走ってくる。バッグと春物のコートを小脇に抱えていた。

多門は先にメアリーをエレベーターの函《ケージ》に乗せ、自分もつづいた。一階に下《くだ》り、雑居ビルを出る。

「当分、自宅には帰らないほうがいいな。親しくしてる友達はいる？」

「いることはいるけど、たいてい彼氏と同棲してるの。だから、しばらくビジネスホテルかウイークリーマンションに泊まるつもりです。お客さまに迷惑かけてしまって、ごめんなさいね」

「どうってことないよ。金のことで不安だったら、カジノで稼いだ残りの百万円を渡してもいいが……」

「そこまで甘えられません。あなたのことはずっと忘れないわ。本当にありがとう。タクシーを拾うね」

メアリーが言って、車道に寄った。待つほどもなく空車が通りかかった。

ほどなくメアリーを乗せたタクシーは走りだした。多門は大通りから逸《そ》れて、ボルボを駐めてある裏道に入った。

車に乗り込むと、まず煙草《たばこ》に火を点けた。全席禁煙の飲食店が増えた。愛煙家は肩身が狭くなった。

ゆったりと紫煙《しえん》をくゆらせてから、支配人からせしめたイタリア製のポケットピストルをグローブボックスに入れ、ウエスで銃身を隠す。

まだ午後十時半を回ったばかりだ。塒《ねぐら》に戻る気にはなれなかった。多門は渋谷の道玄坂《どうげんざか》にある馴染《なじ》みのカウンターバー『紫乃《しの》』に行くことにした。留美《るみ》ママの切り干し大根と焼きうどんが食べたくなったのだ。

多門はボルボXC40のエンジンを始動させた。

飲酒運転は法で禁じられているが、根っからの無法者は交通違反など気にしなかった。酒に強い多門はどんなに酔っても、運転に支障を来《き》たしたことはない。

シフトレバーをD《ドライブ》レンジに入れたとき、スマートフォンに着信があった。手早く上着のポケットからスマートフォンを摑み出し、スピーカー設定にする。

発信者はチコだった。新宿歌舞伎町《かぶきちょう》のニューハーフクラブ『孔雀《くじゃく》』の売れっ子だ。やくざ時代からの知り合いである。二十六歳だったか。あるいは、もう二十七歳になったのかもしれない。

チコは元暴走族だが、性転換手術も受けて〝女〟になった。化粧をしたら、まず男には見えない。人工的に膨《ふく》らませた乳房は歩くたびに、大きく弾む。人工女性外性器の造りも精巧だった。

無駄毛は永久脱毛している。白い肌は驚くほど滑らかだ。ただ、尖《とが》った喉仏《のどぼとけ》だけは隠しようがない。それをスカーフやベルト・チョーカーでごまかしている。

ふだんは裏声で喋っているが、他人にからかわれたりすると、ドスの利《き》いた地声で啖《たん》呵《か》を切る。その落差は笑いを誘う。喧嘩相手も吹き出すことが多い。

「なんでえ、チコか。用件を言いな」

「あたしに惚《ほ》れてるくせに、素っ気ない言い方をするのね。でも、許してあげる。突き放すような物言いは、照れ隠しなんだろうから」

「そうじゃねえよ。おれは根っからの女好きだから、元男《もとおとこ》にはまるで興味ねえんだ」

「また、照れ隠しね。雲を衝《つ》くような大男が照れると、母性本能をくすぐられるわ」

「おめえは女じゃねえ。確か戸籍は、まだ男のままだったよな」

「そうだけど、もう身も心も女そのものよ」

「そんなことより、何かあったのか？」

多門は訊《き》いた。

「口開けのお客さんがひとり見えたきりで、後《あと》はゼロなの」

「そうなのか」

「先月、歌舞伎町一帯が焦土《しょうど》と化して、いまも復旧の兆《きざ》しは見えない。新宿は、もう死んだも同然ね。この先、どうなっちゃうのかしら？　そのことを考えると、あたし、頭がおかしくなりそうになるわ」

チコが長嘆息《ちょうたんそく》した。

多門は三月の中旬から、府中刑務所で同房だった巨額詐欺犯がレンタルルームで何者かに刺殺された事件を個人的に調べはじめた。服役中、被害者に何かと世話になったからだ。恩返しの真似事《まねごと》だった。

殺害された滝沢《たきざわ》修司《しゅうじ》は出所後、すっかり心を入れ替えて会社を設立し、前科のある男女に仕事を与えていた。それだけではなく、彼らの更生支援活動に情熱を傾けている。

最初は単純な事件に思えたが、複雑に欲望と打算が絡み合っていた。筋《すじ》が読めないうちに、正体不明の武装グループが歌舞伎町に点在する広域暴力団事務所をことごとく自爆型ドローンやロケット弾で爆破し、およそ千二百人のやくざが死んだ。一般市民も五百人ほど命を落とした。重軽傷者は七百数十人に及ぶ。

この連続爆破事件には、何者かが反社会的な暴力団、半グレ集団、外国人マフィアを偽情報で疑心暗鬼にさせて潰《つぶ》し合いをさせた疑惑があった。多門は裏のネットワークを使い、元刑事や元舎弟の協力を得て、ようやく事件の核心に迫ることができた。

殺人事件の被害者の遺族たちが共謀して、前科者や犯罪予備軍を抹殺したがっていることが透《す》けてきた。クレージーな報復殺人を企《くわだ》て、さらに私的処刑機関を結成したのは元キャリア官僚だった。一連の事件の首謀者は、なんと滝沢の幼《おさな》友達と判明する。

事件は解決したが、ひどく後味が悪かった。そんなことで、歌舞伎町一帯は焦土になってしまったわけだ。組が解散した元構成員たちは凶暴化し、店が消滅したクラブホステスやキャバ嬢たちは地方に流れて、売春で糊口《ここう》を凌《しの》いでいるらしい。

「クマさん、なんとか救《たす》けて」

「わかった。いま西麻布にいるんだが、これからチコの職場に行くよ」

多門は通話を切り上げ、ボルボを発進させた。『孔雀』は新宿区役所の裏手にある。

幸運にも、目的の飲食店ビルは延焼を免れて無傷のままだ。
二十四、五分で目的地に達した。
かつて不夜城と呼ばれた盛り場は暗く、静まり返っている。人影は数えられるほど少ない。

爆破されたビルの多くが、まだ解体もされていなかった。瓦礫《がれき》も片づけられていない。路上に駐《と》められていた車は焼け焦げ、無残にもフレームだけになっている。戦場跡の風景そっくりだ。

「なんてことでえ」

多門は喪失感《そうしつかん》に包まれた。

やくざだったころは、歌舞伎町をホームグラウンドにしていた。猥雑《わいざつ》だが、人間臭い繁華街は懐が深かった。銀座のように取り澄ましていない。

器用に生きられない者や世間から食《は》み出した人間も受け入れてくれる。そして、束《つか》の間だが、安らぎの場所だった。オアシスといってもいいだろう。

そうした場所が消えてしまった哀《かな》しみは当分、消えることはないだろう。せめて復旧を急いでほしいものだ。

多門は『孔雀』のある飲食店ビルの少し手前の暗がりにボルボを置き、目的の店に向かった。五階だった。

ニューハーフクラブの重厚なドアを開けると、紫色のドレスをまとったチコが駆け寄ってきた。

「クマさん、ありがとう」

「その後、客は？」

「誰も来てくれないのよ」

「それじゃ、少し銭《ぜに》を落としてやらねえとな」

「嬉しいけど、あまり無理はしないでね」

「常連客の足も遠のいたのか？」

「そうなの。歌舞伎町一帯が真っ暗なんで、不気味なんじゃない？」

「そうなのかもしれねえな」

多門は口を結んだ。

ちょうどそのとき、奥から元歌舞伎の女形《おやま》だったママが現われた。着物姿で、いつものように厚化粧だ。早苗《さなえ》という源氏名《げんじな》だった。

「クマさん、いらっしゃい。元気だった？」

「なんとか生きてるよ」

「それはよかったわ」

「早苗ママは？」

「ずっと心はブルーだったわよ。でも、クマさんが来てくれたんだから、頑張らなくちゃね」

「せいぜい稼いでよ」

多門は励ました。

その直後、早苗ママに急所を軽く握られた。

「あら、元気ないじゃない」

「こっちは女一本槍なんだ。男のママに触《さわ》られても、反応しねえよ」

「クマさん、損してる。わたしたちの世界のほうが真の悦楽《えつらく》を味わえるのに」

「ノーサンキューだ」

「もったいないわね。ねえ、チコちゃん？」

早苗ママがそう言って、多門の手を取った。すかさずチコが、もう片方の手を握る。

多門は二人に導《みちび》かれて、奥に進んだ。元自動車修理工のニューハーフがアメリカ煙草を吹かしていた。クリスティという源氏名を使っている。二十三歳だったか。

ほかに三人のニューハーフが働いているはずだが、店にはチコとクリスティの姿しか見えない。歌舞伎町一帯が爆破されてから、急に客が訪れなくなったのだろう。

「五人を揃えておきたいんだけど、連日、ほとんど売上がないから、ほかの三人には休んでもらってるのよ。クマさん、坐って」

ママが中央のテーブル席に客を坐らせ、その両脇にチコとクリスティを侍《はべ》らせた。

「まずシャンパンで乾杯しようや」

多門は早苗ママに言った。ママは上機嫌でカウンターの中に入った。四人分のグラスとオードブルを用意しはじめる。

「そっちと会うのは三度目だったかな？」

多門はクリスティに問いかけた。フランス人に憧れている彼は青いカラーコンタクトを嵌《は》め、白人っぽいメイクをしている。

「いいえ、四回目です。わたし、多門さんのことは大好きなの。一度抱かれてみたいと思ってるんだけど、チコちゃんにぶっ殺されたくないから、色目は使いません」

「チコは、ただの知り合いだよ」

「えっ、彼氏さんよね？」

　クリスティがそう言い、チコの横顔を見た。

「そうよ。クマさんは、あたしのダーリンなの。そうでしょ、クマさん？」

「嘘つくんじゃねえよ」

「だって、あたしたちは体で愛を確かめた仲じゃないの」

「作り話ばかりしてると、殺すぞ」

　多門は、両手でチコの首を絞める真似をした。クリスティが焦《あせ》って、仲裁に入る。

「冗談だよ。ほかに客がいねえから、煙草を喫《す》わせてもらうぞ」

　多門は誰にともなく言って、ロングピースをくわえた。チコがデュポンの炎を差し出す。赤漆《あかうるし》塗りだった。

「クリスティ、ちょっと手伝って！」

　早苗ママが声を発した。クリスティがソファから立ち上がって、カウンターに向かう。

　少し待つと、卓上に四つのシャンパングラス、生ハム、ローストビーフ、フルーツの盛り合わせが並んだ。ママがフランス産の高級シャンパンをグラスに注ぐ。

　四人はグラスを軽く合わせて、おのおのドン・ペリニヨンのロゼを口に含む。

グラスを空にしたとき、多門の横でスマートフォンが震動した。マナーモードに設定してあったのだ。

多門はスマートフォンを摑み、ディスプレイに目を向けた。

発信者は七瀬《なな せ》智沙《ち さ》だった。親密な関係の女友達で、二十八歳になって間もない。フリーの家具デザイナーだ。割に売れている。

「仕事の依頼みたいだな。ちょっと席を外すぜ」

多門はママに断って、『孔雀』の前の歩廊《ほ ろう》に出た。

「久しぶりだな。智沙ちゃんに連絡しようと思ってたんだ」

「相変わらず、調子がいいわね。実は世話になった同性の家具デザイナーが五日前に急性心不全で亡くなったの。その先輩は三十八歳だったんだけど、ずっと独身だったのよ。仕事面では高く評価されてたから、悔いはないと思うんだけど、仕事オンリーの人生で幸福だったのかどうかかね。先輩デザイナーを偲《しの》んで、独り酒を自宅で飲んでるの。けど、気持ちが沈む一方で……」

智沙が言った。声がひどく暗い。

「弔《とむら》い酒、つき合ってやろう」

「わたしの部屋に来てくれる?」

「すぐに高円寺《こうえんじ》のマンションに向かうよ。待っててくれないか」

「迷惑なんじゃない？」

「そんなことないよ。智沙ちゃんに会いたいから、これから行く」

多門は電話を切り、『孔雀』に戻った。上着の内ポケットから百万円の束を摑み出し、ママに差し出した。

「悪いが、急に仕事が入ったんだ。これで、三人で飲んでくれや」

「本当に仕事が入ったの？」

「もちろん、本当だよ」

「帯封が掛かってるから、百万ね。多すぎるわ。七万、ううん、十万円だけいただくわ」

早苗ママが言った。

「二時間ほど貸し切りにしてもらうつもりだったんだ。ママ、一束《いっそく》受け取ってくれねえか」

「いいのかしら？」

「本当にいいんだよ。愛想なしで、ごめんな。勘弁してくれ」

多門はママに百万円の束を握らせ、出入口に向かった。

「どこの女に呼び出されたのよっ。この浮気者！」

チコが笑いを含んだ声で喚《わめ》いた。

多門は聞こえなかった振りをして、足を速《はや》めた。

3

エレベーターが停止した。

『アビタシオン高円寺』の八階だ。多門は函《ケージ》から出て、八〇三号室に向かった。七瀬智沙の部屋である。

多門は控え目に八〇三号室のインターフォンを鳴らした。

ややあって、アイボリーホワイトのドアが開けられた。応対に現われた智沙はカジュアルな服を着ていた。顔が幾分、赤い。

「だいぶ飲んだようだな。智沙ちゃんはアルコールに強いのに、頬が赤らんでる」

「夕方から、ジンをロックで飲んでたの。もうじきボトルが空きそうなんで、新しいジンを用意してあるわ。クマさんの好きなバーボンのブッカーズもあるの。来てくれてありがとう」

「入らせてもらうよ」

多門は玄関に入り、靴を脱いだ。

スリッパラックに手を伸ばした智沙がバランスを崩して、大きくよろけた。とっさに多門は片腕で部屋の主を支え、自分でスリッパをラックから引き抜いた。

「まだ酔いが足りないと思ってたんだけど、ボトルが空に近いから……」

「かなり飲んでるんだろう」

「そうなんでしょうね」

智沙が呟《つぶや》いた。多門は智沙の体を支えながら、リビングに足を向けた。

間取りは1LDKだった。格子ガラス戸の正面に十五畳ほどのLDKがあり、その右側に十畳の寝室がある。家賃は安くないが、智沙は三社の家具メーカーからデザインの仕事を請け負って、年収一千二百万円前後は得ているようだ。

多門は智沙をリビングソファに坐らせ、コーヒーテーブルに用意されたジンとバーボン・ウイスキーのボトルを一カ所に集め、アイスペールやミネラルウォーターを並べ直した。レーズンバター、サラミソーセージ、スモークドサーモンをバランスよく置く。

「コーヒーテーブルの上が乱雑だったわね。見苦しくて、ごめんなさい」

智沙が言って、前屈《まえかが》みになった。来客のグラスに氷を入れる気なのだろうが、指がアイスペールに届かない。

「智沙ちゃん、おれはバーボン・ロックをいただくよ」

多門は大きめの氷塊《ひょうかい》をグラスに落とし、ブッカーズのボトルの封を切った。バーボン・ウイスキーを多めに注ぎ、智沙のジン・ロックを手早くこしらえる。

「クマさん、人の命は儚《はかな》いわね。亡くなる直前まで中町弥生《なかまちやよい》さんは家具メーカーの方たちと打ち合わせしていたのよ。急性心不全に見舞われて、搬送された救急病院で息を引き取ったの」

「智沙ちゃんが世話になった女性は、弥生という名だったのか」

「そうなの。三十代にしては、下の名がちょっと古風よね。中町さんはそれが気に入らなかったみたいだけど、わたしは悪い名前じゃないと思ってた」

「少し古めかしいが、いい名だよな」

「そうよね。中町弥生さんは誰に対しても優しく接していて、芯《しん》の強い女性だったの」

「美大の先輩だったのかい?」

「大学は別々なんだけど、中町さんは才能に恵まれてたんで、三十歳のときにデザイン会社を辞めてフリーの家具デザイナーを志したの。どの家具メーカーにもデザイン室があるんで、フリーではなかなか食べられないのよ」

「だろうな」

「でもね、中町さんはいろんなメーカーと組んで斬新なデザインで勝負したがってたの。大変な勉強家だったし、努力を惜《お》しまなかったのよ」

「それだから、数少ないフリーの家具デザイナーで生計を立てられるようになったんだろうな」

「そうなんだと思う」

智沙がグラスを口に運んだ。多門もバーボン・ロックを呷《あお》った。

「わたしが美大を出てから広告デザイン会社で働いてたこと、クマさんに話したことがあるわよね？」

「ああ、聞いたよ。主にグラフィックデザインを手がけてたんだが、だんだん家具や建築のデザインに興味が移ったという話だったよな」

「そう。建築関係の写真誌に載ってた中町さんがデザインした奇抜な椅子の写真を見て、その新しさに驚いたの。才能のきらめきが感じられたのよ。その写真誌の編集部に頼んで中町さんの連絡先を強引に教えてもらったわけ。すぐには教えてもらえなかったわ。でも、中町さんの大ファンになったと付け加えたら……」

「ためらいながらも、先方は中町さんの連絡先を明かしてくれたんだ？」

「そうなの。彼女に電話して、家具のデザインを本気で勉強したいと伝えたら、参考になる資料本のリストを送信してくれたのよ。それからメールの遣《や》り取《と》りを重ねて、四年ぐらい前に初めて会ったの。第一印象はよかったんで、電話やメールをしてるうちに親しくなったわけ」

「故人は、智沙ちゃんのことをどう見てたんだろう？」

「嫌われてはなかったんでしょうね。およそ二年前からアシスタントめいたことをやらせてくれるようになって、その後はつき合いのある家具メーカーの方にわたしのデザイン画を売り込んでくれるようになったの。そのおかげで、ある家具メーカーがわたしのデザイン案を採用してくれたのよ。あのときは、すごく嬉しかったわ」

「そうだろうな。採用されたのは椅子のデザイン案だったのかい？」

「ううん、それだけじゃなかったの。ダイニングテーブルと椅子の両方が採用されたのよ。デザイン料は十万円だったんだけど、他《た》のメーカーからも注文が次々に舞い込むようになったの」

「師匠筋の中町弥生さんに嫉妬されたりしなかった？」

「ううん、全然！　それどころか、フリーの家具デザイナーになって勝負してみたらと言われたの。中町さんの後押しがなければ、一年前に退社して独立してなかったでしょうね」

「智沙ちゃんの才能が開花したのさ。デザインのセンスが光ってるんで、三社か四社の家具メーカーからちょくちょく仕事を依頼されてるんだろう」

「中町さんが強く推《お》してくれたから、わたしは家具デザイナーで食べられるようになったんだと思う。自分に卓抜した才能があるとは思えないもの」

「中町弥生さんは、智沙ちゃんの才能を見抜いて強くプッシュしてくれたにちがいないよ」

「それだけじゃない気がする」

智沙が言って、視線を外した。

「立ち入るようだが、何か思い当たることがあるようだな」

「ええ、ちょっとね。わたしがフリーになって一年ほど経《た》ったころ、中町さんとワインバーの個室席《コンパートメント》で二人っきりで……」

「言いたくないことだったら、別に話してくれなくてもいいんだ」

「ううん、話すわ。個室席を出るとき、中町さんは急にわたしにキスしたの」

「同性同士でも、ふざけてキスすることはあるよな。多分、そういうキスだったんじゃないのか」

多門は言って、フォークでスモークドサーモンを掬《すく》い上げた。

「その種の戯《たわむ》れなんかじゃなかったと思う。中町さんの顔は少し緊張してたけど、優しげな眼差《まなざ》しは熱かったのよ」

「故人は、同性としか恋愛できなかったんだろうか。智沙ちゃんに惹《ひ》かれていたのに、胸の想《おも》いをずっと封じ込めてた。けど、ワインの酔いで智沙ちゃんの唇を奪ってしまったのか」

「多分、そうだったんでしょうね。中町さんが男性にはあまり関心がなさそうなことは薄々、勘づいてたの。だけど、わたしは同性愛に興味なかったし、本当にびっくりしたわ」

「だろうな。その後、中町弥生さんはきみに愛の告白をしたのかな?」

「そういうことは一度もなかったわ。中町さんはこちらの反応を見て、まるで脈がないと判断したんでしょうね」

「考えられるな、それは。しかし、自分の想いが受け入れられなかったからといって、邪険《じゃけん》になったりしたら、いかにも大人げない。だから、故人は智沙ちゃんから離れようとしなかったんだろう。たとえ片想いでも、恋は恋だ。中町弥生さんは無償《むしょう》の愛を智沙ちゃんに捧げることを歓《よろこ》びと感じてたんじゃないかな」

「そうかもしれないけど、わたしは狡《ずる》い女だわ。中町さんがわたしに寄せる好意や厚意を拒まずに、ある意味では彼女を利用して仕事に繋《つな》げてたわけだから」

智沙がジン・ロックを一気に飲み干し、天井を振り仰《あお》いだ。

「そんなふうに考えないほうがいいよ。そっちのデザインがよかったから、家具メーカーはオファーを出したにちがいない。故人が推してくれたからって、三、四社の家具メーカーからちょくちょく発注されっこないよ。智沙ちゃんのデザインが高く評価されたのさ」

「わたし、間接的に中町さんを死に追い込んでしまったのかもしれないわ」

「智沙ちゃん、それは考えすぎだって」

「ううん、そうじゃないと思う。中町さんは同性に魅《み》せられてしまったことを苦悩しつづけたんで、若くして死を迎えたんじゃないのか。そう考えると、わたし、償《つぐな》いようがないのよ。苦しくて苦しくて……」

「きっと中町弥生さんはキャパを超《こ》える仕事を抱えて、心身ともに疲れ切ってたんだろう。智沙ちゃんが悪いわけじゃないよ」

多門は言った。

智沙が黙したまま、ブッカーズのボトルを掴み上げる。空《から》になった自分のグラスにバーボン・ウイスキーをなみなみと注ぎ、一気に半分近く飲んだ。智沙はむせたが、グラスを卓上に置こうとしない。

「そんな飲み方をしたら、急性アルコール中毒になっちまうぞ」

「わたしは苦しいの。どうしていいかわからないのよ。間接的だけど、恩人を死に追い込んだかもしれないんだもの」

「いまは何も考えないほうがいいな」

「そんなことは無理よ」

「少し寝たほうがいいんじゃないか」

多門はリビングソファから立ち上がり、コーヒーテーブルを回り込んだ。抗《あらが》う智沙をなだめ、アメリカンフットボールのプロテクターのような肩に担《かつ》ぎ上げる。

「わたし、もっと飲む。酔い潰《つぶ》れるまで飲みたいの」

智沙が両脚をばたつかせた。

多門は黙殺して、隣の寝室に移った。ベッドカバーを大きくはぐり、智沙を仰向けに横たわらせる。毛布を掛けると、智沙は横向きになった。多門に背中を向ける形だった。

智沙が幼女のように泣きじゃくりはじめた。多門は毛布の上から、黙って智沙の肩と背中を撫《な》でさすりつづけた。

智沙は十分ほどで泣き疲れ、小さな寝息を刻みはじめた。多門はフットライトだけを灯《とも》し、抜き足で寝室を出た。

リビングソファに腰かけ、ロングピースをくわえる。多門は煙草《たばこ》を吹かしながら、バーボン・ロックを喉《のど》に流し込んだ。

智沙が目覚めるまで、無断で帰る気はなかった。二人で弔い酒を飲んだら、その後はいつものように寝室で素肌を重ねることになるのか。

しかし、今夜は予想通りにはいかないだろう。悲しみにくれている女友達を強引に抱く気はなかった。

多門は数種のオードブルを交互に摘《つ》まみながら、静かにグラスを重ねた。

時間が流れ、日付が変わった。多門はリビングソファから離れなかった。できるだけ物音をたてないようにしながら、バーボン・ロックを飲む。

寝室から嗚咽《おえつ》が洩《も》れてきたのは午前二時過ぎだった。

多門はリビングソファから立ち上がって、寝室に足を踏み入れた。室内は仄暗《ほのぐら》い。智沙は枕に顔を埋め、泣き声を殺している。震える肩が痛ましかった。胸を抉《えぐ》られる。

多門はベッドサイドに両膝をつき、無言で智沙を抱きしめた。智沙は震えながら、涙にくれている。

「辛いよな。本当に辛いだろうし、悲しいと思うよ」

「起きてると、どうしても中町さんのことが頭に浮かんで、わたし、苦しくなるの」

「だろうな」

「ね、わたしを抱いて……」

「こんなときに、サービス精神を発揮することはないよ」

多門は言った。

「ううん、そうじゃないの。何かに熱中してないと、頭がおかしくなりそうなのよ」

「しかし、今夜は……」

「クマさん、お願い！」

智沙が切迫《せっぱく》した声で言い、上半身を起こした、次の瞬間、彼女は両腕を多門の腰に回した。

多門は智沙を仰向けにさせ、セミダブルのベッドに横たわった。ほんの一刻《ひととき》でも、智沙の悲しみを忘れさせたくなったのだ。

「ありがとう」

智沙が呟くように言い、多門と唇を重ねた。

多門は毛布を剝《は》がし、ひとしきりバードキスを交わした。それから、二人は舌を絡め合った。

ディープキスをしながら、多門は智沙の衣服とランジェリーを脱がせた。智沙も多門を裸にした。二人は性感帯を刺激し合った。多門は智沙の乳首を吸いつけながら、柔肌に大きくて長い指を滑らせた。

智沙が喘《あえ》ぎはじめた。すぐに喘ぎ声は、なまめかしい呻《うめ》きに変わった。多門の下腹部は熱を孕《はら》んだ。智沙がペニスを握り、愛撫しはじめる。

多門は徐々に昂《たか》まった。智沙の秘めやかな部分を探《さぐ》った。感じやすい突起は、すでに尖《とが》っていた。双葉に似た小陰唇も火照《ほて》り、膨《ふく》らみを増している。

多門はフィンガーテクニックを駆使しはじめた。

智沙が切なげに腰を迫《せ》り上げる。淫《みだ》らな声も発した。だが、いつもより反応が鈍い。頭から故人のことが消えていないのだろう。無理はない。

多門は頃合《ころあい》を計《はか》って、智沙の秘部に顔を寄せた。舌と指を使ったが、ほとんど反応は変わらなかった。

「わたし、感じてるのに……」

智沙がもどかしげに言って、半身を起こした。それから、多門の分厚い胸板を軽く押す。

多門は後ろに倒れて、智沙の口唇愛撫を受けはじめた。

ベッドパートナーの快感が伝わってこないせいか、性器はあまり勢いづかない。

「なかなか集中できないようだな。智沙ちゃん、別のことで気分転換しないか？」

多門は提案した。智沙が顔を上げる。

「ごめんなさいね。わたしがお願いしたのに、燃え上がれなくて……」

「いいんだ、気にしないでくれ」

「別の気分転換って？」

「海を眺めに行こうよ。おれ、気分が沈んでるときはよく外房《そとぼう》の海原《うなばら》を見に行くんだ。押し寄せてくる白浪が悲しみや辛さを流してくれるようで、気持ちが楽になるんだよ」

「だいぶ前に、夜明けの海を眺めに行ったことがあるわ。確かに大海原を見てると、人間の営《いとな》みなんてちっぽけに思えてきて、めそめそしたり、くよくよしてる自分が妙に小さく感じられたわ」

「そう。茅ケ崎《ちがさき》あたりでもいいが、いっそ真鶴岬《まなづるみさき》までドライブしてみるかい？　水平線から昇ってくる太陽を眺めてるうちに気持ちが楽になるかもしれない。もちろん、ボルボで智沙ちゃんをここに送り届けるよ」

「いいのかな。クマさんに迷惑かけてばかりいるけど」

「そうしようや」

多門はベッドを降りると、床の衣服とトランクスを拾い集めた。

「急いで仕度《したく》をするわ」

智沙が両腕で乳房を隠しながら、上体を起こした。多門はリビングに移って、身繕《みづくろ》いに取りかかった。

4

まだ夜明け前だった。

空と海は一つに溶け合っている。水平線は見えなかった。

多門はボルボを真鶴岬の突端近くに停めた。あと数分で、午前五時になる。あたりに人影はまったく見えない。

「疲れたでしょう?」

智沙が労《いたわ》りの言葉を口にして、助手席のシートベルトを外した。

「ほとんど疲れてないよ。おれ、ドライブは嫌いじゃないんだ」

「でも、わたしが泣き疲れて寝入ってしまってから、クマさんはリビングでずっと待ってくれたわけだから。長椅子で横になってててくれれば、よかったのに」

「こっちがうっかりして寝てしまったら、困ったことになってたかもしれないからな」

多門は言いながら、リクライニングシートを一杯に倒した。すでにシートベルトは外している。上体を背凭《もた》れに預ける。

「わたしが中町さんに何も恩返しできなかったことを気にして、発作的に自ら命を絶つかもしれないと思った？」

「うん、一瞬だったけどね」

「そこまではしないわ。死ぬまでにやりたいことがあるもの」

「そうさ。死んだら、何もかも終わりだよ。生きて、生き抜かなきゃな」

「クマさん、どうしてわたしが死ぬ気になるかもしれないと思ったの？」

智沙が問いかけてきた。多門は、鉄道自殺しかけた美人大学院生のことを話した。もちろん、個人名や万引きの件は喋らなかった。

「その彼女、死ぬほど好きだった彼氏にフラれてしまったのかな。やだ、中町さんのこととダブって……」

「余計なことを言わなきゃ、よかったな。ごめん、ごめん！」

「クマさんが悪いわけじゃないわ。だから、気にしないで」

智沙がそう言い、助手席側のドアを押し開けた。潮の香《か》が車内になだれ込んできた。

多門は、智沙の後から車を降りた。

二人はスマートフォンのライトで足許《あしもと》を照らしながら、遊歩道の行き止まりまで進んだ。もう春だが、海から吹きつけてくる風はひんやりと冷たい。

多門はジャケットを脱ぎ、智沙の肩に掛けた。上着の下には、ウールのスタンドカラーの長袖シャツしか着ていない。一年中、アンダーシャツは使用しない主義だった。

「長袖シャツ一枚だけよね。クマさん、寒いでしょ？」

「智沙ちゃんと一緒だから、ちっとも寒くないよ」

「この女殺し！　クマさんに多くの彼女がいることは知ってるけど、そんなことを言われたら、離れられなくなるじゃないの」

「おれも一生、智沙ちゃんと別れたくないよ」

「わたし、結婚しちゃいけないわけ？」

「おれのほかに、つき合ってる男がいるのかな。そいつと相思相愛なら、こっちは身を引くよ。おれは、智沙ちゃんがハッピーに暮らせることを第一に願ってるんだ」

「ありがとう。だけど、わたしは別に結婚という形態には拘《こだわ》っていないの。できるだけ長くクマさんと交際したいわ」

「智沙ちゃん、いい女になったな。惚《ほ》れ直したよ」

「何かで困ってる女性がいたら、クマさんは放っておけない性分《しょうぶん》なのよね。それだから、誰か特定の相手を絞りきれないんでしょ?」

「そうなんだよな。気が多い好色漢と思われるだろうが、実際、そうなんだ」

「憎らしいけど、憎みきれないわ。イケメンじゃないのに、異性に好かれるのは根が誠実だからなんだろうな。好きよ、大好き!」

智沙がそう言って、身を寄り添わせてきた。多門は智沙を抱き寄せ、髪の毛に口づけした。

二人は、そのままの姿勢で夜明けを待った。

やがて、東の空が一刷《ひとは》けだけ明るんだ。水平線に太陽が少しずつ昇りはじめた。海面が光を吸い、きらめいている。光の鱗《うろこ》はどこか幻想的だった。

「来光を拝む気にはならないけど、日の出はなんとなく神々《こうごう》しいわね。太陽には人間を力づけるパワーがあるのかな。とても美しいわ、本当に」

智沙が感嘆の声をあげた。

多門は黙って、うなずいた。言葉を発しなかったが、智沙と同じような思いに浸っていた。

陽がかなり高くなるまで、二人は並んで海原を眺めつづけた。いつの間にか、何隻かの漁船が沖に向かって白い航跡を描《えが》いていた。

「真鶴に連れてきてもらって、本当によかったわ。海原を見てたら、なんだか気持ちがポジティブになってきたな。クマさんに感謝します」

「そんなふうに改めて言われると、なんか小っ恥ずかしくなるな。おれも太陽と海に力づけられた。ここに来て、よかったよ。そろそろ東京に戻るか」

「そうね」

智沙が同意した。二人は遊歩道を逆にたどりはじめた。ボルボに近づいたとき、前方から黒いスクーターが走ってきた。

相乗《タンデム》りしている二人の男は、どちらもヘルメットを被っていない。ハンドルバーを握っている男は、二十一、二歳と思われる。スキンヘッドだった。

後部座席に跨《また》がった同じ年恰好《としかっこう》の若者はモヒカン刈りで、頭髪を黄色く染めている。二人とも柄が悪そうだ。小田原《おだわら》あたりを根城《ねじろ》にしている半グレだろうか。

大型スクーターが停まった。モヒカン刈りの男が先にリアシートから降り、弾むような足取りで近づいてきた。

多門は智沙に目配せをした。智沙が心得顔で、多門の背後に回る。

「何か用か？」

多門は、モヒカン刈りの男に訊《き》いた。

「おれたち、二人とも財布をなくしちゃったんだよ。あと数キロで、ガス欠になりそうなんだ」

「だから、どうしろってんだっ。え、小僧？」

「小僧だと⁉　なめた口をききやがって！」

「虚勢を張るのは、まだガキの証拠だよ」

「てめえ、殺すぞっ」

モヒカン刈りの男がいきり立ち、パーカのポケットから両刃のダガーナイフを摑み出した。

すぐ刃が起こされた。刃渡りは十四、五センチだった。

大型スクーターを運転していたスキンヘッドの男が、手製と思われる黒革のブラックジャックを右手に握って、足早に近づいてきた。ブラックジャックの中には、パチンコ玉と小石が詰まっているのではないか。

「持ってる金をそっくり出しな」

スキンヘッドの男が口を開いた。

「おれから銭を脅し取ろうってのか。いい度胸してるじゃねえか」

「金を出す気がねえなら、連れの女を二人で輪姦《マワ》しちまうぞ」

「怪我《けが》したくなったか。坊主ども、かかってきな」

多門は挑発した。

相手がブラックジャックを斜め上段に構え、突っ込んできた。

多門は動かなかった。相手を引き寄せてから、振り下ろされたブラックジャックを躱《かわ》す。多門は間《ま》を置かずに、スキンヘッドの男の両足を払った。

相手が横に転がった。多門は大きな膝頭で男の腹を押さえ、奪ったブラックジャックで顔面を強く叩いた。骨と肉が鳴る。多門は立ち上がりざまに、相手の眉間に踵《かかと》落としを見舞った。

スキンヘッドの男が呻《うめ》いて、体を丸めた。

「この野郎、殺すぞ」

連れの男が吼《ほ》えて、ダガーナイフを腰撓《こしだ》めに構えた。そのまま突進してくる。

多門はブラックジャックで刃物を叩き落とし、モヒカン刈りの男に横蹴りを浴びせた。

相手は突風に煽《あお》られたような感じで体を泳がせ、ゆっくりと横転した。

多門は前に跳《と》び、相手の額をブラックジャックで強打した。モヒカン刈りの男が長く呻いて、のたうち回りはじめた。スキンヘッドの男は戦意を失ったらしく、倒れ込んだままだった。鼻血を垂らしている。

「金が欲しかったら、額に汗して働くんだな」

多門はどちらにともなく言って、ブラックジャックを遠くに投げ放った。

智沙の手を取り、ボルボの助手席に坐らせる。上着を返してもらってから、運転席に乗り込んで車を発進させる。

「クマさん、強いのね。まるでアクション俳優みたいだったわ」

「あの二人は、ただの雑魚《ざこ》だろう。やっつけても、別に自慢にはならないよ」

「でも、とても頼もしかったわ」

智沙がほほ笑んだ。

多門は曖昧《あいまい》に笑い返し、運転に専念した。真鶴道路から西湘《せいしょう》バイパスをたどって、高円寺をめざす。

智沙の自宅マンションに到着したのは、およそ二時間後だった。多門は『アビタシオン高円寺』の前で智沙をボルボから降ろし、自宅マンションに向かった。

帰宅したのは午前九時過ぎだった。

昨夜から一睡もしていない。眠くてたまらなかった。多門は重い瞼《まぶた》を擦りながら、手早くパジャマに着替えた。すぐに特注した巨大ベッドに潜り込む。わずか数分で、眠りに落ちた。

多門は夕方まで寝るつもりだった。しかし、午後三時ごろに廃品回収車のスピーカーの音声に眠りを破られてしまった。

もう少し寝たかった。多門は目を閉じ、ベッドから離れなかった。明らかに寝不足だったが、次第に頭の芯《しん》が醒《さ》えてきた。

「ちくしょう！」

多門は悪態をついて、上体を起こした。

サイドテーブルの上には常時、煙草《たばこ》と灰皿を置いてある。多門はロングピースに火を点け、深く喫《す》い込んだ。うまかった。喫煙が健康に害があっても、ニコチンやタールとは縁が切れそうもない。

多門はフィルターの近くまで灰にしてから、ロングピースの火を揉み消した。ほとんど同時に、部屋のインターフォンが鳴った。

まだパジャマ姿だ。どうせ何かのセールスだろう。二度目のチャイムが響いても、多門はベッドから離れなかった。

少し経《た》つと、サイドテーブルの上でスマートフォンが着信音を発した。多門は反射的にスマートフォンを摑み上げた。

発信者は旧知の杉浦将太《すぎうらしょうた》だった。四十五歳で、プロの調査員である。新橋にある法律事務所の嘱託《しょくたく》だ。

報酬は出来高払いで、月によって収入が大きく異《こと》なるようだ。それを聞いていた多門は、しばしば杉浦に調査の依頼をしていた。

かつて杉浦は、新宿署生活安全課の刑事だった。反社会的組織との癒着《ゆちゃく》が署内で問題視され、退官に追い込まれたのだ。杉浦は暴力団や性風俗店などに家宅捜索の情報を流し、その返礼として金品を受け取っていた。セックスパートナーの世話もさせていたのだろう。

やくざ時代の多門は、悪徳刑事の杉浦を芯から嫌っていた。軽蔑《けいべつ》すらしていたと言ってもいい。

しかし、多門は杉浦の意外な一面を知ってから見方ががらりと変わった。杉浦は交通事故で昏睡状態（遷延性《せんえんせい》意識障害）に陥《おちい》った妻の意識を蘇生《そせい》させたい一心で、あえて悪徳刑事に成り下がったのだ。多門はそのことを知って、自分の早とちりを恥じた。轢《ひ》き逃げ犯はいまも捕まっていない。

杉浦は献身的に妻に尽くし、高額な入院加療費を払いつづけている。その俠気《おとこぎ》は清々《すがすが》しいではないか。ある種の感動さえ覚えた。

　多門は自分から杉浦に近づき、酒を酌《く》み交わすようになった。杉浦は口こそ悪いが、他者の悲しみや憂《うれ》いには敏感だった。社会的弱者に注ぐ眼差《まなざ》しはいつも優しい。

　ただ、小柄だ。身長が百六十センチそこそこしかなかった。極端に頬がこけているせいか、顔は逆三角形に見える。ナイフのような鋭い目は、たいがい赤く濁っていた。慢性的な寝不足だからか。

　杉浦は、東京郊外の総合病院に入院している妻をほぼ毎日見舞っている。根は愛妻家なのだろう。

　多門はスマートフォンを口許《くちもと》に近づけた。

「電話に出るのが遅くなって悪いね。おれ、ちょっと寝ぼけてたんだ」

「この時間まで寝てたのか⁉　新しい女にのめり込んだな。クマ、図星だろうが？」

「想像に任せるよ。杉《すぎ》さん、いまどこにいるんだい？」

「そっちの部屋の前だよ。持ち帰った女とナニの最中なら、きょうは引き揚げるよ。調査の仕事で、この近くまで来たんだ」

　杉浦が言った。

「塒《ねぐら》に女なんか連れ込んでない」

「なら、ドアを開けてくれ」

「すぐ開けるよ」

多門は通話を切り上げ、寝室から出た。急いで玄関ドアを開けて招き入れ、杉浦をダイニングテーブルの椅子に腰かけさせた。

「手土産なしで来ちまったよ。そのうち、何かの形で埋め合わせをすらあ」

「そんなこと、気にしないでほしいな。遠慮し合う仲じゃないんだからさ」

「ま、そうだがな。煙草、喫《す》わせてもらうぞ?」

杉浦が断ってから、ハイライトをくわえた。

多門は冷蔵庫からペットボトル入りのコーラを二本取り出し、ダイニングテーブルの上に置いた。ベッドのある部屋に引っ込み、普段着をまとう。

多門はダイニングキッチンに戻り、来客と向き合った。

「先月の連続爆破事件で、歌舞伎町一帯は焦土《しょうど》と化して、無法地帯になっちまったな。地権者を脅して、焼け落ちた跡地を安く買い叩く悪質な土地ブローカーが暗躍しはじめてる。それから、組が解散に追い込まれた元やくざどもが銅線をかっぱらって、売ってるらしいよ」

「仕事を失った連中も喰《く》っていかなきゃなんない。歌舞伎町で生きてた男女はアナーキーになるだろうね」

「一帯が復旧するまで三年、いや、五年はかかるかもしれねえな」

杉浦が喫いさしの煙草の火を消し、ペットボトルのキャップを外した。多門は倣《なら》って、コーラを喉《のど》に流し込んだ。

「一連の事件の首謀者は前科者、犯罪予備軍、無法者を一掃したかったんだろうが、やり方がクレージーすぎたな。いくら血縁者が殺人事件の被害者になったからって、ただの逆恨みだ。一般市民もたくさん犠牲にしといて、自分らの報復行動を〝正義〟と思い込んでるようだから、思い上がってるよ。やくざやアウトローだって、人間なんだ。犯罪歴があるという理由だけで、勝手に命を奪うなんてことは決して赦《ゆる》されない」

「おれも同感だね。黒幕は私的な処刑組織を密かに結成して、犯罪者を皆殺しにする計画を練ってた」

「そいつは元キャリア官僚だったが、人間としての評価は下《げ》の下だな。生きるだけの価値もねえよ」

杉浦が言って、コーラで喉を潤《うるお》した。

数秒後、寝室でスマートフォンが鳴った。多門は目顔《めがお》で杉浦に詫び、寝室に足を向けた。

サイドテーブルの上から、スマートフォンを摑み上げる。電話をかけてきたのは、大学院生の名取琴美だった。窃盗症《クレプトマニア》で悩んでいる社長令嬢だ。

「万引きGメンの草野恭太郎が何か言ってきたのか？」

「そうなんですよ。わたしが午前十時過ぎに自宅を出たら、あの保安員が待ち伏せしていたんです。それで、あることに協力しなかったら、わたしの悪い癖をＳＮＳにアップすると脅しをかけてきたんですよ」

「卑劣《ひれつ》な野郎だな」

「わたし、ずっと困惑し通しでした。自分がクレプトマニアであることを多くの友人や知り合いに知られたらと考えると、親にも兄にも相談できませんでした」

「で、悩んだ末にこっちに連絡してきたわけか？」

「そうです。ご迷惑でしょうが、なんとか力になっていただけないでしょうか？」

「きみの味方になるよ。草野って奴が何を企《たくら》んでるかわからないが、今度こそ取っちめてやる」

多門は言った。

「ありがとうございます。草野は今夕六時半に銀座《ぎんざ》四丁目の『和光《わこう》』の前で待てと命じて、電話を切りました。わたしに何か悪いことをさせるつもりなんだと思います」

「ああ、おそらくね。指定された『和光』の真裏の通りに『ユートピア』という昭和レトロたっぷりの喫茶店があるんだ。その店で夕方六時に落ち合って、草野を追い込む作戦を練ろうじゃないか。敵の弱みを摑めば、下手なことはできないだろう。時間の都合はつくかな?」

「ええ、大丈夫です」

琴美が答えた。

「腕時計型の無線交信機を二つ持って行くから、それぞれが手首に嵌《は》めよう。竜頭《りゅうず》がトークボタンになってるんだが、マイクの集音能力は高いんだ。囁《ささや》き声でも交信できるんだよ」

「スマホを使うより、気づかれにくそうですね」

「それは間違いないよ。それじゃ、『ユートピア』で落ち合おう。きみに危険が迫ったら、必ず救出に向かう。恐怖と不安で一杯だろうが、卑劣漢を懲《こ》らしめてやろうじゃないか」

「は、はい」

「では、後《あと》でね」

多門は電話を切って、杉浦の前に戻った。

「クマ、仕事の依頼みてえだな？」

「金にはならない案件なんだけど、若い女性が困ってるんで助《ス》けてやろうと思ってさ」

「出かけるようだから、こっちは消えるよ」

杉浦がコーラを一気に飲み干し、椅子から立ち上がった。

多門は引き留《と》めなかった。時間に余裕がなかったからだ。

第二章　脅迫の連鎖

1

約束の時間まで、まだ十五分もある。

多門は、銀座《ぎんざ》四丁目にある『ユートピア』の扉を開けた。懐かしいムード音楽が控え目に流れている。店の造りは、昭和の名残《なごり》を色濃く留《とど》めていた。悪くない雰囲気だった。

多門は一応、店の中を見回した。

まだ名取琴美は来ていないと思っていたが、すでに彼女は奥のテーブル席に着いていた。多門は片手を軽く掲《かか》げ、琴美のいる席に向かった、客席は半分ほどしか埋まっていない。

琴美がソファから立ち上がって、深々と頭を下げた。

多門は足を止めた。琴美と向かい合う位置だった。

「もう来てたんだね」

「はい。多門さんに無理なお願いをしたわけですので、先に到着していなければと思ったんです」

「育ちがいいんだな。坐ろうか」

「はい」

琴美は多門が着席してから、椅子に浅く腰かけた。卓上にはソーダ水が置かれている。

ウェイトレスがオーダーを取りにきた。多門はブレンドコーヒーを注文した。ホットだ。

ウェイトレスが下がると、琴美が小声で話しかけてきた。

「保安員の草野恭太郎は、わたしに何をさせる気なのでしょう？」

「悪党は、あることに協力しろと脅しをかけてきたという話だったね」

「ええ。あの男は、わたしの体を求める気なのでしょうか」

「そういう気があったら、百万円のお目こぼし料を要求する前に強引にきみをラブホテルかレンタルルームに連れ込んでただろう」

「もしかしたら、草野は万引きをした女性たちを脅して、性的なサービスをさせているのかしら？」

「そうではない気がするな」

「では、何に協力しろというのでしょう？」

琴美が考える顔つきになった。

会話が途切《とぎ》れた。ウェイトレスがコーヒーを運んできたからだ。琴美が緑色のソーダ水をストローで品よく吸い上げる。

「どうぞごゆっくり……」

ウェイトレスが一礼し、テーブル席から離れた。

多門はブラックでコーヒーを啜《すす》ってから、周《まわ》りをさりげなく見た。近くに客の姿は見当たらない。好都合だ。

「保安員の草野は、これまでに万引きで捕まった男女に盗みを強《し》いていたのかもしれないな」

「デパートやショッピングモールで商品をくすねさせていたのでしょうか？」

「その推測通りだとしたら、狙わせたのは宝飾品の類《たぐい》なんだろうな。草野はきみを銀座四丁目交差点の角にある老舗宝飾店前に呼び出した。そのことを考えると、そう推測してもいいだろうな」

「性質《たち》の悪い保安員は、わたしに『和光』で万引きをしろと命じるのでしょうか？」

「ターゲットが『和光』と絞ることはできないが、銀座には有名な宝石店が幾つもある」

「ええ、そうですね。窃盗症《クレプトマニア》と診断されたわたしに高級な宝石や腕時計を盗ませる気でいるのかな、草野って男は？」

「その可能性はゼロじゃないだろうね。草野はきみだけではなく、ほかの何人かを銀座に呼び出す気なんじゃないかな」

「それ、考えられますね。セキュリティーのしっかりしてる有名店では単独での万引きや商品持ち去りはほとんど不可能だと思います」

「まず無理だろうな。しかし、二人組か三人組なら、店員の目を逸《そ》らすことはできるはずだ。防犯カメラの死角を探し出すことも可能だと思うよ」

「ええ、そうでしょうね」

琴美が相槌《あいづち》を打った。

「おそらく草野は自分が捕まえたことのある万引き常習者を四、五人選んでペアかトリオを組ませ、窃盗を働かせる気なんだろう。そして、かっぱらわせた高価な貴金属類をリサイクルショップに持ち込んで換金をするんじゃないのかな。あるいは、つき合いのある故買屋《こばいや》に盗品を引き取らせる気なのかもしれないね」

「多門さん、故買屋というのは？」

「盗品と知りながら、さまざまな商品を買い取ってる連中のことだよ。もちろん、法に触《ふ》れる裏ビジネスだ。買い取った盗品のほとんどが国内外の闇市場《ブラックマーケット》に流されてる。数百万円で売られてた宝石は、だいたいインドやスリランカの闇ブローカーが競《せ》り落としてるようだな」

「わたし、そんなひどい犯罪に加担したくありません。草野の脅迫に屈《くっ》してしまったら、おそらく実刑判決が下《くだ》されるでしょう。わたし、あの男の命令に逆《さか》らって家に帰ります」

「そうしたい気持ちはわかるが、よく考えたほうがいいな」

「ですけど……」

　多門は説得に取りかかった。

「よく考えてごらん。草野はきみが命令に従わなかったら、本当にネットに万引き常習者の個人情報を流すだろう。そうなったら、きみは生きづらくなるんじゃないか」

「そうでしょうけど、脅迫に屈して大きな窃盗をするなんてことは考えられません。手錠を掛けられることになるんだったら、わたし、命を捨てます」

「そんなふうに短絡的《たんらくてき》になっちゃ駄目だよ。草野が犯罪に何らかの形で関わってる証拠さえ押さえれば、あのクズ野郎はきみに何もできなくなるだろう」

「ですけど、わたしには万引き癖があるんです。こちらにも弱みがあるので、あまり強く出られないでしょう？」

「万引きなんて微罪だよ。窃盗教唆《きょうさ》や盗品売却のほうがはるかに罪は重い。こっちが草野の悪事の裏付《ウラ》けを取るから、なんとか協力してくれないか」

「わかりました。でも、わたし、不安でたまらないんですよ。宝飾品を盗むことなんてできないでしょうし、お店の方たちに取り押さえられるかもしれないわけですから」

「そうならないように腕時計型の無線交信機を使って、きみの動きを探り、どうピンチを切り抜けるべきか指示する」

「電話でおっしゃっていたものは？」

琴美が問いかけてきた。

「もちろん、持ってきたよ」

「見せていただけますか？」

「いいよ」

多門はパーカのアウトポケットから二つの無線交信機を摑み出し、片方を琴美に渡した。

「もっとごつい物を想像していたのですけど、大きさや外観は、ほとんど腕時計と変わらないんですね」

「そうなんだ。電話で少し喋ったが、竜頭《りゅうず》がトークボタンになってるんだよ。マイクとスピーカーが内蔵されてて、トークボタンの切り換えで……」

「話すことも聴《き》くこともできるんですね？」

「その通り。『和光』の前に着くまでに装着してほしいんだ」

「わかりました」

「リスキーだが、草野の指示に従ってくれるね？」

「不安で一杯ですけど、できるだけやってみます」

琴美がそう言い、無線交信機を自分のバッグに入れた。多門は、またコーヒーを口に含んだ。

二人は午後六時十分ごろ、『ユートピア』を出た。琴美は脇道から晴海《はるみ》通りに出ると、銀座四丁目交差点方向に歩きだした。

多門は、百メートルほど先に駐《と》めてあるボルボＸＣ40に乗り込んだ。みゆき通りから中央通りをたどって、銀座四丁目交差点の手前で車を路肩に寄せた。ハザードランプを点滅させながら、フロントガラス越しに前方に視線を向ける。

琴美は『和光』の入り口扉の斜め前に立っている。不安顔だ。草野の姿はどこにも見当たらない。

数分後、悪徳保安員が雑沓《ざっとう》を縫《ぬ》って琴美に近づいた。草野は黒縁眼鏡《くろぶちめがね》をかけ、前髪を額に垂らしている。変装したつもりなのだろう。

草野は琴美を促《うなが》し、先に歩きだした。琴美が倣《なら》う。草野は十数メートル、京橋《きょうばし》方面に進んで、車道の端に見える灰色のエルグランドに琴美を乗せた。

車内には、二十代と思われる三人の女性がいた。彼女たちは草野に万引きを見破られ、その弱みにつけ込まれたのではないか。

草野がエルグランドの運転席に坐った。琴美は後部座席に腰かけている。その隣には、二十代後半に見える女性の姿があった。落ち着いている様子だ。夫や子供がいるのかもしれない。

エルグランドは銀座二丁目まで直進して、『銀宝堂《ぎんぽうどう》』の少し先で路肩に寄った。有名店の一つだった。当然、多門は追尾していた。

琴美につづいて、人妻っぽい女性が車から降りた。二人は少し引き返し、人妻らしき女だけが『銀宝堂』の店内に入っていった。

多門はボルボを車道の端に停め、左手首に嵌《は》めた腕時計型無線交信機のトークボタンを押した。小さな雑音《ノイズ》の後《あと》、琴美の応答があった。

──はい、聴こえます。

──持ってるトートバッグをわざと歩道に落として、中身をゆっくりと拾い上げてくれないか。

──その間に交信するんですね？

──そう。先に『銀宝堂』に入った二十七、八の女性は万引きをして草野に捕まったことがあるんじゃないのかな。

──ええ、そうらしいんです。ペアを組まされた彼女は人妻なのですけど、悪い癖を断ち切れないので……。

──草野に宝飾品を盗《と》れと命じられたんだね？

──そうなんです。彼女は桑井加奈《くわいかな》という名で、二十七歳だそうです。わたしたちペアは百万円以上の指輪、ネックレス、ペンダントを陳列台の上に並べさせて、店員が目を逸《そ》らした隙に……。

──加奈という女性が狙った宝飾品を奪ったら、その商品をきみに渡すことになってるんじゃないのか？

――ええ、そうです。多門さん、どうしたらピンチを切り抜けられるのでしょう？

わたし、窃盗容疑で捕まりたくありません。

――きみも一応、店内に入るんだ。それで貧血に見舞われた振りをして、その場にうずくまるんだよ。加奈という相棒はびっくりして、何も盗《と》らずに外に出て行くだろう。店員たちが介抱する気配を見せたら、きみは走って逃げるんだ。いいね？

――は、はい。そろそろ店の中に入らないと、桑井さんが怪しむかもしれません。

――そうだな。こっちが言った通りにして、家に帰るんだ。いいね？


多門は交信を切り上げた。

『銀宝堂』に目を向ける。すでに琴美は店内に消えていた。
五、六分後だった。桑井加奈が店から飛び出してきた。何も盗んでいないようだ。仮病で屈《かが》み込んだ琴美を見て、加奈はうろたえてしまったのだろう。
彼女はエルグランドには向かわなかった。銀座四丁目交差点方向に駆けている。加奈の姿が見えなくなると、今度は琴美が『銀宝堂』から走り出てきた。

すぐに彼女は脇道に消えた。ＪＲ有楽町《ゆうらくちょう》駅か、地下鉄の駅に向かったのだろう。

エルグランドが急発進した。

どうやら草野は琴美たちペアが窃盗にしくじったことを覚《さと》り、逃走を図《はか》る気になったらしい。多門はエルグランドを追った。

エルグランドは少し先の交差点を右折し、昭和通りを左に折れた。そのまま道なりに走っている。

行き先の見当はついた。JR御徒町《おかちまち》駅と昭和通りの間には、宝石店や貴金属店が軒《のき》を連《つら》ねている。その大半が卸問屋だが、小売りをしている店もあった。

予測した通り、エルグランドは御徒町の宝飾店街に入った。多門は一定の距離を保《たも》ちながら、草野の車を尾《つ》けた。

やがて、エルグランドは宝飾店街の中ほどで停まった。二人の若い女性が車を降り、大きな宝飾店に足を踏み入れた。

男性従業員が二人いるだけで、客の姿は見えない。二人の女は陳列ケースに歩み寄ると、隠し持っていたハンマーを幾度も振り下ろした。ショーケースのガラスが砕《くだ》け散った。

店員たちが怒声を張り上げる。それでも、二人の女はたじろがない。布《ぬの》の手提《さ》げ袋に宝石や貴金属を無雑作に投げ入れる。

店内のアラームがけたたましく鳴り響きはじめた。すると、女のひとりが催涙スプレーを噴霧《ふんむ》し、店員たちの顔面にガスを浴びせた。店員たちが両眼を覆《おお》って立ち竦《すく》む。明らかに怯《ひる》んでいた。

二人の女が店を飛び出し、エルグランドに駆け寄った。彼女たちが車内に入ると、草野は慌《あわ》ただしく車を発進させた。

多門は、またエルグランドを追尾しはじめた。

エルグランドはJR上野《うえの》駅の近くで、二人の女を車から降ろした。窃盗の実行犯たちは、すぐに上野駅構内に走り入った。

多門は草野を締め上げる気になった。ボルボを降りようとしたとき、エルグランドが急に走りはじめた。

多門は坐り直し、草野の車を追走した。

エルグランドは大通りから幾度も脇道に入り、どこかに向かっている。目的地は目白《めじろ》にある怪しげな戸建て住宅だった。

草野はエルグランドを住宅の石塀《いしべい》に寄せ、敷地内に足を踏み入れた。馴《な》れた足取りだった。

少し経《た》ってから、多門はボルボを降りた。

草野が訪ねた家の表札を見る。フルネームで三谷泰士《みたにやすし》と刻まれていた。門扉《もんぴ》越しに前庭を覗《のぞ》く。

　敷地は二百坪近くありそうだ。奥まった所に二階建ての大きな家屋があり、その左手には事務所らしき建物が見える。広いカーポートには、黒いベンツと白いレクサスが置かれていた。

　多門はボルボの中に戻った。

　裏のネットワークを使って、三谷泰士のことを調べる。五十七歳の三谷は前科四犯で、三十代前半から盗品を買い取り、インド、タイ、スリランカなどの闇市場に流しているようだ。暴力団とも親交があるという。

　草野は弱みのある二人の女性に御徒町で盗ませた宝石や貴金属を三谷に売りにきたのだろう。

　多門はそう思いながら、左手首に嵌《は》めた腕時計型無線交信機のトークボタンを押し込んだ。ノイズが耳に届くだけで、名取琴美の応答はなかった。

　多門は無線交信機を外し、スイス製の高級時計と交換した。それから、琴美のスマートフォンを鳴らす。

　スリーコールで、電話は繋がった。

「多門だよ。犯罪に手を染める前に『銀宝堂』から逃げることができたね」

「はい、おかげさまで。芝居をしたら、加奈さんは狼狽《ろうばい》して逃げたんです。彼女、うまく逃走できたかな？」

「逃げ切ったんじゃないか。しかし、加奈は陳列ケースの上に商品を並べさせたようだし、顔を店の者に見られてるよね。逮捕《パク》られたら、おそらく窃盗未遂か強盗未遂で送検されるだろうな」

「彼女が捕まらないことを祈ります」

「捕まらないでほしいね。それはそうと、きみは加奈と店の中で言葉を交わした？」

「いいえ、一言も喋りませんでした」

「それなら、きみに捜査の手が伸びる心配はないだろう。ところで、いまはどこにいるのかな？」

「浜松町《はままつちょう》駅のベンチに坐っています。まっすぐ帰宅する気になれなくて、途中下車したんですよ」

琴美が答えた。

「そうか。こっちが無理な芝居をさせたんで、いまも落ち着かない状態なんだろうね」

「もう大丈夫です。加奈さんとわたしが逃げた後《あと》、草野はどうしました？」

「エルグランドに乗ってた二人の女と御徒町の宝飾店街に行ったんだ」

多門はそう前置きして、経過をかいつまんで伝えた。

「あの二人は十代のころに女子更生保護施設に一年ぐらい入ってたことがあって、どちらも開き直って生きている感じでしたね。ショーケースのガラスをハンマーで叩き割ることにあまり抵抗はなかったのかもしれません。彼女たちは上野駅で車を降りて、どこかに逃げたんでしょうか」

「そうなんだと思う。草野は手に入れた宝石や貴金属類を持って、三谷という故買屋宅を訪ねた。まだ悪徳保安員は家の中にいるんだ」

「盗んだ品を売ったら、どこかで祝杯でも上げる気なのでしょうか。そうだとしたら、本当に悪人ですね。決して自分の手は直《じか》に汚そうとしないのは卑怯《ひきょう》です」

「ああ、クズ男だね」

「あの男が表に出てきたら、どうするつもりなんですか？」

琴美が訊《き》いた。

「どこか人のいない場所に連れ込んで、こっちも奴の致命的な弱みを握ったことを教えるつもりだ。窃盗教唆で検挙されたら、おそらく実刑は免れないだろう」

「そうでしょうね」

「もう草野は、きみを含めたみんなに窃盗を強いたりしないだろう。草野を半殺しにすれば、同じ悪さはしないはずだ」

「多門さんには、とても感謝しています」

「こっちはたいしたことはしていない。そんなふうに言われると、どうしていいかわからなくなるな。家に帰ったら、早めに寝るんだね」

多門は通話を切り上げ、ロングピースをくわえた。

時間がゆっくりと流れた。待つ時間はいつも長く感じられる。

草野が三谷宅を辞去したのは、午後十一時四十分ごろだった。上機嫌に見える。手に入れた宝飾品は高く引き取ってもらえたようだ。

草野はエルグランドには乗らなかった。大股で表通りに向かって歩いている。

多門はボルボの運転席をそっと出ると、地を蹴った。高く跳《と》び、草野の背中を蹴る。

草野は前のめりに倒れ、長く唸《うな》った。

多門は着地すると、草野に駆け寄った。すぐに三十センチの靴で、草野の脇腹と側頭部を蹴る。いわゆる連続蹴りだ。

草野が怯《おび》えたアルマジロのように手脚《てあし》を縮めて、小さく振り返った。倒れたままだ。

「お、おたくは名取琴美のボディーガードと称した……」

「そうだよ。てめえは万引き癖のある女の弱みにつけ込んで、銀座の『銀宝堂』で加奈と琴美の二人に高い宝石や貴金属を盗ませようとしたな」

「身に覚えがないな」

「とぼける気か。上等だっ」

多門は狙いをすまして、草野のこめかみをキックした。草野は呻きながら、くの字になった。

「なんのことかさっぱりわからないよ」

「もう観念しろ！　こっちは何もかも見てたんだっ」

「何を見たって言うんだよ」

草野は空とぼけつづけた。

「琴美たち二人は何も盗《ギ》れなかったが、エルグランドに乗ってた二人の女は御徒町の宝飾品店で高価な商品をせしめた。ショーケースのガラスをハンマーで叩き割ってな」

「…………」

「どうした、急に日本語を忘れちまったか。犯行後、二人の女はそっちに上野駅近くまで車で送ってもらって逃走した」

「そんなことまで知ってるのか⁉」

「ずっとエルグランドを尾行してたんだよ」

「くそっ！」

「二人の女に強奪させた宝石や貴金属は、故買屋の三谷泰士に買い取ってもらったんだな」

「三谷さんは古美術商だよ。故買屋なんかじゃない」

「おめ、おれさ、なめてんのけ？」

多門は逆上し、つい故郷の岩手弁を口走った。興奮すると、自然と方言が出てしまう。喧嘩のときだけではなく、情事の際《さい》も同じだった。

「なんで急に東北弁になったんだ？」

「話さ、逸らすんでねっ。三谷は、おめが持ち込んだ盗品をいくらで引き取ったんだ。言うべし！」

「それは言えない」

「そんだば、今夜がおめの命日《めいにち》になるど」

「おれを殺す気なのか⁉」

「そんだ。おめを蹴り殺す。念仏でも唱《とな》えれや」

「やめてくれーっ。全部で二百五十万で買ってもらったんだ」

草野が答えて、長嘆息《ちょうたんそく》した。

「おめは故買屋グループの一員なのけ?」

「一匹狼だよ、おれはな。群れるのは好きじゃないんだ」

「カッコつけるんでねえ！　万引き常習者たちを脅して、実行犯に仕立ててるんだべ?」

「うん、まあ」

「もう名取琴美を含めて弱みのある者につけ入るんじゃねえ。同じごとをやったら、本当におめを殺すど！」

「わかったよ」

「盗品を三谷から買い戻すて、御徒町の被害店にこっそり返却すべし！　草野、ほかに何か悪さしてんでねえか?」

「ほかに危《ヤバ》いことなんかしてない」

「本当け?　おれは、おめえの住所と勤務先も知ってる。おめが嘘さついてるとわがったら、命を奪《と》るど」

「いまの言葉は、ただの威《おど》しだよな。そうなんだろ?」

「甘《あめ》えな、おめえは。おれは何人も悪党を殺《あや》めてる。本気も本気だ。死にたぐながったら、猛省せねばなんねど。わがったなっ」

多門は草野に唾《つばき》を飛ばし、ボルボXC40に足を向けた。

2

翌々日の午後三時過ぎである。

多門は、笹塚《ささづか》にある賃貸マンションのオーナー宅の応接間のソファに腰かけていた。向かい合う位置には、家主の深沢久雄《ふかざわひさお》が坐っている。

七十八歳の深沢は総白髪で、知的な面差《おもざ》しだった。七十歳のときに貿易会社を畳み、自宅と同じ敷地にある三階建ての低層マンションの家賃収入で妻と暮らしていた。

二階の一室を借りている不良ペルー人のカルロス・フェルナンデ、四十七歳は二年近くも家賃を払っていない。それだけではなく、自宅で合成麻薬を密造していた。

マンションオーナーの深沢は弁護士を雇って、カルロスを立ち退《の》かせようと試みた。ところが、雇った弁護士はカルロスの脅迫に屈して引き下がってしまった。

多門は知人に頼まれて、家主に協力する気になった。カルロスを徹底的に痛めつけ、東京出入国在留管理庁に匿名《とくめい》で密告電話をかけた。不良ペルー人は四年もオーバーステイしていたのだ。

昨夕、カルロスは検挙された。そのうち母国に強制送還されることになるだろう。

「あなたのおかげで、問題の多かった不良ペルー人を部屋から追い出すことができました。感謝、感謝です。本当にありがとうございました」

深沢が両手をコーヒーテーブルに掛けて、頭《こうべ》を深く下げた。

「こっちはたいしたことはしてません」

「いえ、いえ。強気の弁護士もカルロスに開き直られて、結局、尻尾《しっぽ》を巻いてしまったんです。多門さんは凄腕のトラブルシューターですね。家内もあなたに感謝しています」

「そう言っていただけると、励みになります」

多門は笑い返し、日本茶をひと口飲んだ。まろやかで、香りがいい。玉露《ぎょくろ》だろうか。

「これはお礼です」

「成功報酬は百五十万の約束ですが、楽な案件でした。ですんで、五十万円だけいただきます」

「それはいけません。どうか全額受け取ってください」

深沢がそう言い、メガバンク名の入った分厚い封筒を差し出した。多門は白い封筒をいったん受け取り、帯封《おびふう》の掛かった百万円の束を引き抜いて深沢の前に置いた。

「せめて一束だけでも納めてもらえませんか。紹介者の顔を潰《つぶ》すような真似はできないので」

「本当に五十万円で結構です。深沢さんはカルロスに未収の家賃を踏み倒されることになるんでしょ？」

「ええ、おそらくね」

「部屋の家具や電化製品は、便利屋に処分してもらうんですか？」

「そうするつもりです。それから、壁紙もそっくり張り替えることになるでしょう」

「何かと金がかかりますね。大変だな」

「多門さん、これも納めてください」

深沢が白い封筒に視線を向けた。多門は首を横に振って、二つに折った札束を上着の内ポケットに突っ込んだ。

「本当に五十万だけでいいんだろうか」

「いいんです、いいんです。それなりに稼がせてもらってるんで、がつがつしなくても喰《く》っていけるんですよ」

「欲のない方だな」

「また困ったことがありましたら、こっちに連絡してください。奥さんによろしく！」

　多門はモケット張りの応接ソファから立ち上がって、玄関ホールに出た。深沢に見送られ、表に出る。

　マイカーは生垣《いけがき》の際《きわ》に駐《と》めてある。多門は運転席に乗り込むと、真っ先に煙草《たばこ》に火を点けた。深く喫《す》い込む。

　ロングピースを喫い終えた直後、スマートフォンに着信があった。懐からスマートフォンを摑み出し、ディスプレイを見る。

　発信者は琴美だった。だが、耳に届いたのは草野の声だ。

「おれが誰かわかるよな。一昨日《おととい》の夜、ずいぶん痛めつけてくれたね。それなりの仕返しをさせてもらうぞ」

「てめえが琴美ちゃんのスマホを持ってるってことは、彼女を拉致《らち》して監禁してるんじゃねえのか。え？」

「当たりだ。おたくはおれの内職の邪魔をしやがった。琴美に妙な知恵を授《さず》けやがったんで、『銀宝堂』からは何もいただけなかった。一昨日は四百万前後は稼げると踏んでたんだが、たったの二百五十万円にしかならなかった」

「琴美ちゃんをどこで拉致して、どこに監禁してるんだ？」

「さあ、どこかな」

「東和《とうわ》女子大のキャンパスの近くだよ。といっても、拉致したのはおれじゃない。半グレの裏便利屋だよ」

「琴美ちゃんと電話を換わってくれ」

多門は言った。

「いいだろう」

草野の声が途切《とぎ》れた。少し待つと、琴美が電話口に出た。

「何度もご迷惑をかけることになって、本当にごめんなさい」

「そんなことはどうでもいいんだ。どんなところに閉じこめられてるんだい？」

「倉庫のような造りの事務所です。値札の付いた宝飾品が無雑作にスチールの棚に載《の》っています」

「そうか。きみは両手を縛《しば》られ、床《ゆか》に転がされてるのかな？」

「いいえ、そうではありません。椅子に坐らされて、ロープで体を括《くく》りつけられています」

「そこには草野しかいないの？」

「わたしを黒いセレナに強引に押し込んだ男がいます。二十八、九でしょうか。寺崎《てらざき》と呼ばれています。少し崩れた感じですね」

「なら、半グレの裏便利屋なんだろう。拉致現場から、どういうルートで監禁されてる所に連れていかれたのかな？」

多門は早口で問いかけた。

「セレナに押し込まれてから、すぐにアイマスクを掛けられて、両手の親指を重ねた状態で結束バンドで固定されてしまったんですよ」

「それじゃ、移動中の風景はほとんど見てないんだね」

「はい。でも、セレナは数十分走って、この場所に着いたんです。多分、都内のどこかだと思います」

「そうなんだろうな」

「多門さん、一一〇番しないでくださいね」

琴美が切迫《せっぱく》した声で言った。

「なぜ、そんなことを……」

「草野はわたしの父の克彦《かつひこ》に身代金を要求したんです。『スマイル製菓』の本社にいる父に電話をして、わたしを人質に取ったことを告げたんですよ。電話の途中で、わたしは父と話をさせられました」

「親父《おやじ》さん、驚いてただろうな」

「ええ、とっても」

「草野の要求した身代金の額は？」

「五千万円です。草野は身代金を現金で用意しておけと命令して、一方的に電話を切りました」

「そう。草野はボイス・チェンジャーを使ってなかったか？」

「使っていたと思います。地声とは明らかに違っていましたので」

「草野は自分のスマホを使ったのかな？」

「いいえ、わたしのスマホを使いました。わたしが椅子に縛りつけられている静止画像と動画を父に送信したようです」

「そうなら、親父さんは身代金をすぐに用意したんだろうな。もちろん、警察の協力は要請しなかったはずだ」

多門は言った。

その直後、琴美の声が途絶えた。草野がスマートフォンを琴美から大きく離したと思われる。

「おい、草野！　まだ電話を切るな」

「切らないよ。おたくにやってもらいたいことがあるんでな」

「おれに何をさせる気なんだっ」

「営利誘拐事件の犯人役を演じてくれ。名取克彦は身代金の都合がついたら、娘のスマホに連絡することになってるんだ。先方から電話があったら、おたくに指示を出すよ」

「おれを犯人役に仕立て、まんまと五千万の身代金をせしめる気か。そううまく事が運ぶかな」

「おたく、何か企《たくら》んでるんじゃないのかっ。おれの命令に逆《さか》らったら、人質を始末するぞ」

「こっちは女性の味方なんだ。立場の弱い女性は体を張ってでも、絶対に守りぬく。ただ、癪《しゃく》だが、いまは命令を無視できない。そっちの指示に従おう」

「そうしたほうが賢明だろうよ。くっくっく」

草野がうそぶいて、鳩のような声を発した。

「赤羽の家《ヤサ》はまだ引き払ってないんだろ？」

「きのう、引き払ったよ。会社も辞めた。神田《かんだ》の会社に行っても、おれの居所はわからないぜ」

「犯罪絡みの汚れた金で暮らしていくことにしたわけか」

「そうだよ。派遣の万引きGメンで終わりたくないからな。いずれ何か事業をやるつもりなんだ。もっと開業資金が欲しいんだよ」

「だいぶ銭を貯《た》め込んだんだろうな」

「まあね」

「ブラックな金で事業をやっても、自慢にはならないだろうが！　きれいな銭《ぜに》で起業したんなら、誇らしい気持ちになるだろうがな」

「金は金さ。きれいも汚いもない」

「とは言い切れないんじゃねえのか」

「月並な人生訓なんか聞きたくないっ。おれはずっと冴《さ》えない人生を送ってきたんで、のし上がりたくなったんだよ。大金を手に入れれば、欲しいものはたいがい得られる。別に長生きしたいとは思っちゃいない。太く短く生きるのも悪くないと考えるようになったのさ」

「そうかい。そっちからの連絡を待ってる」

多門は通話を切り上げた。

スマートフォンを所定のポケットに戻し、またロングピースに火を点けた。煙草を吹かしながら、推測の翼を拡《ひろ》げる。

琴美は電話で倉庫のような事務所に監禁されていると語っていた。それから、値札の付いた貴金属品が保管されているとも喋った。

監禁場所は故買屋《こばい》の三谷宅の敷地内に建つ倉庫を兼ねた事務所なのか。目白に行ってみることにした。

多門は一服すると、ボルボXC40のエンジンを始動させた。近道を選びながら、先を急ぐ。

三谷宅に着いたのは二十七、八分後だった。多門は静かに運転席を離れ、あたりを見回した。人の姿は見当たらない。

多門は石塀《いしべい》を乗り越え、倉庫ふうの事務所に接近した。

外壁に耳を押し当てる。人のいる気配はうかがえなかった。母屋に当たる家屋もひっそりと静まり返っている。どうやら推測は外れたようだ。

多門は苦笑して、ふたたび石塀を乗り越えた。ボルボに乗り込んで数分後、スマートフォンに着信があった。草野からの電話かもしれない。

またしても、勘は外れた。発信者は元刑事の杉浦だった。

「クマ、何か内職を回してくれねえか。おれは嘱託《しょくたく》の調査員だから、いまも出来高払いなんだよ。今月は依頼件数が少ないんだ」

「そういうことなら、差し当たって百万を杉さんに預けるよ。返金を求めたりしないから、自由に遣《つか》ってくれないか」

「ちょっと待てや。クマはおれを憐《あわ》れんでるのかっ。確かに収入は不安定だが、他人《ひと》に同情されたくねえんだ。それにな、おれのほうが年上なんだぞ」

「杉さん、怒らないでくれよ。悪気はなかったんだが、プライドを傷つけたよね」

「否定はしねえよ」

「なら、こうしよう。杉さんに協力してほしいことがあるんだ。日給十万円で手を貸してもらえるかな。万引きGメンの草野が名取琴美を人質に取って、父親に五千万円の身代金を要求したんだよ」

「なんでそんなことになったんだい？　『スマイル製菓』の社長令嬢は万引きの件で威《おど》されて、何か悪事に加担させられたみてえだな」

「さすが元刑事だ。いい勘してるね」

多門は誘拐事件に至るまでの流れを詳しく喋った。

「草野はダーティー・ビジネスが計画通りにいかなかったんで、腹いせに営利誘拐を思い立ったんだろうな」

「そうだと思う。有名な製菓会社なら、五千万円ぐらいの身代金はすんなり払うと踏んだにちがいないよ。身代金が三億、五億となったら、琴美の家族はこっそり警察の協力を仰《あお》ぐ気になるかもしれないけどさ」

「それはどうかな。警察が誘拐事件の真犯人《ホンボシ》は草野と割り出して逮捕《パク》ったら、社長令嬢の窃盗症《クレプトマニア》のことがマスコミに流れることになるかもしれねえじゃねえか」

「それは考えられるね」

「創業家一族は琴美の将来を考えて、たとえ身代金が三億円でも払うんじゃねえか」

「かもしれない。ただ、仮に草野が五億といった高額の身代金を要求したら、名取家もさすがに警察の力を借りるんじゃないか。草野はそう考え、身代金を五千万円に決めたんじゃないかな」

「ああ、おそらくな。草野は抜け目のない野郎だ、クマを誘拐犯に見せかけようと悪知恵を働かせたわけだから。けど、薄汚い小悪党だな」

「こっちも、そう思うよ」

「草野はクマに五千万円の身代金を受け取らせたら、すぐ人質を解放すると言ったのか？」

「クズ野郎はそこまで言わなかったが、そうするつもりなんだろう。こっちに犯人役を演じさせるなんて、勘弁できねえ。琴美を救出できたら、草野をとことんぶちのめしてやる。場合によっては、ぶっ殺す！」

「クマ、冷静になりな。小悪党には殺《や》る価値なんかない」

「それもそうだな」

「クマ、身代金を取り返したら、『スマイル製菓』の社長にそのまま返すつもりなのか？」

「当然、そうするさ」

「百枚ぐらい偽の万札にすり替えて、二人で山分けしねえか。どうだい？」

「杉さん、本気なの⁉」

「冗談だよ。けど、五分の一ぐらいは本気なんだ。おっと、いけねえ。金に余裕がなくなってくると、つい楽して稼ぎたくなっちまう。気をつけねえとな」

杉浦が自分を戒《いまし》めた。

「そういうふうに本音を洩《も》らす杉さんは、すごく人間臭くていいよ。ニーチェだったかが、生身の人間は自己矛盾を抱えているものだと書いてる。善人ぶってる奴は嫌いだが、悪人ぶってる者は好きだね。照れ隠しに悪党っぽく振る舞ってる男女は、たいがい好人物だからさ」

「クマ、話が脱線してるぜ」

「いけねえ。草野から指示があったら、すぐ杉さんに連絡するよ」

多門は電話を切った。

十数秒後、スマートフォンに着信があった。発信者は女友達の本多真梨《ほんだまり》だった。二十六歳のパーティー・コンパニオンである。

「よう、真梨ちゃん！　久しぶりだな」

「元気？」

「相変わらずだよ。そっちは？」

「あまり元気じゃないの。コロナ禍でパーティーの数が激減したんで、二年前から昼間はパスタ屋さんでアルバイトをしてきたことは知ってるでしょ？」

「ああ、知ってるよ」

「そのパスタ屋さん、経営不振で今月末に閉店することになったの」

「それは困ったな。飲食店はどこも赤字で苦しいようだ。生活費は大丈夫なのか？」

「ちょっとだけど、貯《たくわ》えがあるの。それを取り崩せば、向こう一年ぐらいは暮らせると思うわ。だけど、その先の展望が……」

「新型コロナはなかなか収束しないが、陽性者の数は少なくなってるようだ。コロナと共存するほかないんだろうが、少しずつ状況はよくなると思うよ。だから、あまり暗く考えないほうがいいな。おれみたいに能天気すぎても、なんだけどさ」

「今夜会えないかな。あなたと会ったら、少し元気になれる気がしてるの」

「一カ月前後、真梨ちゃんに会ってなかったな」

「ええ、そうね。どうかしら？」

「きょうはバイトは休んだのか」

「そう。バンケットの仕事も入ってないの」

「すぐにも真梨ちゃんに会いたいが、どうしても外せない用事があるんだよ。ごめん！」

多門は謝った。

「わたしよりも、仕事のほうが大事なのね」

「駄々をこねないでくれよ。真梨ちゃんのことは大好きだが、恩義のある人物絡みの仕事なんだ。わかってほしいな」

「わがままを言って、ごめんなさい。あなたの都合もあるのに、無理なことを言って」

「そう遠くない日に電話するよ」

「わたし、心のバランスを崩しはじめてるのかな。ふっと死んでしまいたくなったりするのよ。少し経《た》つと、少し気持が落ち着くんだけどね」

「生きにくい時代だから、誰もが何か悩みを抱え込んでるんじゃないか。おれだって、ごくたまにだけど、厭世的《えんせいてき》な気持ちになったりする」

「へえ、そうなの。豪放磊落《ごうほうらいらく》に見えるけどね」

「突っ張って生きてても、人間なんて脆《もろ》いものだからな」

「そうなんでしょうね。わたし、エネルギーを貰った気がするわ。自分を奮《ふる》い立たせてみる。都合のいいときに連絡して。待ってます」

真梨が通話を切り上げた。

多門はスマートフォンを懐に戻し、煙草をくわえた。草野から電話がかかってきたのは午後五時過ぎだった。

「琴美の父親は五千万円の身代金を茶色いキャリーケースに詰めて、おれの連絡をずっと待ってたらしい」

「で、こっちが『スマイル製菓』の本社に身代金を取りに行けばいいのか？　それとも、五千万円はどこか外で受け取ることになったのかい？」

「金は渋谷の宮益坂《みやますざか》の歩道橋の階段脇にキャリーケースごと名取克彦社長に置くように指示した。今夜十一時ジャストだ」

「まだ時間がだいぶあるな」

「人通りが絶えた時間帯なら、警察が動いてるかどうかチェックしやすいじゃないか」

「そうだろうな。宮益坂歩道橋の階段は幾つもある。どの階段の脇なんだ？」

多門は訊いた。

「明治《めいじ》通り寄りだよ。明治通りから坂を上がると、車道の左側に指示した階段がある」

「ああ、わかった。身代金の入ったキャリーケースをどこまで運べばいいんだ？」

「宮益坂を上がって青山《あおやま》通りに出たら、南青山三丁目交差点を左折し、外苑西《がいえんにし》通りを進め。神宮前《じんぐうまえ》三丁目交差点の先の左側に古びた倉庫があるよ。車寄せに黒いセレナが駐めてあるから、すぐわかるだろう」

「そこが人質の監禁場所なんだな？」

「そうだ。倉庫はおれが他人名義で借りてるんだよ。万引き常習者たちに盗《と》らせた高級腕時計や宝飾品を保管して、そのうちタイの闇市場に流す予定なんだ」

「故買屋の三谷と同じ非合法ビジネスで大きく儲ける気になったようだな」

「そうなんだが、そのことを三谷の大将に知られたくないんで、わざと盗品を買い取ってもらってるんだよ」

「そうだったのか。人質を見張ってる寺崎とかいう半グレもいるんだろ」

「おたくが運んできたキャリーケースの中身が五千万の札束だと確認できたら、人質の名取琴美は連れ帰ってもいいよ。指示通りに動かなかったら、人質もおたくも始末することになるぞ」

草野が先に通話を切り上げた。

多門はいったん電話を切って、杉浦のスマートフォンを鳴らした。ツーコールで、電話は繋《つな》がった。

多門は草野の指示内容をゆっくりと喋ってから、杉浦に頼んだ。

「レンタカーを借りて、宮益坂歩道橋の近くで怪しい人影がないかチェックをしてほしいんだ。それで監禁場所の倉庫に……」

「おれを偽刑事にして、倉庫に突入させるって筋書きなんだろ？」

「ビンゴ！　かなり時間があるけど、体を休めててよ」

「わかった。身代金と人質を草野に奪われないようにしようや。それじゃ、後でな！」

杉浦が通話を終わらせた。

午後十一時まで時間がある。多門は、落ち込んでいる真梨を力づけることにした。彼女が借りているワンルームマンションは下北沢《しもきたざわ》にある。

多門は真梨に電話をかけた。

電話に出た真梨が驚きの声をあげた。

「あら、どうしたの⁉」

「恩人に理由《わけ》を話して、仕事の時間を大幅に延ばしてもらったんだよ。午後九時半ぐらいまでなら、真梨ちゃんと一緒にいられる。これから、そっちの部屋に行こうと思ってるんだ。迷惑かい？」

「何を言ってるの。もちろん、大歓迎よ」

「なら、待っててくれよ」

多門は電話を切り、シフトレバーをD《ドライブ》レンジに移した。

3

ドア・チャイムを鳴らす。

『下北沢サニーコート』の四〇五号室だ。真梨の部屋である。

多門は大きな紙袋を提《さ》げていた。ここに来る途中、手土産《てみやげ》を買い求めたのだ。中身は五折《いつおり》の握り寿司、マスクメロン、ケーキだった。

ドアが開けられた。

「来てくれて、ありがとう」

真梨が言って、全身で抱きついてきた。多門はバードキスをしてから、室内に入った。

十畳ほどの居室《きょしつ》にはセミダブルのベッドが置かれ、その横にガラストップの小さなテーブルが据《す》えられている。その前後に大きめのクッションが配されていた。色は青と黄色だ。ウクライナの国旗を連想させる。

「寿司折なんかを買ってきたんだよ。一緒に喰《く》おう」

多門はそう言い、手にしている紙袋を部屋の主に渡した。

「気を遣《つか》わせちゃったわね」

「ワインも買おうと思ったんだ。でも、後《あと》で恩人に会うことになってるんで、アルコールはやめたんだよ」

「たくさん手土産をいただいちゃって、悪いわね。クッションに坐ってて。手早く用意するから」

真梨が言って、小さな調理台に足を向けた。

多門はクッションに尻《しり》を落とし、胡坐《あぐら》をかいた。少し待つと、真梨が戻ってきた。洋盆《トレイ》には寿司折、緑茶、銘々皿《めいめいざら》が載《の》っている。

それらは卓上に並べられた。

「食べきれない量ね」

「たらふく喰《く》ってくれよ。満腹になれば、人間はちょっと幸せな気分になれるじゃないか。な?」

「ええ、御馳走になるわ」

真梨が正面に坐って、寿司折の蓋《ふた》を次々に開けた。二つの銘々皿に醬油《しょうゆ》を落とす。手際よかった。

多門は先に寿司折りの箸《はし》を手に取って、白身魚の握りから食べはじめた。その次は黒《くろ》鮪《まぐろ》の中トロを選んだ。

真梨も箸を使いはじめた。

「こんなにおいしいお寿司を食べるのは久しぶりよ。高かったんでしょ?」

「どうってことないよ。どんどん喰ってくれ。おれも喰うからさ」

多門はせっせと握りを口に運んだ。

「気持ちいいくらいダイナミックに食べるのね。なんだか頼もしいわ」

「おれは、ただの大食漢だよ。この図体だから、小食じゃ体が保《も》たないんだ」

「そうでしょうね」

二人は早めの夕食を摂《と》りながら、思い出話に耽《ふけ》った。話は尽きない。

多門は短い間に三つの折を空にした。二折は真梨用に買い求めたのだ。しかし、彼女は一折食べただけで、箸を置いた。

「お腹がパンパンよ。わたし、もう食べられない」

「もっと喰ってくれよ。真梨ちゃん用に二折《ふたおり》買ってきたんだからさ」

「せっかくだけど、もう本当に限界よ。残すのはもったいないから、多門さん、食べちゃって」

「いいのかな」

「まだ食べられるでしょ？」

「うん、まあ」

「わたしは、後でメロンとケーキをいただく。だから、本当に食べちゃって」

「そういうことなら、もっと喰うか」

多門は特上寿司の折を引き寄せ、車海老《えび》の握りを頬張りはじめた。まだ満腹ではなかった。瞬《また》く間に折は空になった。

「デザートを用意するわね」

真梨が立ち上がって、冷蔵庫に歩み寄った。

多門は真梨に断ってから、ロングピースに火を点けた。食後の一服は、いつも格別にうまい。

真梨がテーブルの上を片づけ、四つ切りにしたマスクメロンと大きなケーキ皿を置いた。苺《いちご》のショートケーキ、モンブラン、チョコレートケーキ、マンゴータルトの四種だった。

「真梨ちゃんが全部喰ってくれよ。おれはどちらかというと、甘いものは苦手だからさ」

「糖分をいっぺんに摂ったら、たちまち太りそうだわ」

「そんなこと、気にすることないよ。糖分は人間の心を明るくさせてくれるというから、せっせと食べなよ」

「それで、二、三キロ体重が増えたら、どうしよう⁉」

「ベッド体操をすれば、すぐ瘦《や》せるんじゃないのか」

多門はセミダブルのベッドに視線を向けて、際《きわ》どいジョークを口にした。

「そうしてもいいけど、デザートを食べてたら、時間を取られるわ。短い情事になっちゃいそうね。なんなら、いまシャワーを浴びてこようか？」

真梨が言った。

「きょうは、いつものパターンを外そう。真梨ちゃんを抱きたい気持ちはあるよ。けど、それが目的じゃないんだ。そっちに元気を取り戻してほしくて、おれはここに来たんだよ」

「わたし、もう塞《ふさ》ぎ込んでないわ。だいぶ気持ちは明るくなったの。多門さんのおかげよ。だから、デザートは後回しにしてもいいわ」

「おれは好きな女性に無理をさせたくないんだ。今夜は清らかなデートにしよう」

「それでは物足りないいんじゃない、男性は」

「いや、別に。おれはセックスが目的で、真梨ちゃんとつき合ってるわけじゃない。一緒に飯を喰ったり雑談を交わすだけで、充分に愉《たの》しいよ。幸せでもあるな」

「どうしてそんなに優しいの？　本当に多門さんは女殺しね。ほかの女性がいるにちがいないと思いつつも、離れたくなくなっちゃうもの」

「真梨ちゃん、哀《かな》しいことを言わないでくれよ。昔はともかく、いま彼女と呼べる女性は真梨ちゃんだけなんだから」

「そういうことにしといてあげる」

「マイナス思考になってるときは、とりあえず糖分を摂ろう。早くメロンとケーキを食べなよ」

　多門は促《うなが》した。

　真梨が微苦笑して、スプーンを抓《つま》み上げた。マスクメロンの果肉を口に運び、満足そうにほほ笑んだ。メロンを平らげると、モンブランにフォークを近づけた。

多門は目を細めて、真梨を眺めつづけた。セックス抜きのデートは、意外にも新鮮だった。

多門は午後九時半まで、真梨の部屋にいた。

真梨に送られて、エレベーターに乗り込む。多門は一階に下《くだ》ると、路上に駐めたボルボの運転席に入った。

エンジンを始動させたとき、元刑事の杉浦から電話がかかってきた。

「少し前に灰色のレンタカーを借りたよ。車種はプリウスだ。ちょいと馴《な》らし運転してから、十時四十五分前後には指示された歩道橋の階段近くに行くよ。それでいいよな？」

「かまわないよ」

「クマは、どこにいるんだ？」

「下北沢だよ。知り合いの自宅を出たところなんだ」

「その知り合いは、どうせ女なんだろ？」

「うん、まあ」

「最近、引っかけた女なのか？」

「いや、以前からの知り合いだよ」

「時間が余《あま》ったんで、その彼女を抱きにいったんだな。どうなんだ？」

「いや、ナニはしてない。その知り合いは将来に不安を覚えて、少しメンタルが弱ってたんだ。だから、ちょっと様子を見に行ったんだよ」

「こと女に関しては、まめだな。クマは根っからの女好きなんだろう。それはそれでいいけど、女性を美化するのはよくねえぞ。そっちはこの世に悪女なんかいないと言い切ってるが、打算的で狡《ずる》い性悪女《しょうわるおんな》は大勢いるぜ」

「そういう偏《かたよ》った考えを持つ男が少なくないから、女性たちはいまも生きにくいんだろう。杉さん、妙なバイアスは棄《す》てないとね」

「どこまで甘いんでえ。女たちを客観的に眺めねえと、いまに尻《けつ》の毛まで抜かれちまうぞ」

「杉さん、御意見無用だよ」

「そうかい、そうかい！」

「頼んだこと、よろしくね」

「わかってらあ。きょうの日当を用意しといてくれ。レンタカーの料金は別途《べっと》払ってもらうぜ」

「もちろん、そうするつもりだったよ」

多門は通話を切り上げ、ボルボを走らせはじめた。住宅街を抜けて、茶沢《ちゃざわ》通りに出る。ボルボは三軒茶屋から玉川《たまがわ》通りをたどって、渋谷に着いた。駅前周辺は再開発で、すっかり様相が変わっている。高層ビルが連《つら》なって、どこかよそよそしくなった。

まだ午後十時前だ。

多門は渋谷周辺を幾度もボルボで巡った。宮益坂を三度、上り下りした。警察車輛はどこにも見当たらない。捜査員と思われる人影も目に留《と》まらなかった。

名取琴美の父親は警察に協力を求めなかったようだ。

多門はさんざん走り回ってから、明治通りから宮益坂を上った。坂道を上がり切る前にボルボXC40を路肩《ろかた》に寄せた。

四、五十メートル先に宮益坂歩道橋の階段がある。明治通り寄りだ。

多門はライトを消し、エンジンも切った。グローブボックスからドイツ製の暗視双眼鏡《ノクト・ビジョン》を取り出し、すぐ両眼に当てる。歩道橋の下には誰もいない。通行人は疎《まば》らだった。

十分ほど経過したころ、ボルボの横を灰色のプリウスが走り抜けていった。ハンドルを操っているのは杉浦だった。レンタカーは、宮益坂歩道橋の向こう側で停止した。ガードレールの際だった。ライトが消される。

黒塗りのセンチュリーが歩道橋の階段の真横に停まったのは、午後十時五十分過ぎだった。

多門は暗視双眼鏡《ノクト・ビジョン》を手に取った。センチュリーの運転席には五十年輩の男が坐っている。名取克彦だろう。同乗者はいない。

多門は一瞬、センチュリーに駆け寄って、琴美の父親と思われる男に事の経過を打ち明けたい衝動に駆られた。娘を救出すると約束したかったのだが、近くの暗がりに草野の手下が潜《ひそ》んでいるかもしれない。そう考え、多門は思い留《とど》まった。

センチュリーを運転していた人物は午後十一時数分前に運転席から出た。

多門は暗視双眼鏡《ノクト・ビジョン》のレンズの倍率を最大に上げた。五十代に見える男は、目許《めもと》が琴美とそっくりだった。父親の名取克彦に間違いないだろう。

男はトランクリッドを開け、茶色いキャリーケースを車道に下ろした。トランクリッドを静かに閉め、キャリーケースを引っ張って歩道に上がった。

男は宮益坂歩道橋の階段下の真横にキャリーケースを置くと、足早にセンチュリーの運転席に乗り込んだ。多門はセンチュリーが遠ざかると、ボルボを歩道橋の下近くまで進めた。周りに人の姿はない。

多門は手早くキャリーケースを自分の車の中に入れた。

ケースの蓋を開ける。帯封《おびふう》の掛かった札束がびっしり詰まっていた。一束ずつ数える時間はない。

多門は運転席に戻り、ボルボを発進させた。後ろから、杉浦のプリウスが従《つ》いてくる。

多門は青山通りに乗り入れると、草野に指示された通りに進んだ。

神宮前三丁目交差点の手前の脇道から、白いアルファードが勢いよく走り出てきた。

ボルボの進路を意図的に妨害したことは間違いないだろう。

アルファードのライトが消され、車内から二人の男が現われた。どちらも、黒いフェイスマスクで顔を隠している。

多門はホーンを短く鳴らした。

正体不明の二人組が大股で近づいてくる。目を凝《こ》らすと、片割れは洋弓銃《ボウガン》を構えていた。もうひとりは、炎を上げている火炎瓶を無言でボルボの近くに投げつけた。火の勢いが強くなった。

多門は身構えながら、ボルボの運転席を出た。

「てめえら、なんのつもりだっ」

「札束の詰まったキャリーケースをおとなしく寄越《よこ》せ！」

ボウガンを持った男が命じた。

「てめえらは草野の手下か？　それとも、裏便利屋の寺崎の仲間なのかっ」

「いいから、言われた通りにしろ！」

「そうはいかねえな」

多門は二人組を挑発した。

すでに洋弓銃には矢が番《つが》えられている。それでも、多門は少しも怯《ひる》まなかった。

ボウガンの矢が放たれた。多門は巨体ながらも、軽々と矢を躱《かわ》した。矢は後方に流れた。

多門は、オレンジ色の炎の塊《かたまり》になった火炎瓶を三十センチの靴で強く蹴った。

火玉と化したものは、二人組の間で爆《は》ぜた。男たちは焦《あせ》って、チノクロスパンツの裾《すそ》の火を叩き消そうとしている。だが、なかなか火は消えない。

そんなとき、後方に停まったプリウスからサイレンの音が響いてきた。杉浦がＩＣレコーダーに録音したパトカーのサイレン音を再生させたのだろう。過去に一、二度、同じ手を使ったことがあった。

二人組はうろたえ、脇道に逃《のが》れた。

しかし、逃げられたのはアルファードの数十メートルほど後方までだった。多門は二人を追いかけ、男たちの首に長くて太い腕を回した。ヘッドロックした二人の頭をぶつけてから、大きく足を払う。

男たちは路面に横倒しに転がった。多門は二人の黒いフェイスマスクを剝《は》ぎ取った。ともに、二十五、六歳だろう。半グレっぽい。

「おめえらは裏便利屋の寺崎の仲間だなっ」

多門は言った。

だが、二人の男は唸《うな》るだけで答えようとしない。多門は男たちの側頭部にアンクルブーツの踵《かかと》を乗せ、大きく左右に抉《こじ》った。ボウガンを使った男が大声で哀願した。

「もう勘弁してくれーっ。おれたちは、寺崎勇次《ゆうじ》さんの中学の後輩だよ。一つ下なんだ」

「名前は？」

「おれは堀内《ほりうち》功《いさお》だよ。仲間は南雲《なぐも》、南雲敏宏《としひろ》ってんだ」

「どっちも半グレだな」

「うん、まあ」

「寺崎に言われて、茶色いキャリーケースを強奪する気だったんだろ？」

「そ、そうだよ」

「中身について、寺崎はどう言ってた？」

「五千万円の身代金が入ってるはずだと……」

「なんで寺崎は雇い主の草野が犯行《ヤマ》を踏んだ営利誘拐の身代金を横奪《ど》りする気になったんだ？」

「寺崎先輩は池袋《いけぶくろ》で〝売春ネットカフェ〟を経営してたんだけど、三カ月前に警察に摘発されちゃったんだ」

「それは新手の非合法ビジネスなんだな？」

多門は確かめた。

「そう。だいぶ前から、完全個室のネットカフェが増えたんだよ。天井があって、ちゃんとドアに鍵が掛けられるんだ。狭いけど、完全に密室だね」

「そうか」

「寺崎先輩は家出《ヤサグレ》した女子中高生を個室型ネットカフェに寝泊まりさせて、売春《ワリキリ》をさせてたんだよ」

「その個室に客たちを次々に送り込んでたのか」

「そう。シャワールームもあるから、売春《ワリキリ》ビジネスが成り立つ。女の子たちの稼ぎの半分をハネてたようだから、だいぶ儲けたはずだよ。だけど、誰かに密告《チク》られたんで、仕方なく先輩は裏便利屋をやってるんだ。身代金もうまく強奪して、また何か裏ビジネスをやる気なんだと思うよ」

堀内は口を閉じた。仲間の南雲が絶望的な溜息《ためいき》をついた。

そのとき、杉浦が脇道に入ってきた。元刑事は立ち止まると、街灯の光に模造警察手帳を翳《かざ》した。

堀内と南雲が顔を見合わせ、首を横に振った。

「クマ、こいつら二人を後から連れていくよ。先に監禁場所に急ぎな。五千万の現金《ゲンナマ》を拝んだら、万引きGメンも人質を解放するんじゃねえか」

「そうだろうね」

多門は杉浦に言って、大通りに向かって走りはじめた。

4

女性の悲鳴が聞こえた。

パワーウインドーのシールドは下げてあった。だから、悲鳴が車内まで届いたのだろう。切迫した声は、監禁場所と思われる倉庫から発せられたようだ。

多門はボルボを路肩《ろかた》に寄せ、急いで運転席を離れた。

車寄せに黒いセレナは見当たらない。草野は警察に踏み込まれることを懸念して、どこか近くに身を潜《ひそ》めたのかもしれない。

多門は足音を殺しながら、倉庫のシャッターに忍び寄った。

そのとき、大声で女性が救いを求めた。名取琴美の声だった。多門はシャッターの潜《くぐ》り戸のドア・ノブに手を掛けた。施錠されていなかった。

多門は潜り戸を押し開け、建物の中に躍《おど》り込んだ。

スチール棚の間に男女が見える。二十七、八歳の男が琴美の上にのしかかり、衣服を脱がせようとしている。近くに横倒しになった椅子が転がっていた。ロープも落ちている。

やはり、草野は庫内にいないようだ。裏便利屋の寺崎は依頼人がいない隙《すき》に琴美の体を汚す気になったらしい。

多門は揉《も》み合う二人に駆け寄った。

男の後ろ襟《えり》を掴み上げる。すかさず多門は、相手を大腰《おおごし》で床に投げ飛ばした。男が長く唸《うな》った。

「きみは隅に退避しててくれないか」

多門は琴美を摑み起こした。琴美が大きくうなずき、庫内の一隅まで退《さ》がった。

男が半身を起こしかけている。多門は間合《まあ》いを詰め、相手の腹部を蹴った。間《ま》を置かずに顎《あご》を蹴り上げる。男は仰向けにぶっ倒れ、呻《うめ》きはじめた。

「おめえは裏便利屋の寺崎だな」

「………」

「返事をしろ！」

「そ、そうだよ」

「おめえは草野に雇われたくせに、五千万円の身代金を中学の後輩二人に横奪《ど》りさせようとしたな」

多門は大きな靴で、寺崎の腹部を圧迫した。

「く、苦しい！　足をどけてくれーっ」

「おれの質問に答えるんだっ」

「身に覚えがない、本当だよ」

「おめえの中学の後輩の堀内という奴が、そっちに身代金を強奪しろと指示されたことを吐いたんだよ。南雲って男も、そのことを否定しなかった」

「あいつら、ドジ踏んだのか⁉」

寺崎は天井を仰《あお》いで、吐息《といき》を洩《も》らした。

「もう観念しろ。てめえは〝売春ネットカフェ〟でおいしい思いをしてたが、警察の手入れを喰《く》らったんで……」

「そうだよ。反目してる半グレ集団の誰かが池袋署に匿名密告したんだろう。腕っこきの弁護士のおかげで、おれは不起訴にしてもらえた。けど、摘発されたんで、売春ビジネスの収益《アガリ》は消えちまったんだ」

「で、草野の営利誘拐の手伝いをする気になったわけか？」

「そうだよ。草野のおっさんとは一年半ぐらい前から同じ酒場に通ってたんで、顔見知りだったんだ。社長令嬢を拉致《らち》して人質を見張ってくれたら、一千万をくれるって話だったんだよ。草野のおっさんは『スマイル製菓』の名取社長に五千万の身代金を要求した。おれの取り分が五分の一だなんて、欲が深すぎると思わない？」

「おめえは分け前が少なすぎるんで、身代金の五千万をそっくり堀内たち二人に横奪りさせることにしたんだな」

「そうなんだが、堀内と南雲の野郎はしくじりやがった」

「まだ二十代なのに、ずいぶん大胆なことを企《たくら》んだな。仮にも草野は、おめえの雇い主じゃねえか」

多門は言った。

「おれ、草野のおっさんの弱みを知ってるんだ。おっさんは派遣保安員を長くやってたんだが、根っからの悪党《ワル》なんだよ」

「その話をつづけてくれ」

「草野は万引き犯を取っ捕まえると、お目こぼし料をせしめて窃盗事件はなかったことにしてたんだ。好みの女万引き犯はホテルにも連れ込んでたんだよ」

「悪事はそれだけじゃないはずだ」

「まあね。草野のおっさんは万引き常習犯の女たちに高価な宝石や貴金属なんかを盗《ギ》らせて、それを目白に住んでる三谷って故買屋《こばい》に買い取ってもらってるんだ。その上……」

「その先のことを言いな」

多門はもう片方の足を寺崎の腹部に乗せてから、低くジャンプした。離れると、寺崎は体を縮めて体を左右に振った。

「言いかけたことを喋りなっ」

「わかったよ。けど、少し待ってくれ。呼吸を整えたいんだ」

「いいだろう。喋らなかったら、もっと……」

「言う、喋るよ。草野のおっさんは故買屋の三谷にはさんざん世話になったのに、とんでもないことをしたんだ」

「とんでもないこと？」

「そう。草野は故買屋の愛人を寝盗《と》ったんだよ、ブランド物の服、靴、アクセサリーをプレゼントしまくってな」

「三谷の愛人《レコ》のことを教えてくれ」

　多門は促《うなが》した。

「名前は山岡沙霧《やまおかさぎり》で、確か二十六歳だったな。元クラブホステスなんだけど、太客《ふときゃく》の故買屋の三谷の彼女になったんだよ」

「草野は、沙霧って女に惚《ほ》れてしまったのか。どうなんだ？」

「それはどうかな。抱きたい女のひとりだったかもしれないけど、おっさんは何か別の目的があったんだと思うよ。沙霧と男女の関係になれば、三谷がどんな方法でインドやスリランカの闇市場に盗品を流してるのかわかると踏んだんじゃないの？」

「考えられるな」

「山岡沙霧は金銭欲が強いんで、パトロンの三谷に内緒で草野のおっさんからも月々の手当を貰ってるんだろう」

「二人のパトロンをうまく操《あやつ》って、せっせと銭を貯《たくわ》えてるわけか」

「沙霧はおっさんたちに抱かれてるだけじゃなく、若い男たちと適当に遊んでるんじゃないかな」

「山岡沙霧はどこに住んでるんだ？」

「千代田区《ちよだく》一番町《いちばんちょう》にある『市ケ谷《いちがや》エクセレントレジデンス』の九〇八号室に住んでるはずだよ」

「三谷は、その部屋に通ってるのか？」

「それは確認済みだよ。草野のおっさんは、都内のシティホテルの一室で沙霧と密会してるみたいだな。故買屋は反社会的な組織とつき合いがあるんで、沙霧を寝盗って産業スパイめいたことをさせてるんだ。おっさんはそのことが三谷にバレることを恐れてると思うよ」

「そうだろうな。ところで、草野はどこにいる？」

「わからないんだ。身代金が届けられたころを見計らって、ここに戻ってくると言ってた。おっさんは、おれが目黒《めぐろ》区内でかっぱらった黒いセレナで出ていったんだよ。もしかしたら、人質の家族が警察の協力を仰いだかもしれないと警戒したんじゃないのかな」

「そうかもしれないな。そう遠くない場所で、草野はこちらの様子をうかがってるんじゃないか」

「草野のおっさんは、あんたのことを名取琴美のボディーガードみたいな奴だと言ってたが、いったい何者なんだ？」

寺崎が訊《き》いた。

「おれのことを詮索《せんさく》すると、不幸を招くぞ」

「あんた、五千万円の身代金を草野に渡す気はないんじゃないの？　それでも、おれはかまわないよ。あんたに協力してもいいから、二千万だけ貰いたいな。三千万円はあんたがネコババしたら？『スマイル製菓』は黒字経営なんだろうから、消えた身代金の行く先を熱心に調べやしないだろう」

「おめえとグルになる気はねえよ。人質を辱《はずかし》めようとした罰だ」

多門は言って、寺崎の股間に踵《かかと》落としを見舞った。

寺崎が両手で急所を押さえて、床《フロア》の上でのたうち回りはじめた。多門は琴美のいる場所に足を向けた。

十メートルほど進んだとき、シャッターの潜り戸が押し開けられた。草野が戻ってきたのか。

多門は用心しながら、体ごと振り返った。ゆっくり近づいてくるのは杉浦だった。顔がところどころオレンジ色に染まっている。

「杉さん、何があったんだい？」

「堀内って奴の両手首を結束バンドで括《くく》ろうとしたら、仲間の南雲がこっちの顔面にペッパースプレーを吹きつけやがったんだ」

「目が痛くて、少しの間、瞼《まぶた》を開けられなかったんだろう？」

「そうなんだ。その二人はアルファードに二台の電動キックボードを積んでた。おれが目を擦《こす》ってる間に、奴らは……」

「電動キックボードに乗って逃げたのか」

「そうなんだよ。面目ねえ。個人所有のキックボードは時速三十キロも出せるんだ。薄目で走って追いかけても徒労に終わったと思うよ。言い訳に聞こえるだろうがな」

「そうだと思うよ」

「クマ、万引きGメンの草野と人質の姿が見当たらないようだが、どうしたんだい？」

杉浦が問いかけてきた。多門は経過を手短に話した。

「例のキャリーケースは、ボルボの中か？」

「そう」

「草野がこっそり戻ってきて、キャリーケースごとボルボに乗って逃げるかもしれないぞ」

「おれがキーレスの遠隔操作器を持ってるから、その心配はないよ」

「いや、油断はできねえぞ。自動車窃盗グループはしっかりロックされてる高級車をものの数分でかっぱらってる。犯罪馴《な》れしてる草野なら、ボルボを盗むことはできるかもしれねえぞ」

「そうだろうか」

「おれがボルボのそばで見張っててやるよ」

杉浦が体を反転させ、倉庫から出ていった。

多門は目で琴美を探した。琴美は左端のスチール棚の背後に隠れていた。多門は琴美に歩み寄って、優しく声をかけた。

「怖い思いをさせてしまったな。けど、もう大丈夫だよ。寺崎の仲間たちがおれの車を立ち往生させて、五千万円入りのキャリーケースを横奪りしようとしたんだ」

「えっ、そうなんですか」

「そいつら二人は目的を果たせなかったんで、アルファードを乗り捨てて逃走したんだよ。身代金は奪われずに済んだ。見張り役だった寺崎はぶちのめした。いずれ主犯の草野がここに戻ってきたら、取っ捕まえるよ」

「あの男はわたしのスマホを奪って、そのままなんです。自分の安否を家族に伝えたいので、多門さんのスマホをお借りできないでしょうか」

琴美が言った。

「スマホをすぐに貸してやりたいが、まだ家の人たちには電話しないでほしいんだ」

「なぜなんですか?」

「主犯の草野を取っ捕まえてから、寺崎と一緒に警察に引き渡したいと考えているんだよ」

「一つ教えていただけますか。一般市民が犯罪者を逮捕することなどできないのでは……」

「意外に知られていないが、民間人も犯罪者を取り押さえることはできるんだよ。ほら、電車内で痴漢をしたりスリを働いた奴が乗客たちにホームに突き出されて数人に身柄を確保されることがあるじゃないか」

「そうですね」

「犯罪現場なら、誰でも犯人を取り押さえることはできるんだよ」

「そうなんですか。草野からスマートフォンを取り戻してから、家の者に無事だということを伝えます」

「悪いけど、そうしてくれないか」

「わかりました。草野は警察に突き出されたら、万引きをした女性に宝石や貴金属を盗ませたことを自供するのではありませんか？」

「営利誘拐に関することしか供述しないだろうな。ほかの犯罪まで自白したら、刑が重くなるだけだから」

「そうでしょうね。わたし、少し安心しました」

「もう心配ないよ」

多門は琴美の肩口を軽く叩いた。

その直後、シャッターの潜り戸が軋《きし》み音をたてた。多門は視線を延ばした。

寺崎の後輩の堀内と南雲が杉浦の腕をホールドしているではないか。杉浦は倉庫を出て間もなく、堀内たちに自由を奪われたようだ。

よく見ると、南雲は両刃のダガーナイフを杉浦の首筋に密着させていた。刃渡りは十六、七センチだろうか。

「てめえが、堀内たち二人におれの相棒を押さえさせたんだなっ」

多門は寺崎を睨《ね》めつけた。

「さあ、どうでしょう？」

「とぼけるんじゃねえ」

「えへへ」

寺崎がへらへらと笑った。多門は拳《こぶし》を固めた。

「おまえら、逃《フ》げ《ケ》たんじゃなかったのかよ？」

寺崎が言いながら、ゆっくりと立ち上がった。先に口を開いたのは堀内だった。

「逃げた振りをしただけですよ」

「そういうことか。で、例のキャリーケースはまだ積まれたままなのか？」

「ええ、そうです。けど、大男のボルボはロックされてるんで、エンジンをかけられないですよ」

「なら、ボルボのウインドーシールドをハンマーで砕《くだ》いて、身代金をお前らが手に入れた盗難車に積み替えてくれ。わかったな」

「それはできません」

「堀内、頭《ペテン》がおかしくなったのか⁉」

「おれも南雲もノーマルです」

「てめえら二人で五千万を横奪りする気になりやがったのかっ」

「外れです。おれたちは先輩を裏切って、草野さんに協力することにしたんですよ。身代金をちゃんと手に入れたら、おれと南雲は一千万円ずつ成功報酬を貰えることになってるんです」

「なんだと⁉　てめえら、先輩のおれを虚仮《こけ》にしやがって！」

「寺崎さんこそ裏切り者でしょ！」

「てめえら、おれをどうする気なんだ？」

寺崎が二人の後輩を等分に見た。堀内が無言でベルトの下から白っぽい物を引き抜いた。多門は、もう少し様子を見ることにした。

「堀内、それは何なんだ⁉」

「3Dプリンターで密造した二連発式の拳銃です。変形型のデリンジャーですよ。手製の薬莢《やっきょう》には、たっぷり黒色火薬を詰め込んであります」

「て、てめえ、おれを撃つ気なんだなっ」

「当たりです。草野さんは先輩に裏仕事のことを知られてるんで、枕を高くして眠れないらしいんですよ」

「ふざけやがって！」

寺崎が身を翻《ひるがえ》し、倉庫の奥に向かって走りだした。堀内が手製の拳銃を構えながら、すぐ寺崎を追う。仲間割れか。よくあることだ。多門は別に驚かなかった。

十数秒、銃声が響いた。後頭部に被弾した寺崎は前方に倒れた。それきり、まったく動かない。即死だったのだろう。

「南雲、どうしよう⁉　おれ、寺崎先輩を撃っちまったよ。殺人犯になったわけだ。ヤバいな」

堀内が取り乱した。

「おい、頭がおかしくなったのか？」

多門は堀内に言った。

堀内は何も答えなかった。パニックに陥っているのか。

多門は手早くレザージャケットを脱ぎ、物陰から飛び出した。堀内が振り向いて、手製の拳銃を胸の高さに掲《かか》げる。

多門は右手に持ったレザージャケットを投げ放った。うまい具合にレザージャケットは堀内の頭部に被《かぶ》さった。

多門は床《フロア》を蹴って、堀内に体当たりをくれた。堀内が吹っ飛んで、フロアに倒れ込む。

多門は身を屈《かが》め、先に床に落ちた手製の拳銃を拾い上げた。次に自分のレザージャケットを拾い上げ、堀内の脇腹を思うさま蹴る。

堀内は獣じみた声をあげ、長く唸《うな》った。

「刃物を捨てな」

多門は手製の拳銃の銃口を南雲に向けた。

南雲がダガーナイフを遠くに投げた。杉浦が南雲に肘打《ひじう》ちを浴びせ、両足を強く払った。南雲が横倒しになる。まるで倒木のようだった。

「杉さん、怪我《けが》は？」

多門は問いかけた。

「無傷だよ。クマは？」

「こっちも同じだよ。南雲の身柄を確保してくれないか」

「あいよ」

杉浦は南雲を俯《うつぶ》せにすると、南雲の両手首を結束バンドで縛った。

多門はレザージャケットを羽織《はお》ってから、堀内に手製拳銃の銃口を向けた。

「う、撃つのかよ⁉」

堀内の眼球が恐怖で盛り上がる。

「おめえの出方次第じゃ、引き金を絞ることになるな。いま草野はどこにいるんだ？」

「この近くにいると思うよ。盗んだセレナに乗って、おれからの連絡を待ってるはずなんだ」

さない。

「草野に連絡して、ここに誘い込め！」

多門は命じた。堀内が自分のスマートフォンで電話をする。だが、いっこうに喋りだ
「先方の電話は電源が切られてるよ」

「草野は異変を感じ取って、この倉庫から遠ざかったみたいだな。おそらくおまえら二人は、一円も貰えないだろう」

「そ、そんな⁉　まとまった金を手に入れられると思ったから、寺崎先輩を殺《や》ったのに」

「おまえら二人は甘いな。草野にうまく利用されただけにちがいない」

「おれと南雲はどうなるんだ⁉」

「警察はしぶといぜ。殺人犯が逃げ回っても、長く潜伏することは難しいだろう。肚《はら》を括って、出頭するんだな」

多門は言い放って、堀内の両肩の関節を外した。堀内が泣きはじめた。激痛に耐えられなくなったのだろう。

多門は戦利品の手製拳銃をレザージャケットに突っ込んだ。後で、どこかに捨てるつもりだった。

多門は杉浦に近寄り、堀内から聞いた話を伝えた。

「草野は当分、潜伏する気なんだろうな。クマ、どうする？」

「琴美を自宅に届けて、後日、身代金を偽名で名取克彦に送り返す。娘には正体不明の男に救出されたと嘘をついてもらうよ」

「家族に嘘をつくのは辛いんじゃねえのか？」

杉浦が言った。

「だろうね。しかし、琴美は草野に窃盗症《クレプトマニア》のことをちらつかされて、『銀宝堂』で高価な宝飾品を盗《ギ》ることを強要されたが、犯行に及ばなかった。そのことが営利誘拐を招くことになった。琴美が事実を両親や兄貴に語ったら、本人はもちろん、家族も苦悩することになるんじゃないか？」

「そうだろうな。身代金は取り戻すことができたんだから、そうしたほうがいいかもしれねえな」

「琴美が納得したら、彼女を成城の自宅に送り届けるよ。杉さんは堀内たち二人を置きざりにして、殺人事件現場から消えてくれないか」

「わかった。そうすらあ」

「日当に経費をプラスしたからね」

多門は杉浦に十五万円を渡し、琴美のいる場所に足を向けた。

第三章　隠された野望

1

妙だ。

どう考えても、おかしい。前夜の射殺事件はまったくテレビで報じられなかった。ネットニュースも同じだった。

多門は首を傾《かし》げて、テレビの電源を切った。

代官山の自宅マンションの寝室だ。時刻は午前十一時半近かった。朝食と昼食を兼ねたブランチを摂《と》り終えたのは数十分前である。

多門は特注の巨大ベッドから腰を上げ、ダイニングキッチンに移った。

預かった札束入りのキャリーケースは冷蔵庫の近くに置いてある。

早く身代金を名取家にこっそり返したいが、いまはそのときではない。琴美の弱みにつけ入る者たちを叩き潰《つぶ》すまで、自分が密かに動いていることを名取克彦に知られたくなかったからだ。

身代金が犯人側に渡っていない事実を知ったら、琴美の父親は警察に協力を仰《あお》ぐ気になるかもしれない。それは不都合だった。

多門は昨夜、予定通りに琴美を成城の自宅に車で送り届けた。それから、自分の塒《ねぐら》に戻ってきたのだ。

多門はシンクに向かい、汚れたマグカップやパン皿を手早く洗った。

家事は少しも苦にならなかった。幼いころから〝鍵っ子〟だったからだろう。とうの昔に亡くなった母はシングルマザーだった。

妻子のある男性と親密な関係になり、未婚のまま多門を産んだ。そして、看護師として働きつづけ、女手ひとつで子を育て上げた。多門は小学四年生のときから、あらかた家事をこなしていた。裁縫《さいほう》もできる。ボタン付けは得意だった。

洗いものを済ませたとき、ダイニングテーブルの上でスマートフォンが鳴った。

発信者は相棒の杉浦だった。多門はスマートフォンに手を伸ばし、スピーカー設定にした。

「杉さん、きのうはありがとう！」

「こっちこそ、日当に色をつけてもらって悪かったな。実は、いま昨夜《ゆうべ》の事件現場に来てるんだ」

「きのうの事件《ヤマ》、なぜだかマスコミで報道されてないね」

「そうなんだよ。で、変だと思ったから、ここに来てみたんだ。そしたら、堀内に手製拳銃で撃ち殺された寺崎の死体《ロク》が消えてたんだよ」

杉浦が早口で言った。

「なんだって⁉」

「堀内か南雲が半グレ仲間にSOSを出して、事件現場に何人か来てもらったんじゃねえのかな」

「それ、考えられるね。死んだ寺崎を寝袋に入れるか、毛布ですっぽり包んで……」

「倉庫から運び出して、海か山に遺棄《いき》したんじゃねえか」

「そうかもしれないな」

多門は言いながら、椅子に腰かけた。

「杉さん、床の血痕は？」

「きれいに拭《ぬぐ》われてた。ルミノール反応で血痕はわかるだろうが、肉眼ではわからなかったな」

「そう。手製拳銃の銃声は割に鈍《にぶ》かった。それでも、近所に住んでる者には聞こえたと思うんだがな」

「倉庫の周辺はオフィスが多くて、民家は少なかった。それだから、３Ｄプリンターで密造した変形型デリンジャーの銃声を耳にした人間はいなかったんだろう」

「と思うよ。逃げた半グレの二人は草野の潜伏先に匿《かくま》ってもらってるのかな。いや、それは考えにくいか」

「おそらく堀内と南雲は半グレ仲間たちに匿ってもらってるんだろうね」

「多分な。クマ、身代金の入ったキャリーケースはボルボに積んだままなのか。そうだとしたら、車ごと持ち去られる恐れがあるぞ」

「その不安もあったんで、預かった身代金はおれの部屋に置くことにしたんだ」

「なら、安心だろう。草野は、『スマイル製菓』の名取社長から、何がなんでも五千万円を脅し取る気なんじゃねえのか」

「杉さん、人質に取られた琴美はもう救出したんだよ」

「そうだったな。営利誘拐で身代金をせしめることはできなくなったが、琴美の窃盗症《クレプトマニア》のことを脅迫材料にはできるぜ」

杉浦が言った。

「そうなんだが、切札としては弱いんじゃない？」

「いや、弱くはねえな。『スマイル製菓』の社長令嬢が窃盗症《クレプトマニア》で心療内科クリニックで治療を受けてることをネットで暴《あば》かれたら、琴美だけではなく、創業家一族のイメージに傷がつくんじゃねえか」

「それは避けられないだろうね。草野の脅迫に屈したとはいえ、琴美は『銀宝堂』で高価な商品を盗《と》ってこいと指示されて、店内に足を踏み入れてる。こっちが彼女に芝居をさせたんで、罰《ばっ》せられるようなことはしなかったわけだけど」

「そういう話だったな。それでも草野が琴美のことを何もかもネットで暴いたら、社長令嬢は生きつづける勇気を殺《そ》がれるんじゃねえか」

「かもしれないね」

「けど、あまり悪いほうに考えないほうがいいよ。草野が身代金に代わって、五千万円の口止め料を名取社長に要求してきたら、奴を取っ捕まえるチャンスじゃねえか」

「そうだね。プラス思考でいくか。何か動きがあったら、杉さんに教えるよ」

「わかった。おれは草野の交友関係と故買《こばい》屋の三谷の情報を集めてみらあ」

「頼むね」

多門は電話を切って、紫煙をくゆらせはじめた。ロングピースを三口《みくち》ほど喫《す》ったとき、スマートフォンに着信があった。

電話をかけてきたのは名取琴美だった。

「きのうは救出してくださって、本当にありがとうございました」

「当然のことをしたまでだよ。それより、身代金のことは家族にどう話したのかな」

「誰かに横奪《ど》りされたようだと言っておきました」

「両親とお兄さんは、その話を疑ったりしなかったか？」

「ええ」

「家族に信用されてるんだな」

「そうなんでしょうね。本当のことを家族に打ち明けたら、多門さんを窮地に追い込むことになるかと考えたので……」

「そう」

「大事なことが後回しになってしまいましたけど、数十分前に草野と思われる男がわたしのスマホを使って、会社にいる父に電話をかけたみたいなんです」

「そいつは、親父《おやじ》さんにどんなことを言ったのかな？」

多門は訊《き》いた。

「身代金の五千万円を誰かに横奪りされたんで、指定する五人の銀行口座に一千万円ずつ明日の午後二時までに振り込めと命じて通話を切り上げたそうです。草野は五千万円の身代金を手に入れることができなかったことを知って、新たに同額の口止め料をせしめる気になったんでしょう。それはそれとして、他人名義の銀行口座を簡単に入手できるんでしょうか？」

「きみは知らないだろうが、裏社会では他人名義の銀行口座はたやすく買えるんだよ。いろんな理由で金に困った連中が自分の銀行口座をブローカーに五、六万円で売ってるんだ」

「そうなんですか」

「そういう手を使えば、恐喝犯がすぐ警察に怪しまれることはないだろう。少なくとも、時間稼ぎはできるわけだ」

「そうでしょうね」

「親父さんは、指示通りに五つの口座に一千万ずつ振り込む気なんだろうか」

「はい。きょうの午後には、そうするつもりのようです。父は、わたしの厄介《やっかい》な心の病気のことをネットに上げられることを恐れているんだと思います」

「そうなんだろうな」

「わたし、父母に辛い思いをさせたくないんです。窃盗症《クレプトマニア》のことを多くの人に知られてもいいと思いながらも、開き直ることができません。ですので、家族に嘘をつきつづけているんです。それが苦しくて、苦しくて……」

「時には嘘も必要なんじゃないかな。事実を伏せることで、家族が救われる場合もあると思うよ」

「そうなのかもしれませんね」

「五人の口座に一千万円ずつ振り込むのは、明日の午後二時過ぎまで待ってもらえないか。もっともらしいことを親父さんに言って、とにかく待ってほしいんだよ。きみは現在、人質に取られてるわけじゃない。仮に振り込みのリミットが過ぎても、脅迫者に危害を加えられる心配はないだろう」

「ええ、そうでしょうね」

琴美が言った。

「こっちとの関わりも家族には黙ってたほうがいいな。おれは草野だけじゃなく、寺崎たち半グレ連中にも手荒なことをしたから」

「多門さんが警察にマークされるようなことは避けたいですね。わかりました。父にそれらしい作り話をして、振り込みを明日の午後三時ごろにしてほしいと頼んでみます」

「面倒をかけるが、そうしてほしいんだ。こっちは情報を集めて、できるだけ早く草野の潜伏先を突きとめるよ」

「よろしくお願いします」

「そうだ、通信会社にスマホを紛失したことを届け出たほうがいいな。そうしないと、草野に悪用されつづけるだろうからね」

「はい、そうします」

「何かわかったら、きみに教えるよ」

多門は言って、通話を切り上げた。ほとんど同時に、チコから電話がかかってきた。

「クマさんの部屋に遊びに行こうと思ってるんだけど、都合はどう？」

「あいにくだが、都合はよくないな」

「誰か女を部屋に連れ込んだんじゃない？」

「そうじゃねえんだ。ちょっとしたことで知り合った大学院生の娘《こ》の力になってあげてるんだよ」

多門はそう前置きして、事の成り行きを説明した。

「草野って奴、かなりの悪党ね。懲《こ》らしめちゃえば」

「もちろん、そうするさ。そんなことで、おれは動き回らなきゃならねえんだよ」

「そうなの。何かあたしに手伝えることがあったら、いつでも声をかけてちょうだい。ダーリンに喜んでもらえるんだったら、わたし、なんでもやっちゃう」

「ダーリンって、おれのことか？」

多門は確かめた。

「いまさら寝《ね》ぼけたことを言わないで。あたしのダーリンは、クマさんよ。あたしはクマさん一筋なんだから」

「せっかくだが、こっちはノーサンキューだ。女一本槍だからな」

「憎まれ口ばかりたたいて。でも、好きよ。それじゃ、またね！」

チコが屈託《くったく》なげに言って、先に電話を切った。多門はスマートフォンの通話終了ボタンをタップして、浴室に足を向けた。

熱いシャワーを浴び、歯を磨く。ついでにシェーバーを使って、寝室で外出の仕度に取りかかった。

多門は一服してから、旧知の情報屋に電話をかけた。

柿沼満寿雄《かきぬまますお》という名で、六十八歳だ。四谷でバーを経営しながら、裏社会の情報をブラックがかった連中に流している。

「よう、久しぶりだね。多門ちゃん、変わりはない？」

「なんとか生きてるよ。柿沼の旦那は？」

「本業の売上がコロナ禍で下がりっ放しだったんで、裏の仕事でカバーしてきたんだ。歌舞伎町一帯が焦土と化したから、無法者たちが水面下で地権の奪い合いをしてるんだよ。欲と欲がぶつかりゃ、血の雨も降る。だから、そういう奴らは敵対関係者の弱点を必死に摑もうとしてる」

「だろうね」

「多門ちゃん、何が知りたいのかな？」

「元万引きGメンの草野恭太郎って奴に関する情報を持ってる？」

「残念ながら、そいつのことは何も知らないな。その草野って男はどんな犯行《ヤマ》を踏んだの？」

「女性の万引き常習犯の弱みにつけ込んで、彼女たちに宝飾品を盗《ギ》らせてたんだ。そのうちのひとりが命令に従わなかったんで、半グレの裏便利屋に拉致監禁させて、親に娘の身代金を要求したんだよ」

「悪い奴だな」

「こっちが邪魔したんで、身代金は草野には渡らなかったんだが、今度は他人名義の銀行口座に明日の午後二時までに金を振り込めと……」

「そう。草野って野郎は手に入れた貴金属をどう捌《さば》いたのかな？」

柿沼が問いかけてきた。

「旦那、目白に自宅と事務所を構えてる故買屋の三谷泰士のことは知ってる？」

「ああ、知ってるよ。三谷は金と女に目がない男で、前科《マエ》が三つか四つあるはずだ」

「おれ、草野の潜伏先を突きとめたいんだよ。元万引きGメンは、手に入れた盗品を三谷に引き取ってもらってたんだ。そうしながら、三谷の愛人の元クラブホステスを寝盗《と》って、産業スパイめいたことをやらせてるみたいだな」

「産業スパイ？」

「そう。草野は自分も故買屋になる準備をしてて、元クラブホステスの山岡沙霧に成功の秘策を探り出させてるようなんだ」

「その彼女と三谷が頬を寄せ合ってる写真は持ってるよ。静止画像だけど、三カットほどある。そいつを多門ちゃんのスマホに送ろうか？」

「そうしてもらえるとありがたいな。旦那、いくら情報料を払えばいい？」

「水臭いことを言うなって。たいした情報を提供したわけじゃないんだから、金なんか取れないよ」

「しかし、それでは……」

「これまで多門ちゃんから、だいぶ情報料を貰った。だから、無料サービスでいいんだ」

「それなら、何かで必ず埋め合わせをするよ。手間を掛けるが、すぐ静止画像を送ってほしいんだ。よろしくね」

多門は電話を切った。

二分ほど待つと、柿沼から静止画像が送信されてきた。多門は被写体の三谷と沙霧の顔を脳裏に焼きつけてから、部屋を出た。エレベーターで地下駐車場に降りる。

多門はボルボXC40に乗り込み、山岡沙霧の自宅マンションに向かった。『市ヶ谷エクセレントレジデンス』に着いたのは三十数分後だった。三谷の愛人は自宅にいるのか。それを確かめる必要があった。

多門はボルボを路上に駐《と》めて、目的のマンションの集合インターフォンに足を向けた。テンキーを押したが、応答はなかった。どうやら沙霧は外出中らしい。

多門は自分の車に戻り、沙霧の帰宅を待つことにした。一時間経《た》っても、三谷の愛人は自宅マンションに戻ってこなかった。

それでも多門は待ちつづけた。

沙霧がギターケースを肩に掛けた二十四、五歳の男と連れ立って自宅に戻ったのは、午後二時半過ぎだった。男は売れないミュージシャンなのか。沙霧は連れと腕を絡めていた。

昼間にパトロンの三谷が愛人の部屋を訪れることは、めったにないのではないか。また、草野が沙霧の自宅に近づくとも考えにくい。

元クラブホステスは二人のパトロンの目を盗んで、若い男を摘《つま》み喰《ぐ》いしているのではないだろうか。そうだとしたら、強《したた》かな女性だ。

多門はボルボを降り、沙霧たち二人の前に立ちはだかった。

「何だよ、おたく？」

ギターケースを持った男が前に踏み出し、喧嘩腰に言った。多門はせせら笑って、懐から模造警察手帳を取り出した。

「警視庁の者だ」

「えっ⁉」

若い男が顔を強張《こわば》らせ、二歩後退した。

「音楽関係の仕事をしてるのか？」

「一応ね。でも、まだブレーク前なんだ」

「インディーズ系のミュージシャンはストレスが溜《た》まりやすいんだろうな。大麻や合成麻薬で憂さを晴らしたくなるときもあるんじゃないか。どうなんだい？」

「証拠もないのに、人を疑ったりしないでくれっ」

「威勢がいいな。悪いが、そっちは少し離れててくれないか」

「なんでだ！」

「山岡沙霧さんと親しくしてる男性が、ある事件に関与してる疑いがあるんだ」

多門は、とっさに思いついた嘘を澱《よど》みなく喋った。

「本当かよ⁉」

「とばっちりで、そっちが事情聴取されるのはうっとうしいだろうが？」

「ああ、それはね。沙霧さんは、おれのファンなんだ。よく出てるライブハウスに来てくれてるんだよ」

「ただのファンってわけじゃないんだろう？」

「それは……」

「男女の関係だとしても、そっちが罰せられることはないだろうが、捜査員は被疑者の周辺の者も徹底的に調べ上げる」

「おれ、帰るよ」

若い男は沙霧に告げ、ギターケースを抱えて来た道を引き返していった。沙霧が眉根《まゆね》を寄せる。

「あなた、偽刑事でしょ？　どう見ても、やくざっぽいもの」

「偽の刑事だと言ったら、一一〇番する気かな。そうしてもかまわないよ。それはそうと、そっちは逞《たくま》しいな」

「それ、どういう意味よっ」

「沙霧さんには三谷泰士というパトロンがいるのに、元派遣保安員の草野恭太郎とも深い仲になった。その上、さっきの若い奴とも遊んでるようだ。世間の尺度《しゃくど》で言えば、悪女とか妖婦ってことになるんだろうな」

「わたし、草野さんのことは知ってるけど、妙な関係じゃないわ。帰った彼とも、おかしな仲じゃない。本当よ」

「その言葉を鵜呑《うの》みにはできないな。別に二人のパトロンを上手に操《あやつ》って、金品を得てもいいんだ。人それぞれ事情があるだろうからね」

「あなたの狙いはなんなのよ。お金が欲しいの？　それとも、わたしを抱きたいのかな。答えにくいだろうから、わたしの部屋で話を聞くわよ」

「勘違いしないでくれ。おれは強請《ゆすり》で喰ってるわけじゃない。知り合った若い娘《こ》が草野に弱みにつけ込まれて、悪事を強《し》いられたんだよ」

「本当なの？」

「ああ。元保安員の草野は万引きで捕まえた女性たちに宝飾品をくすねさせて、盗品をそっちのパトロンの三谷に買い取ってもらってた。そのことを知らないはずはないよな？」

多門は言った。

「そ、それはわかってたわ」

「正直に話してくれないか。そっちは深い仲になった草野に頼まれて、三谷のダーティー・ビジネスのやり方を探り出し、こっそり教えてたんじゃないのか」

「ね、わたしの部屋に来てよ」

沙霧が多門の片手を握った。

「色仕掛けを使う気になったんだろうが、その手に引っかかるほど初心《うぶ》じゃない」

「少しまとまった小遣いを渡すわよ」

「その手も通用しないな。パトロンの三谷に草野とも関係を持ったことを教えるか。そうしたら、おれに協力せざるを得なくなるだろう」

「三谷のパパには、草野さんとの関係は絶対に教えないで！　パパは反社会的な組織と繋《つな》がりがあるから……」

「草野との仲を知られたら、そっちは消されるかもしれない？」

「わたしだけじゃなく、草野さんも殺されるでしょうね。三谷のパパはいろんな女と遊んでるくせに、わたしを縛《しば》ろうとするの。すごく嫉妬《しっと》深いのよ」

「なら、二人とも消されそうだな」

「ね、わたしの部屋に来てよ」

「まだ腕を掴んでたのか」

多門は微苦笑して、沙霧の手をやんわりと払った。

「わたし、二人のパパと別れてもいいわ。それで、あなたの女になってもいい」

「あまり自分を安売りしないほうがいいな」

「わたし、三谷のパパを怒らせたくないの。殺されるかもしれないと考えると、怖いのよ」

「三谷は前科四犯なんだ。誰かに殺人《コロシ》を依頼したことが発覚したら、無期懲役を喰らうだろう。それは予想できることだから、愛人のきみを誰かに始末させたりしないかもしれないな」

「そうかしらね」

「肝心な質問をする。草野はどこに隠れてる？」

「それは答えられないわ」

「草野に本気で惚《ほ》れてしまったのか」

「そこまで恋愛感情が高まったわけじゃないけど、三谷のパパより多く手当をくれるし、欲しいと思ってる有名ブランド品はなんでも買ってくれるのよ」

「草野はそんなに金回りがいいのかい。手に入れた盗品を換金してるだけじゃなさそうだな」

「よく知らないけど、草野のパパは何か危《ヤバ》いことをしてるんじゃないのかな。そんな気がしてるの」

「多分、そうなんだろうな。草野の居場所を教えてくれたら、すぐに退散するよ」

「本当に？」

「ああ。女性を困らせるのは、本意じゃないんだ。こっちは根っからの女好きなんだよ」

「草野のパパは、文京《ぶんきょう》区駒込《こまごめ》二丁目にある休業中のパン屋にいるわ。店舗付きの住宅で、二階が居住スペースになってるの。店の屋号は『尾木《おぎ》ベーカリー』よ。店主は、草野のパパの母方の従兄《いとこ》のはず」

「そこに行ったことがあるのか？」

「一度だけ行ったわ。着替えや食料品を届けに行ったのよ」

沙霧がついに白状した。

多門は沙霧に短く礼を言って、ボルボに駆け寄った。エンジンを唸《うな》らせ、文京区をめざす。『尾木ベーカリー』を探し当てたのは、およそ三十分後だった。店のシャッターは下りている。

多門はあたりに人の目がないことを確かめてから、特殊万能鍵でシャッターの潜《くぐ》り戸のロックを解いた。警戒しながら、薄暗い店内に入る。一階は無人だった。

多門は抜き足で、二階に上がった。奥の洋間に人が倒れている。なんと草野だった。

多門は草野のかたわらに屈《かが》み込み、鼻の下に指を伸ばした。呼吸はしていない。口許《くちもと》からアーモンド臭《しゅう》が漂ってくる。

近くにワイングラスが転がっていた。赤ワインの染みが灰色のカーペットに拡《ひろ》がっている。草野が自殺したとは考えにくい。

青酸化合物入りのワインをうっかり飲んでしまって、命を落としたのだろう。口から泡を吹いている。喉《のど》には引っ掻《か》き傷が見える。多門はボトルのラベルを読んだ。チリ産のワインだった。

多門は居室を見回した。

琴美のスマートフォンは、テレビの上に置かれている。多門は琴美のスマートフォンを回収すると、店主が何者か探《さぐ》り回った。

店主は尾木保夫《やすお》という名で、四十九歳だった。なぜ休業中なのだろうか。店主は独身なのか。近所で聞き込みをする必要がある。

多門はそう考えながら、速乾性の透明なマニキュア液を両手の指と掌紋に塗った。改めて二つの居室を眺める。奥の和室にはシングルベッドがあった。店主が使っていたのだろう。別の居室には折り畳み式のシングルベッドが据《す》えられ、毛布が二枚見える。草野が使用していたようだ。

部屋の収納スペースを覗くと、着替えと食料品が入れてあった。沙霧が届けた物と思われる。

二つの大きなビニール袋の向こうに黒いスポーツバッグが見えた。大型だった。多門は大型スポーツバッグを引っ張り出し、ファスナーを開けた。衣類の下にセカンドバッグがあった。

中身は草野名義の三冊の預金通帳、銀行印、実印、他人名義の五冊の通帳、届印だった。多門は真っ先に草野名義の通帳を繰《く》った。三つのメガバンクの残高は、それぞれ八千万円だった。

多門はスマートフォンのカメラで、残高の印字されたページを撮《と》った。振込人は『東西商事』になっている。すぐに検索してみたが、そういう会社は実在しなかった。

多門は他人名義の預金通帳もすべてカメラに収めた。残高は揃って千円未満だった。

大型スポーツバッグの二つのポケットには、百万円の束が四つ入っていた。それに加えて万札が三十七枚あった。

毒殺されたと思われる草野は三つのメガバンクに計二億四千万円を預け、さらに四百三十七万円の現金を所持していた。女性万引き常習者に盗ませた宝飾品を売り捌いても、それほどの高額は得られないだろう。

死んだ草野は、企業恐喝を働いていたのかもしれない。あるいは第三者に故買屋の三谷を強請《ゆす》らせて、口止め料をせしめたのか。

事件現場に長く留《とど》まるわけにはいかない。

多門は大型スポーツバッグを元の場所に戻して、静かに階段を下《くだ》った。シャッターの潜り戸を抜けて、店の外に出る。

多門は刑事に成りすまして、近所で聞き込みを開始した。

歩き疲れた。

2

多門は『尾木ベーカリー』の周辺で聞き込みを重ね、設置されている防犯カメラの映像を観《み》せてもらった。草野の潜伏先に山岡沙霧が出入りしたことは確認できたが、不審な人物は『尾木ベーカリー』に近づいていない。

店主の尾木保夫は先月の中旬に脳梗塞《のうこうそく》で近くの公立病院に入院し、いまはリハビリに励んでいるらしい。草野の従兄は七、八年前に妻と離婚し、その後は独り暮らしをしていたという。そんなことで、草野は従兄の留守宅を預かる気になったのだろう。

間もなく午後三時半になる。多門はハンバーガーショップで大量の食料とコーラを買い込み、ボルボを人通りの少ない裏道に移動させた。

空腹を満たす前に多門は相棒の杉浦に電話をかけ、草野が従兄宅で死んでいることを教えた。

「元万引きGメンは、そんな大金を持ってやがったのか。手に入れた盗品を売り捌《さば》いただけでは、総額二億四千万以上も稼げねえだろう」

「おれもそう思うよ。草野は企業恐喝を働いてたんじゃないかな」

「それも考えられるが、故買屋《こばい》の三谷も口止め料を毟《むし》られたんじゃねえか。だとしたら、殺人の動機はある。こっちが調べたところ、三谷はワイン好きらしいんだ。それで、つき合いのある奴らによく高級ワインをプレゼントしてるんだってよ」

「そうなのか」

「クマ、三谷は愛人《レコ》の山岡沙霧を草野に寝盗《と》られたことを知って、青酸化合物入りのワインをプレゼントしたとは考えられねえか」

「その疑いはゼロじゃないだろうね」

「だよな。それから、沙霧も怪しいぜ。草野と親密になったことをパトロンの故買屋に知られたら、裏切りの代償として命を奪われるかもしれねえからな」

杉浦が言った。

「沙霧は、そのことを恐れてたよ」

「そうなら、沙霧が三谷の犯行に見せかけて毒入りワインを草野に渡したのかもしれねえぞ。『尾木ベーカリー』を訪ねたのは、沙霧だけだったという話だったからな。愛人になるような女は、総じて変り身が早い。パトロンに飽《あ》きたら、次のパパを探すだろう」

「杉さん、そういう思い込みはよくないよ。沙霧は尻軽《しりがる》なんだろうが、毒殺まではやらないと思うな」

「わからねえぞ。一応、山岡沙霧と三谷泰士の二人に揺さぶりをかけてみなよ。そのうち草野の遺体が見つかって、警察が動きだすだろう。所轄の駒込署によく知ってる刑事がいるから、それとなく探りを入れてみらあ」

「そうしてもらえると、ありがたいね」

多門は電話を切ると、ハンバーガーをダイナミックに食べはじめた。フィッシュバーガーも頬張り、コーラを喉《のど》に流し込む。

食後の一服をしていると、今度は名取琴美から電話があった。

「いま自宅の固定電話を使っているんです。母が買物に出かけて、家にはわたしだけしかいません」

「草野恭太郎が死んだよ」

多門は事の経過を伝えた。

「えっ、本当ですか⁉　びっくりしました。人間が亡くなったのに不謹慎ですけど、草野がこの世からいなくなって、安堵《あんど》しました。それがわたしの本心です」

「故人は悪党だったからな。きみがそう思うのは当然だよ。草野にはさんざん苦しめられたんだから」

「ええ、まあ」

「琴美ちゃんのスマホも取り返したんで、きみはもう怯《おび》えなくてもいいんだ」

「多門さん、本当にありがとうございます」

「例の五千万円は頃合を計って、何らかの方法で親父《おやじ》さんの許《もと》に届けるよ」

「もう草野がこの世からいなくなったのですから、身代金のことを家族に話してもいいのではありませんか？」

「いや、それはまだ早いな。見張り役だった半グレの寺崎が後輩の堀内に射殺され、仲間の南雲と五千万円の身代金を横奪《ど》りしかけた。先輩の寺崎の遺体は堀内の半グレ仲間がどこかに遺棄《いき》したと思われるが、堀内か南雲が捕まったら、拉致監禁のことを供述するかもしれない。そうなったら、きみがメンタルを患《わずら》っていることも世間に知られてしまうだろう」

「そうでしょうけど、いつまでも自己保身に捉《とら》われるのはよくないと思うんです」

「後ろめたい気持ちはわかるよ。高潔《こうけつ》な生き方は望ましいが、誰もが清く正しく生きられるわけじゃない」

「そうだと思いますけど、自分が窃盗症《クレプトマニア》で治療中であることを隠しつづけるのは狡《ずる》くて卑怯《ひきょう》な気がするんですよ」

「そんなふうに堅く考えたら、だんだん生きづらくなるぜ。たとえ聖人だって生身なら、内面にどす黒い感情を抱えてるんじゃないか。ごくふつうの人間は程度の差はあっても、打算や保身本能を棄《す》て切れないものだ。心の病気のことで草野に悪事を強要されたことや拉致された事実を明かさなくてもいいんじゃないのかな。ちっとも狡くないさ」

「そうですかね」

「何かで気分転換しなよ。そうすれば、きっと勁《つよ》くなれるにちがいない。もう草野は死んだんだ。しれーっとしてればいいんだよ」

「どうなるかわかりませんけど、気分を換えてみます。多門さんにはご迷惑ばかりかけてしまって、本当にごめんなさい」

琴美がそう言い、通話を切り上げた。

多門は琴美に直《じか》に会って、もっと図太く生きろと助言したかった。しかし、いまは逆効果だろう。

多門はボルボのエンジンを始動させた。

その数秒後、また杉浦から電話があった。

「クマ、最新情報をキャッチしたぜ。半グレの堀内功が青梅《おうめ》署に出頭して、３Ｄプリンターで密造した手製拳銃で中学の先輩の寺崎を射殺したことを自供した。寺崎の死体は、半グレ仲間たちが青梅の山林に埋めたらしい。青梅署に昔の部下がいるんだよ。そいつに別件で電話したら、そのことを教えてくれたんだ」

「堀内は拉致監禁事件のことを喋って、五千万円の身代金を横奪りしようとしたことを自白《ウタ》ったのかな？」

「いや、そのことにはまったく触《ふ》れてないようだ。先輩の寺崎が中学時代から後輩たちにずっと高圧的だったことを苦々しく思ってたんで、同い年の南雲敏宏と一緒に例の倉庫に押し入って、寺崎を手製の拳銃で撃ち殺したと供述したそうだよ」

「堀内が草野に抱き込まれることを吐かなかったのは、元万引きGメンに仕返しされることを恐れたのかな」

「多分、そうなんだろう」

「堀内と南雲は、半グレ仲間たちに寺崎の死体を山林の土中に埋めてもらったにちがいない。おれは二人をだいぶ痛めつけたから、寺崎の死体を自分たちで青梅の山林まで運べっこないからね」

多門は言った。

「それを裏付ける話も聞いたよ。死体遺棄現場の周囲には、三人の靴跡がくっきりと遺《のこ》ってたそうだ」

「共犯の南雲はどうしたんだろう?」

「南雲は北海道に逃げたらしいが、そう遠くない日に身柄《ガラ》を確保されるだろうよ。逮捕されても、南雲は堀内と同じように身代金を横奪りしようとしたことは自白《ウタ》わないと思うぜ。それを喋ったら、刑が重くなるからな」

「そうだね。草野と寺崎が死んだんで、拉致監禁と身代金の件は表沙汰にはならないだろう」

「ああ、多分な」

「琴美ちゃんは、ほっとするだろう。よかった、よかった!」

「クマ、これで一件落着と考えてもいいんじゃねえか」

「そうなんだが、おれはまだ手を引かないよ。草野は悪事を働いて、およそ二億四千四百万円を稼いだと思われる」

「クマの筋《すじ》読みは当たってるだろう。けど、念のために故買屋の三谷泰士にも鎌をかけてみな。三谷は盗品を引き取ってやってた草野に愛人《レコ》の沙霧を寝盗られたことを知ったら、浮気相手を赦《ゆる》さねえと殺意を募《つの》らせてたのかもしれねえから」

「その疑いは可能性ゼロじゃないだろうね。沙霧に協力してもらって、故買屋の三谷をどこかに誘い込むか」

「無駄になるかもしれねえけど、そうしてみろや」

杉浦が電話を切った。

多門はスマートフォンを所定のポケットに収め、ボルボで沙霧の自宅マンションに向かった。近道を選びながら、先を急ぐ。

『市ヶ谷エクセレントレジデンス』に到着したのは二十五、六分後だった。多門は車を少し先の路上に駐《と》め、高級賃貸マンションに引き返した。テンキーを押し、九〇八号室のインターフォンを鳴らす。

ややあって、山岡沙霧の声で応答があった。

「どなたでしょうか？」

「おれだよ」

「その声は、格闘家みたいな大男さんね」

「ああ、そうだ。ちょっと表に出てきてほしいんだ。こっちの言う通りにしないと、三谷に殺《や》られることになるかもしれないよ」

「そ、それは困るわ。九階に上がってきて。わたしの部屋で話を聞くから」

「前にも言ったが、ハニートラップには引っかからないぞ」

「ええ、わかってるわ」

「なら、九〇八号室に行くよ」

多門は集合インターフォンを離れ、エントランスホールに入った。目的の階でエレベーターを降り、九〇八号室のドア・チャイムを鳴らす。

待つほどもなく、ホームウェアをまとった沙霧が姿を見せた。

多門は広いリビングルームに通された。間取りは2LDKだが、各室が広い。

「どうぞお掛けになって」

沙霧が総革張りのソファを手で示した。白に近いベージュだった。外国製だろう。

「コーヒーでもいかが？」

「何もいらない。そっちも坐ってくれ」

多門は促《うなが》した。沙霧が短く迷ってから、正面のソファに形のいいヒップを沈める。

「まだ事件は発覚してないようだが、草野は潜伏先の『尾木ベーカリー』の二階の居室で息絶えてた。青酸化合物入りの赤ワインを飲んで死んだんだろう」

「いやーっ」

「驚いたようだな。それとも、芝居をしたのか？」

「なんで芝居をしなければならないのよ」

「そっちは三谷というパトロンがいながら、草野とも親密になって、さらに若い男も摘《つま》み喰いしてたようだからな。パトロンがそれを知ったら、それなりの仕置きをする気になるんじゃないのか」

「わたしの浮気は、パトロン公認なのよ。三谷のパパは重い糖尿病でなかなか……」

「エレクトしないのか？」

　多門は確かめた。

「ええ、そうなのよ。だけど、わたしが別の男性に抱かれてるシーンを想像すると、ペニスが雄々《おお》しくなるみたいなの」

「作り話じゃないんだろうな」

「本当の話よ。でも、パパがわたしに草野さんに色目を使わせた理由はほかにもあるの。草野さんは三谷のパパに盗品を買い取ってもらってたんだけど、自分も同じ裏ビジネスで荒稼ぎする気だったのよ。現に神宮前のあたりに倉庫を借りて、盗品をストックしはじめてた。草野さんは三谷パパの商売の仕方や国外の闇市場とのパイプの作り方をわたしから聞き出そうとしたの」

「そっちはダブルスパイみたいなことをやってたわけか」

「ま、そういうことになるわね。最初はパパに頼まれて、草野さんの野望が何かを探《さぐ》ってたんだけど……」

沙霧が言い澱《よど》んだ。

「草野にも産業スパイめいたことをしてほしいって言われたんだな？」

「そうなの。で、二重スパイを演じてたわけよ。でも、わたしはあくまでも三谷のパパの味方だったわ。草野さんは根っからの無法者で、〝悪の総合商社〟を作って巨額のお金を得たいと考えてたみたいよ。詳しいことまでは知らないけどね」

「三谷なら、草野が企《たくら》んでることを読んでたんじゃないか」

「ええ、多分ね」

「念のために訊《き》くんだが、そっちは草野の死には関わってないだろうな？」

「もちろんよ。『尾木ベーカリー』に着替えと食べ物を届けてあげただけで、何も悪いことなんかしてないわ」

「三谷は大のワイン好きみたいだな。それで、よく高いワインを他人《ひと》にプレゼントしてるそうじゃないか」

「そんなことまで知ってるの⁉」

「こっちの質問に答えてくれ」

「三谷のパパは高級ワインをたくさん貯蔵してることを自慢して、いろんな人に珍しいボトルを贈ったりしてるわ」

「三谷はチリ産のワインも飲んでるか？」

「ううん、パパはフランス、ドイツ、イタリアのワインしか飲まないわ。毒物はチリ産の赤ワインに混入されてたの？」

「ああ、おそらくな」

「三谷のパパが草野さんにワインを贈った話は聞いたことはないわ。草野さんからも、パパからワインを貰ったなんて話もね」

「そうか」

「三谷のパパを疑ってるとしたら、それは時間の無駄になると思うわ」

「その裏付《ウラ》けを取るか。三谷に電話して、ここに呼んでくれ。大切な話があると言えば、この部屋に来るだろう」

　多門は頼んだ。

　沙霧は少し迷ってから、パトロンに連絡した。通話は数分で終わった。

「そっちのパトロンは来るって？」

「三十分前後で行けるだろうって言ってたわ」

「わかった。三谷は闇社会ともつき合いがあるようだから、用心棒と一緒に現われそうだな」

「それはないでしょう。わたしが深刻そうな声で電話をかけたんで、多分、自分ひとりで来ると思うわ」

「悪いが、もう少しつき合ってもらうぞ。煙草《たばこ》、いいか」

多門は沙霧に言って、ロングピースに火を点けた。沙霧が釣られる形で、細巻き煙草を官能的な唇に挟んだ。

二人は取り留《と》めのない話を交わしながら、時間を遣《や》り過ごした。

予告通り、九〇八号室のドアが開閉した。三谷がスペアキーを使って、愛人の部屋に入ったのだろう。多門はリビングソファから立ち上がり、物陰に隠れた。玄関ホールからスリッパの音が響いてくる。

「沙霧、いったいどうしたんだ？」

三谷がそう問いながら、居間に入ってきた。

多門は三谷の背後に回り込み、長くて太い腕で首をホールドした。一気に締め上げる。柔道の裸絞《はだかじ》めだ。いわゆるチョーク・スリーパーである。

三谷が意識を失い、フロアに崩れ込んだ。

「パパを絞殺したの⁉」

沙霧が驚きの声を発し、ソファから腰を浮かせた。

「安心しろ。喝《かつ》を入れれば、そっちのパトロンは息を吹き返すよ」

「本当に？」

「ああ」

多門は一分経過してから、三谷の上体を支え起こした。膝頭で背を強く蹴ると、故買屋は意識を取り戻した。多門は右腕を三谷の首に掛けた。

「きさまは誰なんだっ。沙霧の新しい彼氏なのか？　だとしても、わたしは怒らないよ。その代わり、わたしの目の前で沙霧を抱いてくれ」

「勘違いするな。草野が潜伏先で毒殺されたようだ。あんた、青酸化合物の入った赤ワインを草野にプレゼントしたことがあるんじゃないのか。え？」

「その赤ワインはどこ産だ？」

「チリ産だよ」

「そんな安ワイン、他人《ひと》にあげられない。わたしはケチ臭いことが嫌いなんだ。金はある！」

「故買ビジネスで大金を得ても、なんの自慢にもならないぜ。そのうち廃業しないと、警察にタレ込むぞ」

「何者なんだ、きさまは？」

三谷が声を張った。

「名乗るほどの者じゃないよ。草野の死をどう受け止めてる？」

「あの男は悪事を重ねてたんで、誰かに恨《うら》まれてたんだろうよ」

「草野は女の万引き常習者の弱みにつけ込んで、宝飾品をくすねさせてた。その盗品を売値の半分か三割で買い取ってるそっちも悪人だな」

「草野のほうが悪党だよ。奴は各界で活躍してる名士《セレブ》や富裕層の妻や娘を万引き犯に仕立てて、多額の口止め料をせしめてたんだ」

「無罪の人間をフレームアップで陥《おとし》いれたのか。それは悪質だな」

「あいつは卑劣漢だったよ。奴はほかにも何か危《ヤバ》いことをやって、せっせと稼いでたにちがいない」

「共犯者《レツ》がいるんじゃないのか？」

「元刑務官の下條要《しもじょうかなめ》という請負《うけおい》探偵とよくつるんでたから、そいつと一緒に恐喝を重ねてたのかもしれないな」

「請負探偵というのは、複数の探偵社や調査会社の下請け仕事を請け負ってるんだな」

多門は訊《き》いた。

「そうだよ」

「あんた、その下條という男と面識があるのか?」

「うん、あるな。赤坂《あかさか》のホテルのロビーで、草野といるとこを見かけて下條を紹介されたんだ。四十六、七歳だろうな。目つきが悪い奴で、ビジネスホテルを転々としてるって話だったよ」

「自宅を持たないのは、疚《やま》しいことをシノギにしてるからなんだろう」

「と思うね」

「定宿はないのかな」

「そこまではわからないよ。その下條なら、草野が誰に命を狙われてたのか知ってるかもしれないな。それはとにかく、わたしは草野は油断がならない男だと警戒してたんだ。そのことは認めるが、あいつに毒なんか盛ってないっ」

三谷が叫ぶように言った。

「一応、信じてやろう」

「わたしをまだ怪しんでるようだな。どこが疑わしいんだっ。はっきり言ってくれ!」

「邪魔したな」

多門は沙霧と三谷を交互に見て、大股で玄関ホールに向かった。

3

翌日の午後二時過ぎである。

多門は特大ベッドに腰かけ、テレビのワイドショーを観《み》ていた。草野の死が伝えられたのは午前十時過ぎだった。

昨夕、ホームヘルパーの女性が入院中の尾木保夫の貴重品を取りにパン屋を訪れ、草野の遺体を発見したのである。五十二歳のヘルパーはただちに一一〇番通報した。

最初に臨場したのは、駒込署の刑事だった。少し遅れて警視庁の機動捜査隊初動班、鑑識課員、捜査一課強行犯係の面々が現場を踏んだ。

まず鑑識作業が行われ、次は検視官による予備検視だ。その結果、草野が毒物で死んだことは判明した。だが、自殺か他殺か断定はできなかった。

そのせいか、マスコミでは第一報に留《とど》まった。遺体は前夜、駒込署に搬送されて、本格的な検視を受けたはずだ。続報が流されないのは、まだ自殺か他殺か断定できないからだろう。

いっこうに続報は伝えられない。

多門はテレビの電源を切り、スマートフォンでネットニュースをチェックした。だが、草野の死に関するニュースは報じられていなかった。

多門は、情報屋の柿沼満寿雄に電話をしてみた。

しかし、新たな情報は得られなかった。ついでに、下條要という元刑務官のことも訊《き》いてみたが、何も情報を得ることはできなかった。柿沼は役に立てなかったことを何度も詫《わ》びた。

多門は礼を述べて、通話を切り上げた。

ダイニングキッチンに移り、冷凍海老ピラフとペペロンチーノを電子レンジで温める。どちらも二人前だった。

多門はインスタントのコーンポタージュに湯を注《そそ》ぎ、ダイニングテーブルに向かった。遅めの昼食を摂《と》って、汚れたカップや皿を手早く洗う。ロングピースをくわえようとしたとき、部屋のドア・チャイムが鳴った。

多門は玄関口に急いだ。

来訪者は杉浦だった。多門は杉浦をダイニングテーブルの椅子に坐らせ、冷蔵庫から缶入りのトマトジュースを取り出した。

「クマ、何もいらねえよ」

「どうせ野菜不足だろうから、トマトジュースにしたんだ」

「悪いな。草野の死に関する続報が流されないんで、焦《じ》れはじめてたんじゃねえのか」

「ちょっとね」

「駒込署にいる元部下から新情報を入手したぜ」

「そいつはありがたい」

「初動捜査でもたついてたが、警察は他殺と断定して、駒込署に捜査本部《チョウバ》を立てたそうだよ。本庁殺人犯捜査係が十五人ほど出張《でば》ったらしい」

「杉さん、他殺の決め手はなんだったの？」

「ワイングラスとボトルには、まったく指紋や掌紋が付着してなかったそうなんだ。仮に草野が自ら命を絶ったんだとしたら、わざわざ指掌紋を拭うとは考えられねえだろう？」

杉浦が言った。

「だね。それで、警察は他殺と断定したわけか」

「そうらしいんだが、妙なことにワイングラスやボトルの中には毒物は混入されてなかったそうなんだ」

「大塚《おおつか》の東京都監察医務院で、もう司法解剖されたんだよね？」

「ああ。被害者《マルガイ》の胃や腸からは、青酸化合物が検出されたそうだ。草野を毒殺した加害者は少し手の込んだことをやったんだろうな」

「犯人は草野に麻酔薬を嗅《か》がせてから、カテーテルか胃カメラのチューブに毒物を入れたんだろうか」

「こっちもそう筋を読んだんだが、口の周《まわ》りからクロロホルムやエーテルも検出されなかったみてえなんだ」

「なら、犯人は草野の顎《あご》の関節を外して、予《あらかじ》め用意してあった毒入りワインをスポイトで口の中に流し込んだのかもしれないよ」

「意識を失ってる人間が液体を飲み込めるだろうか」

「多分、むせるだろうね。そのとき、口の中に注がれた青酸化合物入りの赤ワインを飲み込んでしまったんじゃないのかな。そうなら、毒殺は可能だと思うね」

多門はそう言い、ロングピースに火を点けた。杉浦がプルタブを引き抜き、トマトジュースの缶を傾けた。

「うめえな。結構、いけるね。同じのを毎日飲んでみるか」

「そうしなよ?」

「考えてみらあ。話を戻すぜ。草野に毒を盛ったのは、もしかすると、医療関係者なのかもしれねえぞ」

「そうなんだろうか」

「門外漢だから、よくわからねえが、極細《ごくぼそ》の医療用チューブがあるんじゃないか」

「あるだろうね。問題は、どうやって犯人は草野を失神状態にさせたかだよな」

「クロロホルムかエーテルを使った痕跡はなかったし、睡眠導入剤も検出されてない」

「そういうことだったね」

「それが謎なんだよなあ。クマ、こうは考えられねえか。強力高圧電流銃《テイザーガン》の電極針を草野の足の裏か指の股に撃ち込んで気絶させ、その間に……」

「一般的な高圧電流銃《スタンガン》では人間を気絶させられないが、アメリカの警官が使ってるテイザーガンなら、相手を気絶させることは可能だな。ただ、そうしたら、体のどこかに必ず電極針の痕が残る」

「解剖医がそれを見落とすとは思えねえな」

「ただ、人間のやることはパーフェクトとは言えない。司法解剖医が疲れてて、ついチェックをラフにしたら、そうした針痕に気づかないこともありそうだな」

「そんなミスは考えられないだろうが」

「考えられないかな」

った。

　杉浦がトマトジュースを飲み干し、ハイライトをくわえた。二人の間に沈黙が横たわった。

　多門は口を閉じた。

　そんなとき、寝室でスマートフォンの着信音が聞こえた。多門は煙草の火を消し、ベッドのある部屋に向かった。

　電話の主は情報屋の柿沼だった。

「旦那、どうしたんだい？」

「役に立てないままじゃ、みっともないので情報屋仲間たちに協力してもらったんだ」

「律儀なんだな」

「草野って男が死んだことはニュースで知ったよ。残念だが、元万引きGメンのことは仲間たちもよく知らなかった」

「そう」

「けどね、下條要って元刑務官の情報は少し得られた。仲間の話によると、下條は服役中の暴力団組長に煙草をこっそりあげたり、自分のスマホを貸してやって、小遣いを組の幹部から貰ってたらしいよ」

「それで、懲戒免職になったんだろうな」

多門は言った。

「その通りだよ。下條はクビになってから、三、四社の探偵社で下請け調査をしてきたようだな。もっぱら浮気調査をこなしてるみたいだよ」

「下條に下請けの仕事を回してる探偵社まではわからないだろうな」

「元請けの会社まではわからないんだが、代々木《よよぎ》駅近くで営業してる『クイック・リサーチ』という探偵社の素行調査を最も多く請け負ってるみたいだよ」

「下條はビジネスホテルを転々としてるらしいが、塒《ねぐら》についてはどうだろう?」

「そこまではわからなかったんだ。多門ちゃん、『クイック・リサーチ』って探偵社に行けば、下條がちょくちょく利用してるホテルがわかるんじゃないかな」

「そうしてみるよ。旦那、会ったときに謝礼をちゃんと払うね」

「いいって、いいって! 役に立つ情報かどうかわからないからさ」

柿沼が早口で言って、電話を切ってしまった。多門は微苦笑し、寝室からダイニングキッチンに戻った。

杉浦と向かい合って坐り、情報屋から聞いたことを話す。

「おれも同行するから、代々木の『クイック・リサーチ』に行ってみよう。おれたちが刑事を装えば、社長か幹部社員が協力してくれるだろう」

「クマ、すぐ出られるかい？」

杉浦が訊いた。多門は急いで着替えると告げ、外出の準備に取りかかった。

といっても、五、六分相棒を待たせただけだった。多門は戸締まりをしてから、杉浦と一緒に部屋を出た。

エレベーターで地下駐車場に下《くだ》り、先にボルボXC40の運転席に入る。杉浦が助手席に坐った。

多門はスウェーデン車を穏やかに走らせはじめた。

目的の探偵社を探し当てたのは三十数分後だった。『クイック・リサーチ』は雑居ビルの四階にあった。

多門はスチールのドアをノックした。

少し待つと、五十年配の小太りの女性が応対に現われた。多門は模造警察手帳を呈示《ていじ》した。杉浦は表紙を短く見せただけだった。二人とも、各種の偽造身分証を使い分けていた。

「警察の方がどうして小社に……」

相手が警戒する表情になった。

「あなたが責任者の方なのかな」

「いいえ、わたしはただの事務員です。社長の高津《たかつ》淳《じゅん》は奥におります。六人の調査員は出払っておりますが、社長はいつも会社にいるんですよ」

「それでは、社長さんにお取り次ぎ願えますか？」

「わかりました。少々、お待ちになっていただけますか」

　女性事務員が言って、奥に向かった。

　出入口近くに応接ソファセットが置かれ、スチールの事務机が八卓並んでいる。その向こうは、パーティションで仕切られていた。そこが社長室になっているようだ。

　待つほどもなく、女性事務員が引き返してきた。その背後を歩いているのは、五十代半ばに見える色黒の男だ。社長の高津だろう。

「お仕事中に申し訳ありません。捜査に協力していただけますでしょうか。わたし、加《か》藤《とう》と申します。連れは鈴木《すずき》です」

　多門はありふれた姓を騙《かた》った。

「社長の高津です。助っ人探偵の下條が何か問題を起こしたようですね。困った奴だ」

　高津が苦々しげに言い、応接ソファセットに目をやった。多門たちは一礼し、長椅子に並んで腰かけた。

「調査の下請けをやってる下條さんは、何かやらかしたんですか？」

多門は空とぼけて、問いかけた。

「刑務官をやってた男なのに、かなりの悪党《ワル》だったんです。下條にはもっぱら浮気調査を担当してもらってたんですが、あの男は不倫カップルの双方から百五十万円ずつ〝お目こぼし料〟を脅し取ってたんですよ。それも一組だけでなく、六組もね」

「恐喝に気づかれたきっかけは？」

「下條は調査対象者の多くが不倫などしていないと調査報告書を上げてきたんですよ」

「それで、おかしいと思ったんですね」

杉浦が口を挟《はさ》んだ。

「そうなんです。正社員の調査員に六組のカップルを洗い直させたら、全員、不倫関係にありました」

「そうですか。で、社長は下條要を刑事告発したんでしょ？」

「会社のイメージが悪くなりますので、警察沙汰にはしませんでした。被害総額の千八百万円のうち一千万円を下條本人、そして残りの八百万円を下條の親兄弟に弁済してもらいました。当然のことでしょ？」

「ええ」

「できれば、下條から一億円ぐらいの迷惑料も取りたかったですよ。そんな騒ぎを起こしたんで、先月から下條を出入り禁止にしました」

「ほかの探偵社の調査も請け負ってたんでしょ？」

「ええ。上野にある『東都探偵社』と五反田《ごたんだ》の『戸張真吾《とばりしんご》探偵事務所』も、もう下條の悪事を知ってるでしょうから、出禁《できん》になってると思いますよ」

「でしょうね」

「下條は、似たような犯罪をやらかしたんですか？」

「捜査中の案件は外部の方に洩《も》らしてはいけない規則になってるんですよ。あしからず」

「は、はい」

高津が鼻白んだ顔つきになった。多門は杉浦を手で制し、先に口を開いた。

「対象者《マルタイ》の下條要に任意同行を求めたいと思ってるんですが、現在、住所不定なんですよ。都内のビジネスホテルを泊まり歩いてるようなんですが、まだ居所がわからないんです」

「噂によると、西新宿の『リラックス』という名のビジネスホテルによく宿泊してるみたいだね」

「そうですか。無駄を承知で、そのビジネスホテルに行ってみますよ。それはそうと、下條の近影がありましたら、お借りできませんかね。われわれが持ち歩いてるのは、古い顔写真なんですよ。かなり人相が変わってるかもしれませんので」

「協力しましょう。写真は差し上げますよ」

高津社長が女性事務員に下條の近影を持ってくるよう指示した。いくらも経《た》たないうちに、女性事務員が下條の顔写真を用意してくれた。

多門は写真を譲り受け、訪問先を辞した。二人はボルボに乗り込んでから、スマートフォンで『東都探偵社』と『戸張真吾探偵事務所』のホームページを開いた。所在地と代表電話番号はわかった。二人は刑事に化けて、それぞれが探偵社に電話で下條の居所を訊いた。しかし、居所を知る者はいなかった。

「クマ、西新宿の『リラックス』ってビジネスホテルに行ってみようや」

杉浦が提案した。

多門は同意して、ボルボを発進させた。目的のビジネスホテルに到着したのは十五、六分後だった。多門は車を路上に駐め、ハザードランプを明滅させた。

「警視庁の者ですが、この男がこちらにたびたび宿泊してますよね」

多門は偽の警察手帳を短く見せ、フロントマンに下條要の顔写真を渡した。

「ああ、松丸《まつまる》さまですね」

「それは偽名なんですが、写真の男がよく投宿してることは間違いないんでしょ？」

「はい。月に一週間ぐらいは連泊していただいております。気に入ったビジネスホテルを泊まり歩いているようですよ」

「ほかのホテルはどこなんだろう？」

「池袋の『ニューグリーン』と新橋の『グロリア』にもよく泊まられているみたいですね。写真、お返しします」

フロントマンが言い、顔写真を差し出した。多門は下條の近影を受け取って、フロントから離れた。

二人は表に出て、ボルボの中に入った。

「薄暗くなったころ、下條が『リラックス』にチェックインするかもしれねえぞ。クマ、少し待ってみようや」

「そうするか」

多門は背凭《もた》れを倒した。

やがて、夕闇が濃くなった。しかし、下條は『リラックス』にチェックインしていない。

多門は池袋と新橋にあるビジネスホテルの代表電話番号をネットで調べ、刑事に化けて問い合わせてみた。どちらにも、下條姓の男性は投宿していなかった。松丸と称する男性もチェックインしていない。

「下條は『ニューグリーン』や『グロリア』には投宿してなかったんだな?」

杉浦が確かめた。

「そうなんだ。下條が松丸という偽名以外の姓で、どちらかのビジネスホテルにチェックインしたかもしれないけどね」

「そうだな。下條は『リラックス』にチェックインするかもしれないぜ。元刑事の勘だが、そんな気がしてきたな」

「杉さんがそう言うなら、もう少し張り込みを続行するか」

「勘が外れたら、クマ、ごめんな」

「外れても気にしないでよ」

多門は笑顔を返した。刑事たちがよく口にすることだが、捜査は無駄の積み重ねだ。裏始末屋にも同じことが言える。焦《あせ》りは禁物だ。どんなにもどかしくなっても、マークした人間が動きだすのをひたすら待つ。それが鉄則だった。

待った甲斐があった。

下條がビジネスホテル『リラックス』に足を踏み入れたのは、午後六時半過ぎだった。トラベルバックを右手に持ち、左手に膨らんだビニール袋を提《さ》げている。

「車の中で待っててよ」

多門は杉浦に言って、急いで車から出た。『リラックス』のエントランスロビーに入り、フロントを見る。下條が荷物を足許《あしもと》に置き、チェックインの手続きをしていた。多門はロビーの太い支柱の陰に回り込んだ。

数分後、フロントを離れた下條がエレベーターに向かった。多門は変装用の黒縁眼鏡をかけ、エレベーターホールに近づいた。

下條が函《ケージ》に乗り込んだ。

多門は階数表示盤を見上げた。ランプは三階で停止した。多門は二段跳《と》びで階段を駆け上がった。息切れはしなかった。

下條は三〇六号室の前に立ち、カードキーでドアのロックを解除した。

多門は一瞬、下條に迫りたい衝動に駆られた。しかし、すぐに思い留《とど》まった。下條が三〇六号室の中に消えた。

エレベーターホールには防犯カメラが設置されている。多門は堂々と歩廊《ほろう》を進み、三〇六号室の前で立ち止まった。

ドア越しに男の声がかすかに伝わってくる。どうやら下條は誰かと電話で喋っているようだ。多門は降りる階数を間違えた振りをして、エレベーターホールに引き返した。ケージに入り、一階に下《くだ》る。

多門はビジネスホテルを出ると、自然な足取りでボルボに戻った。

「対象者《マルタイ》はチェックインしたんだな？」

杉浦が問いかけてきた。多門は下條が三〇六号室に入った直後、誰かと通話していたことを教えた。

「多分、下條は今夜、誰かと会うことになってるんだろう。その相手が何者かがわかれば、調査は進展しそうだな」

「それを期待しよう。下條は電話で喋ってた相手を三〇六号室に呼びつけるつもりなんだろうか。それとも、ビジネスホテルの外で会うのか」

「どちらとも考えられるな。前者かもしれねえから、おれは三階の死角から三〇六号室を少しうかがってくらあ」

杉浦がそう言って、ボルボの助手席から出た。相棒が遠ざかってから、多門は紫煙をくゆらせはじめた。

杉浦から電話がかかってきたのは、およそ十五分後だった。

「クマ、対象者《マルタイ》が三〇六号室を出て、エレベーターで一階に下降した。カジュアルな恰《かっ》好《こう》をしてるから、どこか晩飯を喰いに行くのかもしれねえな。それとも、誰かと落ち合うことになってるのか」

「ちょっと判断が難しいね」

「おれは徒歩で下條を尾《つ》けるから、クマは車で追ってきてくれや」

「了解！」

多門は電話を切ると、ボルボを『リラックス』の近くまで前進させた。

それから間もなく、ラフな身なりの下條がビジネスホテルから出てきた。その後方を杉浦が歩いている。

多門は二人が遠のいてから、車を走らせはじめた。低速で下條たちを追尾する。元刑務官は高層ホテル街の間の道を通り抜け、新宿中央公園に足を踏み入れた。杉浦も園内に入る。

多門はボルボを路肩《ろかた》に寄せ、公園内に走り入った。

遊歩道の際《きわ》の植え込みの中にいる杉浦が大きく手招きした。多門は足音を殺しながら、杉浦に近づいた。

灌木《かんぼく》の向こうのベンチに二人の男が並んで坐っている。片方は下條だった。もうひとりは四十年配に見えるが、暗くて横顔は判然としない。

「口止め料を二回も払えなんて、汚いじゃないかっ」

「木村《きむら》さん、落ち着いてよ。前回、不倫相手の分を含めて三百万貰った。でも、『クイック・リサーチ』の高津社長に不倫の事実を揉み消したことを知られちゃったんだ。それでね、おれは一千万を弁済させられ、残りは親兄弟が返したんだよ。そんなことで、当方はおいしい思いをできなかったんだ」

「だからって、不倫相手の分を含めて今度は二百万円出さなければ、画像データを渡さないなんて狡《ずる》いよ。汚いじゃないかっ」

「悪いと思ってる。でもね、フリーの探偵では喰えなくなったんだ。『クイック・リサーチ』だけじゃなく、ほかの二社も出禁になっちゃったんだよ。人助けだと思って、二人分として二百万だけカンパしてくれないかな」

「あまりにも、わたしをなめてる。得意先の女性オペレーターを口説《くど》いたことは間違いないが、ほんの遊びだったんだっ」

「木村さん、もっと怒ってもいいよ。その代わり、こっちも黙っちゃいないぜ。不倫スキャンダルで、おたくは職も家庭も失うことになるよ」

下條が凄《すご》んだ。

「そ、それは困る」

「だったら、用意した二百万をすんなり渡してほしいな。画像データはちゃんと渡すからさ」

「これっきりだぞ」

木村が上着の内ポケットから厚みのある封筒を摑み出し、下條に渡す。下條がへらへら笑って、ＳＤカードらしき物をかたわらの男に手渡した。

多門は下條をぶちのめしたくなった。拳《こぶし》を固めたとき、杉浦が耳許《みみもと》で囁《ささや》いた。

「クマ、我慢しな。対象者《マルタイ》をわざと泳がせて、背後関係を調べたいんだろうが？」

「そうなんだ。ここは堪《こら》えるよ」

多門は小声で応じた。二人はベンチから離れ、新宿中央公園を出た。

4

午後十時を過ぎた。

下條は新宿中央公園からビジネスホテルに戻って以降、館内から出てこない。多門たちコンビは、『リラックス』の近くで長いこと張り込んでいた。

「下條、今夜は部屋から出そうもないな」

助手席の杉浦が欠伸《あくび》を嚙み殺してから、小声で言った。

「杉さん、疲れたようだね」

「きのう、数時間しか眠れなかったんだよ。悪い夢を見てから、頭の芯《しん》が醒《さ》めちまったんだ」

「悪い夢って？」

「入院中の女房が意識を取り戻すことなく、息絶えた夢を見たんだよ。おれは家のことを妻に任せっきりにしてきたから、途方に暮れちまってな。夢の中でさ」

「子供がいない分、夫婦の絆は強いんだろうな。奥さんに先立たれたら、ショックはでかいと思うよ」

「女房は芯のある生き方をしてたんで、頼りにしてたんだよ。女房がこの世からいなくなったら、おれは腑抜《ふぬ》けになっちまうだろう」

「奥さんは、かけがえのない存在なんだろうな」

「それは否定しないよ。こっちがいい加減な生き方をしてきたんで、女房にいろいろ迷惑をかけたんだ。それでも、愚痴ひとつ言わなかった。自己犠牲を払っても、決して恩着せがましいことは口にしなかったよ」

「最高だね、そういう女性はさ。杉さんの奥さんみたいな女性と巡り逢ったら、おれ、結婚してもいいな」

多門は言った。

「相手にのめり込んでるときは、そう思うかもしれねえな。けどな、クマは誰とも結婚しないほうがいいよ」

「どうして？」

「女好きだから、心移りして相手を悲しませることになるじゃねえか」

「自分が多情であることは認めるが、いつも親しくなった相手に本気で惚れちゃうんだ。ただの遊びなんかじゃないんだけどね」

「一夫多妻制を認めてる国に生まれりゃよかったんだよ、クマみたいな男はな」

「男のエゴイズムだけど、こっちもそう思ったことがあるよ。好きになった数人の嫁をバランスよく慈《いつく》しむ。そういう結婚は悪くないけど、女性の人権や誇りを無視してる。民主的じゃないやね」

「そうだな。といって、一夫一妻制では物足りなくなるだろうが？」

「正直に言うと、そうだね。おれはずっと誰とも結婚しないで、恋愛しつづけるほうがよさそうだな」

「そうしなって」

「杉さん、家でゆっくり寝たほうがいいな。おれは、もう少し張り込んでみるよ」

「そうか。それじゃ、塒《ねぐら》に戻ってベッドに潜り込む。つき合えなくて、ごめん!」

杉浦が助手席から出た。杉並の自宅までボルボで送りたかったが、いまは張り込み中だ。現場を離れている間に下條に外出されたら、歯噛《はが》みすることになるだろう。

多門はロングピースを口にくわえた。

火を点けて、深く喫《す》い込む。煙草の火を消して間もなく、馴染《なじ》みのないナンバーから電話がかかってきた。

「誰かな?」

「名取、名取琴美です。二台目のスマホで電話させてもらったんです。夜分にすみません」

「何かあったみたいだね」

「はい。夕方、父に草野の友人だと称する男から脅迫電話があったらしいんです」

琴美が緊張気味に明かした。

「もう少し詳しく話してくれないか」

「は、はい。相手の男は口に何か含んでいるようで、くぐもった声で『草野が手に入れられなかった五千万円の身代金を自分がいただくことにした。きょうの深夜零時に都庁舎の真ん前に置け』と言って、電話を切ってしまったそうです」

「発信者は非通知で親父《おやじ》さんに電話をかけたんだろうな」

「ええ、そういう話でした。父はいたずら電話とは思えないから、身代金を集める気でいるんです。ですけど、もう銀行はどこも営業していません」

「そうだね」

「急いで現金を掻《か》き集めても、二千万円ほどしか調達できないと……」

「急な要求だから、そうだろうな」

「多門さん、わたしはどうすればいいのでしょう?」

「いま、きみは草野の友人と称してる奴に人質に取られてるわけじゃない。だから、きみと親父さんは要求を無視すればいいんだよ」

「わたしはそうすべきだと両親に言ったのですけど、母が『相手の要求に従わなかったら、また琴美は拉致監禁されるかもしれないわ』と父に訴えたんです。それで、父は二千万円だけ犯人の指定した場所に置くことにしたみたいです」

「名取家の人間は誰も動かないでくれないか。こっちが身代金の運搬役に成りすまして、脅迫者の正体を摑むよ。差し出がましいと思うが、卑劣な奴はとことん懲《こ》らしめたいんでね」

多門はそういう言い方しかできなかった。一連の事件に関わった犯罪者たちに琴美の心の病気を強請《ゆすり》の材料にさせるわけにはいかない。

預かったままの五千万円をすぐに名取家に届けないのも、琴美の立場を考えてのことだった。琴美に不信がられても仕方がない。

何はともあれ、彼女の弱みにつけ込む悪人どもを口止めする必要がある。そのためには、すべての脅迫者をぶちのめさなければならない。預かっている五千万円をネコババするのではないかと疑われるのは心外だが、そう思われてもやむを得ないだろう。

「でも、多門さんが危ない目に遭《あ》うかもしれませんので、父母と相談して警察に協力を仰《あお》ぐよう説得してみます。窃盗症《クレプトマニア》のことを話さなければならないでしょうけど、わたし、覚悟を決めました。もちろん、多門さんがわたしの味方になってくれたことは喋りません」

「琴美ちゃん、冷静になってくれ。はっきり言うよ。そうされたら、きみは生きにくくなるだろう。それだけじゃなく、親兄弟も辛い思いをすることになると思う。だから、クレプトマニアの件で草野に脅迫されていた事実は絶対に伏せてほしいんだ」

「それでいいのでしょうか？」

「堂々巡りだな。とにかく、こっちの言う通りにしてくれないか」

多門は通話を切り上げ、グローブボックスの中から草野に取り上げられた琴美のスマートフォンを摑み出した。発着信の履歴《りれき》を検《しら》べる。死んだ草野は怪しい人物と交信していない。考えてみれば、当然のことだろう。琴美のスマートフォンを使って共犯者と連絡を取り合ったら、たちまち足がつく。

「こっちも冷静さを失ってるな」

多門は自嘲し、琴美のスマートフォンをグローブボックスの中に戻した。

ボルボを走らせはじめる。そう遠くない場所に深夜まで営業している大型ディスカウントショップがあった。

多門は、その店に向かった。十分足らずで大型ディスカウントショップに着いた。店の専用駐車場にボルボを置き、まず灰色のキャリーケースをショッピングカートに入れた。それから、多門は玩具コーナーで模造百ドル札を二百枚購入した。

レジで男性従業員が不審そうな目を向けてくる。警戒心を解いたほうがよさそうだ。

「偽のドル札は甥《おい》っ子へのプレゼントなんだ」

「そうなんですか」

「まだ変な客だと思われてるんだろうな」

多門は苦笑して、支払いを済ませた。ショッピングカートからキャリーケースを下ろし、中に模造百ドル札を投げ込んで駐車場に足を向けた。

多門はキャリーケースをボルボの車内に入れ、数件先にあるラーメン店の少し先まで進んだ。まだ午前零時まで時間がある。

多門は車を路上に駐《と》め、歩いてラーメン店まで引き返した。

客の姿は少ない。多門はテーブル席に坐り、蟹《かに》チャーハン、ラーメン、餃子、レバニラ炒《いた》めを注文した。店主の妻らしき女性は目を丸くしたが、何も言わなかった。

多門は注文した食べものをきれいに平らげた。勘定を済ませ、ボルボの運転席に戻る。

多門は東京都庁舎に向かった。

平成三年の春に千代田区から新宿区に移転した東京都庁舎は、高さが二百四十三メートルもある。ヨーロッパの大聖堂を想《おも》わせる外観だ。第一と第二本庁舎はツインになっている。

都庁第一本庁舎の四十五階には展望台があり、若い世代のデートスポットとして人気がある。無料で一般公開されていることもあって、訪れる者は少なくない。

地上二百二メートルには、南北二つの展望台がある。関東平野一円が眺められ、晴天の日は富士山がくっきりと見える。一階のカフェテリアや都民広場は待ち合わせや憩《いこ》いの場として利用されている。

多門は都庁舎の周辺を幾度も車で走り回った。怪しげな人影は目に留《と》まらなかった。

ボルボを都庁舎の裏手に停めて、指定された時刻の十分前まで過ごす。

それから、多門はボルボを都庁舎の前まで走らせた。日付が変わる三分前に玩具の百ドル紙幣の入ったキャリーケースを車内から出して、ツインタワーの真ん前に置く。

すぐに多門はボルボに乗り、都庁第二本庁舎の脇の暗がりに停めた。少し経《た》ってから、静かに運転席から出る。

多門はツインタワーの正面に回り込んで、闇を透《す》かして見た。

キャリーケースの近くには人の姿は見当たらない。午前零時を回って間もなく、ツインタワーの正面に灰色のプリウスが停止した。

運転席から降りたのは、三十代半ばに見える男だった。知的な雰囲気で、割に背が高い。だが、細身だった。

男はあたりを見回したが、すぐにはキャリーケースに近寄らなかった。近くに警察関係者が潜んでいるかもしれないと警戒しているのか。

少しためらってから、男はキャリーケースにゆっくりと近づいた。迷いながらも、キャリーケースの把《と》っ手《て》に右腕を伸ばした。

多門は男に駆け寄って、声を張り上げた。

「おまえ、身代金を受け取りに来たんじゃないのか。え？」

「身代金って、どういうことなんですか⁉」

「そうじゃないのか？」

「ぼくは精神科医です。犯罪者扱いしないでください。あなた、何者なんです？」

相手が問いかけてきた。

「警察の者だ」

「嘘でしょ？　アウトローっぽく見えますから、てっきり……」

「外見で人を判断するのはよくないな」

多門は澄ました顔で言って、模造警察手帳を見せた。

「どうも失礼しました。本当に警察の方だったんですね。ご無礼いたしました。どうかお赦《ゆる》しください」

「そっちも身分のわかる物を見せてくれ」

「わかりました」

相手が上着の内ポケットを探《さぐ》って、運転免許証を摑み出した。多門はスマートフォンのライトを運転免許証に近づけた。

顔写真は本人のものだった。男は小宮諭という名で、満三十七歳だ。都内在住だった。

「大学病院で働いてるのかな。それとも、開業医さん？」

「どちらでもありません。西新宿にある心療内科クリニックの勤務医なんですよ」

「そう。なぜ、このキャリーケースを持ち去ろうとしたのかな」

「重いうつ病に苦しんでいた元ＩＴ企業のサラリーマンが感電自殺をしたとかで、その方の父親が匿名でぼくに電話をしてきて、一千万円を寄付するので、ぜひメンタルヘルスの治療に役立ててほしいと……」

「で、小宮さんは指定された時刻にここに来たわけか」

「そうなんです。半分はいたずら電話だと思いながらも、本当に不幸な亡くなり方をされた方の親御さんが匿名で寄付したいのかもしれないなと考えたんですよ」

「そうなのか。電話をかけてきた人間の声は若々しかったのかな。それとも、年配者の声だったんですか？」

「それがよくわからなかったんですよ。口の中にハンカチか何か詰めてるようで、声が不明瞭だったんです」

「そういうことなら、匿名で一千万円を寄付したいという話は嘘だろうな」

「どうして、そんな嘘をつく必要があるんです？」

小宮が首を傾《かし》げる。

「おそらく相手は、小宮さんを営利誘拐の犯人に仕立てたかったんでしょう」

「それで、あなたはキャリーケースの中身は身代金じゃないかと……」

「そう。実は営利誘拐事件の単独捜査中なんですよ」

「どこの誰が、ぼくに濡衣《ぬれぎぬ》を着せようとしたんだろうか」

「思い当たる人物はいません？」

「自分で言うのはなんですが、ぼくはずっと患者さんに寄り添うことを心掛けてきました。心療内科の患者さんはデリケートな神経の持ち主が多いんですよ。ですので、言葉を慎重に選んでいます。相手を傷つけたり、突き放すような言動は慎んでいるんですよ」

「大変な仕事だな。小宮さんが担当されてる患者の中に美人大学院生はいませんか？」

「ええ、います。プライバシーに関わることですので、彼女の氏名や年齢は教えられませんが。それから、もちろん病名も洩らすことはできません」

「当然でしょう。ほかに大学院生の女性患者がいます？」

「いいえ、ほかにはおりません」

「そうですか。捜査にご協力いただいて、ありがとうございます。どうぞお帰りになって結構です」

多門は謝意を表した。小宮は名取琴美の担当医だろう。多門は確信を深めた。小宮が一礼し、当惑顔でプリウスに歩み寄った。

多門はキャリーケースを自分の車の中に収めた。運転席に坐り、ロングピースに火を点ける。

精神科医の小宮に虚偽の電話をかけたのは、元刑務官の下條要なのではないか。下條は、何者かに毒殺された草野から、名取琴美が窃盗症《クレプトマニア》であることを聞いていたのかもしれない。

そうなら、下條は〝恐喝相続人〟になって、草野が得損《えそこ》なった身代金五千万円を名取家から毟《むし》り取る気になったのではないだろうか。

多門はすぐにも琴美に連絡して、事の経過を伝えたかった。小宮という精神科医についても教えてほしいことがあった。

しかし、真夜中である。琴美に電話をすることは非常識だろう。多門は道玄坂の行きつけの酒場で軽く飲んで、早めに帰宅することにした。シフトレバーをD《ドライブ》レンジに入れる。

多門はボルボXC40で渋谷に向かった。

第四章　不穏な気配

1

着信音で眠りを破られた。

多門は手探《さぐ》りで、サイドテーブルに置いたスマートフォンを摑み上げた。片目を開けて、ディスプレイを見る。

発信者は女友達の七瀬智沙だった。スピーカー設定にする。

「先日はありがとう。おかげで、少し元気になれたわ」

「それはよかった」

「あら、まだ寝てたみたいね。起こしちゃったんでしょ？」

「道玄坂の『紫乃』で軽く一杯飲《や》るつもりだったんだが、客がひとりもいなかったんだ。

ママには何かと世話になってるんで、少し売上に協力したかったんだよ。代官山の塒《ねぐら》に戻ったのは明け方だったな」

「クマさん、優しいね。それにタフだわ」

「頭脳で勝負できないから、体力で点数稼いでるんだ。ところで、いま何時だい？」

「もうじき午後二時よ」

「そんな時間になるのか。そろそろ起きねえとな」

「先日のお札の電話だったの。都合のいいときに連絡して」

「ああ、そうするよ」

多門は通話を切り上げ、上体を起こした。ロングピースをゆったりと喫《す》うと、頭が少しすっきりとした。

煙草の火を揉み消していると、今度は名取琴美からの着信があった。

「昨夜《ゆうべ》はどうなったのでしょう？」

「深夜に電話するのはためらわれたんで、報告が遅くなってしまったんだ」

多門は言って、前夜の流れを語った。

「わたしの担当医の小宮先生が都庁前に現われたんですか⁉　驚きが大きくて……」

「きみの担当医は、匿名希望の篤志家《とくしか》の電話を真《ま》に受けて一千万円の寄付金を受け取りにきたと言ってたが、そのことをどう思う？」

「小宮先生に匿名寄付の申し出があったことは事実なんでしょうね。前に話しましたが、先生はメンタルに問題を抱えている患者たちに誠実に接しているんです。院長先生はもう少し診察時間を短くできないかと苦言を呈しているみたいですけど、小宮先生はそれを聞き流してきたようです」

「熱血ドクターなんだろうな」

「ええ、そうですね。先生を敬愛している患者さんは多いと思います。それはそうと、多門さんは匿名希望の寄付の申し込みの電話について、どうお考えなのでしょう？」

「断定はできないが、小宮ドクターは虚偽の電話に引っかかってしまったんだろうね」

多門は言った。

「正体不明の電話の主は、なぜ小宮先生を騙《だま》す必要があったんです？」

「きみの営利誘拐に小宮先生が絡んでるように見せかけたかったんだろうな」

「そ、そんな⁉　ひどすぎます。先生が草野はもちろん、半グレの寺崎たちと共謀して、五千万円の身代金を手に入れようと企《たくら》むわけありません。わたしの担当医は〝赤ひげ〟に憧《あこが》れているんです」

「間違いなく好人物なんだろうな、彼は。しかし、必要に迫られて大金を調達しなければばならなくなったのかもしれないよ」

「やめてください。そんなふうに小宮先生を疑うのは失礼ですっ」

「ま、そうだろうな。でもね、誰からも慕《した》われてる好漢だって魔が差すことがある。人間には愚《おろ》かな面があるじゃないか」

「そうですけど、小宮先生に限って……」

琴美は言い澱《よど》んだ。

「小宮ドクターは理想的な心療内科クリニックを作りたいと考えてるんじゃないかな。仮にそうだとしたら、数億円以上、いや、十億の開業資金が必要かもしれない」

「あっ！」

「どうしたんだい？」

多門は訊いた。

「前回の診察のとき、小宮先生はわたしの父に病院経営をする気はないだろうかと問いかけてきたんですよ。わたしがきょとんとしていると、先生はすぐに言ったことを聞かなかったことにしてほしいと……」

「そう。医師じゃなくても、病院の経営者にはなれる」

「そうみたいですね」

「小宮ドクターは理想的な心療内科クリニックを作ることを願ってると思われるな。しかし、一介の勤務医が巨額の開業資金を工面できるわけない。そこで、ボランティア精神に富んだ企業経営者を探す気になったんじゃないかな」

「そうなのかもしれません」

「うん、考えられそうだな。で、小宮ドクターはきみのお父さんに協力を仰ぐ気になったのかもしれないね。もしかしたら、その後、きみの担当医は『スマイル製菓』の社長に接触したとも推測できる。それとなくお父さんに探りを入れてみてくれないかな」

「小宮先生を疑うようなことはできません。わたし、担当医を信頼していますので」

「そうか」

「小宮先生が身代金を元手に理想通りの心療内科クリニックを開設したい一心で開業資金を得たくて、わたしの誘拐に関与したのではないかと疑ったりしたくありません」

「そうだろうな。親父さんに探りを入れてほしいと言ったが、その言葉は撤回しよう」

「多門さんには感謝しているのですけど、ごめんなさい」

「謝ることはないよ。それはそうと、家族をうまく説得してくれた？」

「はい。いま現在わたしが人質に取られているわけではありませんので、用意した身代金を犯人に渡す必要はないと言って、両親と兄をなんとか説き伏せました」

「そう。まだ断定的なことは言えないが、殺害された草野と親しくしていた下条要という元刑務官が身代金を手に入れたがっているようなんだ」

「その人物とは一面識もありませんけど……」

琴美が訝《いぶか》しんだ。

「下条は、草野が握ってた恐喝材料を使って、ひと儲けする気なんだと思う。そいつをしばらくマークしてみるよ。下条の背後に誰か黒幕がいるかもしれないんで、慎重に動くつもりだ」

「大変でしょうが、よろしくお願いします」

「できる限りのことはやるよ。一連の事件が解決するまで、ひとりで外出しないほうがいいね」

「はい、わかりました」

「預かってる五千万の身代金は、折を見て必ず名取家に返すからね。それから、前のスマホの紛失届は通信会社に出した？」

「ええ、もう回線は切られたはずです」

「なら、預かっている最初のスマホ、急いで琴美ちゃんに返さなくてもいいか」

「はい、結構です」

「親兄弟に嘘をつくのは辛いだろうが、もう少しの辛抱だよ。何かわかったら、きみに教える。それじゃ！」

多門は電話を切ると、浴室に向かった。

熱いシャワーを浴びて、伸びた髭《ひげ》を剃《そ》る。浴室を出ると、ピザの出前を頼んだ。

ピザが届けられたのは数十分後だった。多門は二十五センチのミックスピザをあっという間に胃袋に収め、さらにフランスパンを半分ほど食べた。

一息ついていると、寝室でスマートフォンが鳴った。多門は寝室に走り入った。電話をしてきたのは相棒の杉浦だった。

「おれが帰ってから、下條はビジネスホテルから出てきた？」

「いや、表には出てこなかったよ。しかし、意外な展開になったんだ」

多門は前夜の経過を喋った。

「『スマイル製菓』の名取社長に電話で身代金を要求したのは、元刑務官の下條要臭《くさ》いな。草野がせしめ損なった身代金を自分がいただく気になったんだろう」

「だろうね。下條はそれだけじゃなく、死んだ草野が摑んだ恐喝材料を使って、まとまった金を脅し取ってるんじゃないかな」

「下條は草野とグルって、名士《セレブ》や富裕層の妻や子供を万引き犯に仕立てて高額の口止め料を脅し取ってた疑いもあるぞ」

「そうだね。杉さん、精神科医の小宮に濡衣を着せようとしたのは下條だと睨んでるんだが、おれの筋読《すじよ》みは外れてるかな？」

「外れてるとは思わないが、小宮を陥《おとし》いれた理由が読めねえんだ。下條との接点はないんだよな？」

「いまのところはね。ただ、下條は草野から『スマイル製菓』の社長令嬢が窃盗症《クレプトマニア》で小宮の診察をずっと受けてるという話は聞いてたかもしれないな」

「ああ、その可能性はあるだろう」

「それからね、琴美の話だと、小宮ドクターは患者ファーストの心療内科クリニックを開設したがってるらしいんだ。小宮本人に確認したわけじゃないんだが……」

「小宮が独立したいと考えてたとしても、まだ三十代の勤務医が巨額の開業資金を工面するのは難しいんじゃねえか」

「だろうね。小宮はどうしても理想的な精神医療に携《たずさ》わりたくなったようだな」

「そうだとしたら、担当医の小宮が名取琴美を裏便利屋の寺崎たちに拉致させて監禁したと疑えないこともないな。身代金で独立資金を調達できなくても、別の切札が残ってる。小宮は琴美の窃盗症《クレプトマニア》が犯罪に繋がる病気であるから隠したがる事を知りながら、ネットに投稿すると脅迫して、理想的な心療内科クリニックの開業資金を名取社長から引っ張るつもりなのか」

杉浦が呟《つぶや》いた。

「小宮は、そこまでの悪人じゃなさそうだったな。疑わしいのは、元刑務官の下條要だろうね」

「どっちにしろ、裏付《ウラ》けのない話では結論は出せねえな」

「そうだね。おれはこれから『リラックス』に行って、下條の動きを探るよ」

「そうかい。午前中にレンタカーの営業所で白いカローラを借りたんだ。リレー尾行したいときは、いつでも連絡してくれや」

「わかった。杉さんの助けが必要になったら、声をかけるよ」

多門は電話を切って、ほどなく部屋を出た。

地下駐車場に下り、ボルボに乗り込む。多門は近くのガソリンスタンドで満タンにしてから、西新宿に向かった。目的のビジネスホテルに到着したのは三十数分後だった。

多門は刑事に成りすまして、フロントに歩み寄った。きのうとは別のホテルマンが立っていた。

そのフロントマンの話だと、下條はきのうを含めて五連泊することになっているという。まだ元刑務官は部屋にいるらしい。

多門はフロントマンに礼を言って、ボルボの中に戻った。張り込み開始だ。

ビジネスホテルから下條が現われたのは午後五時半ごろだった。ホテルの車寄せには、黒いワンボックスカーが見える。下條は、そのワンボックスカーの助手席に乗り込んだ。後部座席には二人の男が腰かけている。乗員は計四人だ。

ワンボックスカーが発進した。多門は充分に車間距離を取ってから、ワンボックスカーを追跡しはじめた。

前走車は十三分ほど走り、富ケ谷《とみがや》一丁目の住宅街に入った。多門は減速し、ワンボックスカーを注視した。

ワンボックスカーは五、六十メートル先の豪邸の少し手前で停まった。多門は手早くヘッドライトを消し、スモールライトだけにした。徐行運転でワンボックスカーとの車間を詰める。

ワンボックスカーの後部座席から、黒いスポーツキャップを目深《まぶか》に被った男が降り立った。両手にゴム手袋を嵌《は》め、黄色いごみ袋を提《さ》げている。

多門は急いで暗視双眼鏡《ノクト・ビジョン》を目に当てた。

スポーツキャップの男は洋館風の豪邸の門扉《もんぴ》に近寄り、ごみ袋から首のない猫の死骸を庭先に投げ込んだ。

その直後、ワンボックスカーの助手席のパワーウインドーのシールドが下げられた。下條が拡声器《ラウドスピーカー》を口許に掲《かか》げている。スポーツキャップの男がワンボックスカーの車内に駆け込んだ。

多門は、ボルボのウインドーシールドを十センチほど下げた。

「夜分にお騒がせして、申し訳ありません。ご近所の方々はご存じでしょうが、洋館風の自宅に住んでいるのは人気ニュースキャスターの桐谷司《きりたにつかさ》、五十三歳です」

ラウドスピーカーから、下條の声が流れてきた。多門は耳に神経を集めた。

「新聞記者出身の桐谷は硬骨漢として知られていますが、とんでもない偽善者です。ある日、妻の円香《まどか》が高級スーパーでキャビア三缶をこっそりトートバッグに入れ、精算をせずに店を出て、保安員に取り押さえられました」

下條が間《ま》を取って、言い継《つ》いだ。

「しかし、桐谷キャスターの妻の万引きはマスコミではまったく報じられませんでした。夫が店長に金を握らせ、不祥事を闇に葬《ほうむ》ったからでしょう。桐谷は自己保身の塊《かたまり》にちがいありません。わたしたち市民グループは犯行時の動画を入手済みです。桐谷はキャスター失格です。仮面紳士を表舞台から引きずり下ろそうではありませんか」

拡声器が沈黙した。ほとんど同時に、ワンボックスカーが急発進した。

多門は前走車の尾灯《テールランプ》が小さくなってから、ヘッドライトを灯《とも》した。追尾を再開する。

下條は各界の著名人や企業経営者の妻、子、孫などを万引き犯に仕立て、多額の口止め料を脅し取ってきたのではないだろうか。しかし、人気キャスターは脅しには屈しなかった。その仕返しをしたと思われる。なんとも子供じみた報復だ。

ワンボックスカーは、次に港区南麻布五丁目の住宅街で邸宅の石塀に寄せられた。一際《ひときわ》目立つ和風邸宅には、ベンチャービジネスで財を築いた緒方弘和《おがたひろかず》が住んでいるはずだ。ビジネス誌や総合誌のグラビアで緒方邸が掲載されたことがあった。

緒方はまだ四十一歳だが、総資産は二千五百億円と言われている。国内外に五棟も別荘を所有し、小型ジェット機と豪華クルーザーを持っているようだ。

十歳年下の美人妻は元モデルだ。そこそこ売れていたのではないか。

ワンボックスカーから、黒いニット帽を被った男が現われた。動きから察すると、三十歳前後だろうか。スポーツキャップの男と同じように黄色いごみ袋を手にしている。

多門はさきほどと同様に暗視双眼鏡《ノクト・ビジョン》を使って、ニット帽の男の動きを目で追った。

男は豚の生首を緒方邸内に放り込み、門扉《もんぴ》にごみ袋の底に溜《た》まった生血をぶっかけた。

それから、ガレージの前にピラミッド型の金属鋲《びょう》を撒《ま》いた。

「緒方、別の家族スキャンダルも知ってるんだぞ。ちょっと運が強いからって、いい気になるなっ」

下條が拡声器《ラウドスピーカー》越しに怒鳴った。

ワンボックスカーのドライバーが短くホーンを響かせた。ニット帽の男がごみ袋を投げ捨て、急いでワンボックスカーの中に戻る。

多門は、シフトレバーに片手を掛けた。ワンボックスカーが走りはじめた。多門は用心しつつ、下條たちの車を尾《つ》けつづけた。

ワンボックスカーは四十分ほど走り、大田区田園調布《おおたくでんえんちょうふ》の邸宅街に入った。停車したのは、大手コンビニエンスストア『さわやかマート』の曽根直紀《そねなおき》会長兼社長の自宅の脇だった。

曽根は六十八歳だが、まだ若々しい。経営の才に恵まれているようで、たった一代で事業を拡大させた。マスコミ報道によれば、広大な敷地に長男一家が住む別棟があるようだ。

「曽根のおっさん、よく聞け。あんたが溺愛してる孫娘の早穂《さほ》は、いまもデパート、セレクトショップで万引きを重ねてるぞ」

拡声器から、下條の声が洩《も》れてくる。

ワンボックスカーの後部座席から、相前後《あい》してスポーツキャップとニット帽を被った男が出てきた。どちらも、銃身を短く切り落とした散弾銃《ショットガン》を持っていた。イサカだ。アメリカ製の猟銃である。

曽根を射殺するのか。一瞬、多門はそう思った。

だが、予想は外れた。二人は散弾銃の銃口を母屋に向けると、ためらうこともなく引き金を絞った。

二発ずつ交互に撃つ。着弾音がして、ガラスの割れる音も聞こえた。ワンボックスカーを運転している音が、またホーンを鳴らした。

二人の男は散弾銃を抱え、ワンボックスカーに駆け寄った。先にスポーツキャップの男が車内に入った。

ニット帽の男は足を縺《もつ》れさせたのか、路上に尻《しり》から落ちた。散弾銃が手から離れる。

ワンボックスカーは半ドアのままで走りだした。仲間を置き去りにする気のようだ。

ニット帽の男が焦《あせ》って立ち上がり、ワンボックスカーを追いはじめた。

ワンボックスカーが枝道《えだみち》に入る。ニット帽の男も脇道に入った。多門はボルボを発進させ、同じ裏通りに乗り入れる。

ニット帽を被った男は、全速力でワンボックスカーを追っている。しかし、ワンボックスカーはいっこうにスピードを落とさない。

ニット帽の男が走ることをやめた。もうワンボックスカーには追いつけないと判断したのだろう。肩を上下させながら、呼吸を整えている。

多門はボルボを路肩《ろかた》に寄せ、ニット帽の男に駆け寄った。

「路上に落とした猟銃を回収しなくてもいいのかい？」

「だ、誰なんだよ⁉」

「警察関係者だ」

「そうは見えないな。やくざっぽいからね」

ニット帽の男が言った。

多門は無言で前に踏み込んで、相手の股間を蹴り上げた。ニット帽を被った男が長く唸《うな》って、ゆっくりと頽《くずお》れた。

すかさず多門は相手の首に強烈な手刀《しゅとう》打ちを浴びせた。男が前にのめる。

多門は路面に片方の膝を落とし、相手のベルトを引き抜いた。手早く男の両手を腰の後ろで括《くく》った。

「おれをどうするんだよ」

相手が不安顔で問う。

多門は黙したまま、ニット帽の男をボルボの後部座席に投げ込んだ。俯《うつぶ》せだった。

「本当におれをどうするんだよっ。おれ、おたくに恨まれるようなことはしてねえぞ」

「そうだな」

「せめて行き先だけでも教えてくれねえか」

「すぐわかるよ」

多門は左目を眇《すが》めた。他人を侮辱するときの癖だった。

「頼むから、車から出してくれーっ」

相手が怯《おび》えた表情で訴えた。多門は聞こえなかった振りをして、ボルボXC40のエンジンを始動させた。

それほど遠くない所に多摩川《たまがわ》が流れている。

高級住宅街を走り抜け、多摩川の土手道まで走った。人の姿は見えない。

多門は運転席を出ると、ニット帽の男の両足首をグローブのような手を摑んで車の外に引っ張り出した。男は顔面を砂利に打ちつけ、呻き声を洩らす。

「おまえの名は？」

「忘れたよ」

「それじゃ、思い出させてやろう」

「何を考えてるんだっ。それを教えてくれねえか」

「そうはいかない」

「伏見《ふしみ》ってんだ。下の名は哲也《てつや》だよ」

「憶《おぼ》えておこう」

「ベルト、緩《ゆる》めてくれないか」

伏見が言った。哀願口調だった。

多門は足で伏見を土手道の端まで転がし、河川敷《かせんしき》に蹴落とした。帽子が脱げる。

伏見は弾みながら、河原まで落下した。多門は土手の斜面を下《くだ》った。伏見は何箇所かに打撲傷を負ったらしく、かなり痛がっている。

「骨折はしなかったみたいだな。バンド、外してやろう」

多門は縛《いまし》めを解《と》き、伏見を仰向けにした。

「おれとスポーツキャップの男は、ワンボックスカーの助手席に坐ってた下條さんの手助けをしただけなんだよ。相棒は牧圭祐《まきけいすけ》って名で、服役仲間だったんだ。おれたちが府《ふ》刑《けい》（府中《ふちゅう》刑務所）に入ってたころ、下條さんに面倒見てもらったんで、手伝わざるを得なかったんだよ。牧も同じなんだ」

「何をやって服役したんだ？」

「おれは傷害だけど、牧は窃盗《ギ》だよ。スポーツカーを盗って売っちゃったんだ」

「正直に答えねえと、てめえは救急病院に搬送されることになるぞ。おめえら二人は、どこかの組《ゲソ》に足をつけてるのかい？　それとも、半グレか。え？」

「どっちもフリーの遊び人なんだ。ヤー公になっても、あまりいいことはないみたいだからさ。半グレ集団は掟《おきて》が割に厳しいらしいんでね」

「ワンボックスカーを運転してたのは、下條の仲間なのか？」

「と思うけどね。月原《つきはら》って自称してるドライバーは無口で、おれたちに自分のことは話そうとしないんだよ」

「下條は各界の名士《セレブ》や資産家の妻、子、孫を万引き犯に仕立てて、まとまった額の口止め料をせしめてたんだろ？」

「…………」

「また日本語を忘れたか」

「そ、そうだよ。人気ニュースキャスター、ベンチャービジネスの革命児、『さわやかマート』の会長は下條さんの脅迫にビビらなかったんで、仕返ししたわけさ」

伏見の口が軽くなった。

「下條は派遣保安員をやってた草野という奴から、万引き常習者のリストを譲り受けてたんじゃねえのか」

「おれたち二人は単なる助っ人だから、下條さんが何を企んでるのか知らない。本当なんだ」

「下條は医療関係者に知り合いがいるか？」

「さあ、わからないな」

「そうか。今夜は星がきれいだな。動けるようになるまで夜空でも眺めてろ」

多門は言い捨て、土手の斜面を登りはじめた。

2

コールサインが鳴りつづけている。

多門は杉浦が電話に出るのを待った。ワンボックスカーを追尾した翌日の午前九時半過ぎだ。代官山の自宅マンションである。

まだ電話は繋《つな》がらない。多門は、いったん電話を切ろうとした。そのとき、耳に杉浦の声が届いた。

「珍しく早い時間帯に電話してきたな。昨夜《ゆうべ》、何か動きがあったのか？」

「そうなんだよ」

多門は言葉を切ってから、前夜の出来事をかいつまんで話した。口を結ぶと、杉浦が声を発した。

「人気ニュースキャスター、ベンチャー企業のトップ、『さわやかマート』の会長兼社長は身内が万引きの濡衣《ぬれぎぬ》を着せられても毅然《きぜん》と元刑務官の脅迫を撥《は》ねつけたんだな」

「当然といえば、当然だよね。三人の妻、子、孫は万引きなんかやってないんだから」

「しかし、成功者たちの多くは世間の目を気にするんで、イメージダウンを嫌う。だから、何人もの名士《セレブ》や資産家が金を巻き上げられたにちがいねえよ」

「そうだろうね。下條は草野の恐喝材料を使うだけじゃ多額は得られないと考え、名士や資産家の身内を万引き犯に仕立てたようだな」

「こっちも、意外な事実を知った。きのう駒込署にいる元部下の久保田《くぼた》って奴と一緒に晩飯を喰ったんだ。そのとき、捜査状況を探《さぐ》ってみたんだよ。それで、草野と精神科医の小宮が麻布十番《あざぶじゅうばん》のサウナの常連客であることがわかった」

「えっ⁉　なら、二人に接点があるかもしれないんだね」

「サウナでちょくちょく顔を合わせてたら、自然に口をきくようになるんじゃねえか」

「そうだろうな。それで、その裏付《ウラ》けは取ったの？」

　多門は訊《き》いた。

「その点は抜かりねえよ。久保田と別れてから、おれは『オアシス』ってサウナに行ったんだ。現職の刑事に化けて支配人から聞き出したんだが、草野と小宮はよく休憩所で話し込んでたらしいよ。二人はサウナの会員だったという話だ」

「接点はあったんだ！」

「それから、久保田から教えてもらったんだが、草野恭太郎は医者に憧《あこが》れて四度も県立医大を受験したそうだが、合格しなかったらしいんだよ」

「享年《きょうねん》四十三の草野は経済的に恵まれた家庭で育ったのかな？」

「いや、父親は雇われ大工だったらしいから……」

「よく四浪までさせてくれたな」

「なんとか息子の夢を叶えてやりたいと倹《つま》しく暮らしてたんだろう。草野は五浪したかったようだが、さすがに両親は首を縦にしなかったみたいだな」

「そんな経緯があって、草野は大学に進学しないで万引きGメンになったのか」

「クマ、こう推測できねえかな。草野は子供のころからの夢は諦《あきら》めざるを得なくなったんだが、病院経営者になって周囲の者たちを見返したかったのかもしれないぜ」

「その可能性はありそうだな。医者の資格がなくても、病院経営はできるからね。で、草野はダーティー・ビジネスを重ねて、せっせと事業資金を溜《た》め込んでた？」

「そうなんじゃねえのか」

「一方、小宮ドクターは儲けを度外視した良心的な心療内科クリニックを開業したいという夢を持ってた。草野と小宮はそれぞれの夢を実現させたくて、手を組んだ。その推測通りなら、小宮諭は草野が琴美の父親から五千万円の身代金をせしめようとしたことを知ってたと考えられるな」

「そういう筋読《すじよ》みは、ありだと思うよ」

「杉さん、よく考えてみようよ。匿名寄付の電話に引っかかって都庁前に現われた小宮ドクターは誠実そうに見えたんだ。草野が営利誘拐の首謀者と知ったとしたら、協力する気にはならないと思うがな。名取琴美は小宮ドクターの患者のひとりなんだぜ」

「患者に寄り添うことを心がけてる精神科医も、自分の夢を何がなんでも実現させたいと願ってたら……」

「悪党にもなる？」

「かもしれないぜ」

「小宮ドクターは自分を信じて敬愛してくれてる琴美を単なる患者とは見てないんじゃ

ないかな。少なくとも、琴美は小宮に好意を持ってる感じなんだ。そのことに小宮も気づいてるんだろう。それなのに、のこのこと篤志家のカンパ金を取りに来たという芝居を打てるかな？」

「そう言われると、確かに……」

杉浦が考える気配が伝わってきた。

「小宮が営利誘拐事件に絡《から》んでると見せかけたくて、匿名寄付の偽電話をかけた者がいるんだろうな」

「小宮を陥《おとしい》れようとしたのは何者なのか。まず草野を疑ったんだが、すでに元万引きGメンは従兄の店舗付き住宅で殺《や》られてた」

「そうだね」

「クマ、そっちの筋読みを聞かせてくれ。草野の殺害現場にあったワイングラスや赤ワインのボトルの中に毒物は混入されてなかった。精神科医の小宮が何らかの方法で草野を昏睡させ、医療用の管《くだ》で青酸化合物を流し込んで毒殺した。犯行目的は五千万円の身代金を奪うためなんだろう。さらに草野が非合法ビジネスで稼いだ金を奪いたかったのかもしれねえぞ。どう思う？」

「小宮ドクターがそんな凶行に走るとは考えにくいが、疑惑がゼロとは言い切れないだろうね」

「だよな。それはそうと、きょうもクマは西新宿のビジネスホテルの近くで張り込む予定なんだろ?」

「その予定なんだが、まだ何も喰ってないんだ。何か腹に入れたら、『リラックス』に向かうつもりだよ」

「なら、こっちが先に行ってらあ」

「杉さん、本業の仕事を放っといても大丈夫なの?」

「この野郎、厭味《いやみ》を言うな。本業でのんびりと暮らせたら、クマに内職なんか回してもらわねえよ」

「そんなつもりで言ったんじゃないんだ。杉さん、僻《ひが》まないでくれよ。それじゃ、後《あと》で合流しよう」

多門は電話を切った。

まるでそれを待っていたようにスマートフォンの着信音が響いた。電話の主は名取琴美だった。

「いま、電話で話すことは可能でしょうか?」

「ああ、大丈夫だよ。部屋には誰もいないから、なんでも喋ってくれ」

「はい。多門さんが知りたがっていたこと、父に確かめてみました。わたしが久しぶりにメンタルクリニックで診察を受けた日の夕方、小宮先生が父の会社を訪ねて、独立して自分の心療内科センターを開業したいという夢を熱く語り、病院経営に乗り出しませんかと打診したみたいなんですよ」

「それに対して、お父さんはどう答えたのかな？」

「円安で原材料などの高騰がつづいているので、多角経営をする余裕はないと答えたようです。すると、小宮先生は『ぼくは娘さんに十年でも二十年でも寄り添って、必ず心の病気を完治させます。ですので、自分の将来に投資いただけませんか』と何度も頭を下げたらしいんですよ」

「ずいぶん意味深《いみしん》なお願いだな。聞きようによっては、きみと結婚を前提につき合いたいと申し込んでるようにも受け取れる」

「ええ、そうですね。父も、そう感じたようです。ですけど、打算が透《す》けて見える気がしたので、きっぱりと断ったと申していました。小宮先生には淡い思慕《しぼ》を寄せていたのですが、わたしも少し……」

「失望したか」

「ええ、残念ですけど」

「辛いことを頼んで、なんか悪かったね。調査が大きく進展したら、きみに教えるよ」

多門は通話を切り上げ、冷蔵庫を覗《のぞ》いた。スクランブルエッグと海藻サラダをこしらえ、厚切りのバタートーストを四枚平らげた。

部屋を出たのは数十分後だった。

近道をたどり、目的地に達した。杉浦はレンタカーのカローラをビジネスホテルの斜め後ろに駐《と》め、文庫本を読んでいた。多門はボルボXC40をカローラの後方に停止させたが、すぐには車から出なかった。

運転席側のドアを開けようとしたとき、杉浦がレンタカーを降りた。スーパーマーケットのビニール袋を提《さ》げている。多門は車内に留《とど》まった。

杉浦が助手席に乗り込んだ。

「クマ、こいつは差し入れだ。長く張り込むことになるかもしれねえからな。クマにはでかいおにぎり五個、それから唐揚げ、ペットボトル入りの緑茶を買ってきた」

「杉さん、自分の分は？」

「鮭《さけ》弁当と茶をレンタカーの助手席に置いてあるよ」

「そう。全部でいくらだった？　日当に一万円ほどプラスしておけばいいかな」

「水臭いことを言うと、マジで怒るぜ。差し入れがあったら、黙って飲み喰いすりゃいいんだ。それが礼儀だろうが！」

「そうだね。おれが無神経だったよ。後でいただく」

「それでいいんだよ。三十分ごとに車のポジションを替えようや。長いこと同じ車が路上に駐まってたら、ビジネスホテルの従業員や元刑務官の下條に怪しまれるかもしれねえからな」

「そうしよう」

多門は同意した。杉浦はボルボから出て、借りたカローラに戻った。

コンビは車のポジションを替えながら、張り込みつづけた。

『リラックス』の表玄関から下條が現われたのは午後四時過ぎだった。

元刑務官は七、八十メートル歩いてから、タクシーを拾った。多門たちはタクシーを追いかけた。二台の車は前後になりながら、下條を乗せたタクシーをリレーで尾行した。

タクシーが停まったのは、千駄ケ谷《せんだがや》一丁目にある三階建ての古びたビルの前だった。

タクシーを降りた下條は、馴《な》れた足取りでビルの中に入っていった。

多門は数分経《た》ってから、ごく自然に路上駐車したボルボを降りた。

カローラは五、六十メートル先に見える。多門は通行人を装って、低層ビルの前を通過した。一階の上部に古ぼけた看板が掲げてある。

　多門は振り返って、看板の文字を読んだ。『医学部受験予備校　希望塾』と記《しる》されている。だが、人のいる気配はうかがえない。すでに廃業しているようだ。

　二・三階は賃貸共同住宅のような造りだが、ベランダには洗濯物は一つも見当たらない。やはり、廃ビルのようだ。そうではなく、そのうちリフォームすることになっているのか。あるいは、解体される予定になっているのだろうか。

　多門は前に進み、レンタカーのカローラの助手席に乗り込んだ。剝《む》き出しの鮭弁当は後部座席に移されていた。

「杉さん、下條が入っていった建物は空ビルみたいだよ。所有者に内緒で元刑務官は隠れ家にするつもりなんだろうか」

「クマは一階の看板をよく見なかったようだな。看板の下のほうに〝塾長堂珍《どうちん》久仁子《くにこ》〟と書き込まれてたぜ」

「それには気づかなかったな。堂珍という姓はありふれてない。ま、珍名だろうね」

「クマは記憶にねえかもしれないな。十年ほど前に裏口入学ブローカーの堂珍徹《とおる》って男が詐欺で検挙されて、三年数カ月あまり服役したんだ」

「あっ、思い出したよ。そいつは名門大学の学長や教授と親交があると嘘をついて、受験生の親から一千万円前後の口利き料を詐取《さしゅ》したんじゃなかった？」

「そう。『希望塾』の塾長の堂珍久仁子は、詐欺師だった堂珍徹の妻かもしれねえな」

「堂珍は、いまいくつなの？」

「六十歳前後だろう。もともと堂珍は医療関係の業界紙記者だったんだよ。何か不愉快なことがあったのか、三十代の後半に会社を辞めて健康食品の通販会社を設立したんだ。けど、二年そこそこで倒産してしまった」

「破れかぶれになって、堂珍は裏口入学ブローカーで荒稼ぎするようになったんだろうな」

「そうなんじゃねえか」

「出所後は何をシノギにしてたんだろう？」

「手形のパクリ屋で喰ってたはずだが、あまり甘い汁は吸えなかったようだな。で、堂珍徹は病院乗っ取り屋になったんだ。要するに、一匹狼の医療マフィアだよ」

杉浦が答えた。

「医療業界紙の記者をやってたんなら、大学病院と製薬会社の癒着《ゆちゃく》、医療保険点数の不正請求なんかはよく知ってただろうな。それから、市立総合病院長の女性スキャンダルなんかもさ」

「堂珍はありとあらゆる手段でドクターたちの致命的な弱みを摑んで、病院の経営権を安く買い叩いてきたんだ。赤字になりそうになると経営権を転売して、財を築いてきたんだよ」

「転売ビジネスがスムーズに運ばないときは、荒っぽい奴らを使って脅しをかけてたんじゃないの？」

「それは考えられそうだな。話は変わるが、元刑務官の下條は服役してた堂珍と親しくなったのかもしれねえぞ」

「それで、下條は堂珍の下働きをするようになったんだろうか」

「そうなのかもしれねえな」

「杉さん、いま現在、堂珍はいくつの病院の理事長を務めてるの？」

多門は訊いた。

「確か五つの私立総合病院を経営してるよ。狙った病院のトップの弱みを握ったとしても、まさか無料で経営権を手に入れられやしない。堂珍はブレーンにさまざまな非合法ビジネスをやらせ、汚れた金を転売ビジネスの買収資金にしてるんじゃねえかな」

「だろうね。それで、悪知恵を働かせて法の網を潜《くぐ》り抜けてきたんじゃないか」

「おっ、誰か空ビルの中に入っていくぞ」

杉浦がバックミラーに目をやった。

多門はミラーを仰《あお》いだ。三十代前半と思われる体格のいい男が三階建てビルに吸い込まれた。

「チャンスを見て、おれは空ビルに侵入するよ。杉さんは車の中で待っててくれないか」

「わかった。クマがなかなか戻ってこなかったら、様子を見に行かあ」

「あまり無理はしないでほしいな。こっちは何も背負ってないが、杉さんには入院中の奥さんがいるんだからさ」

「いいから、早く行きな」

杉浦が促《うなが》した。

多門はレンタカーを出ると、怪しげな低層ビルの少し手前で足を止めた。防犯カメラが設置されている。ただ、作動しているかはわからなかった。

低層ビルの右隣には五階建てのマンションが建っている。建物の脇に細長い庭があった。境界線上には、コンクリートの万年塀《まんねんべい》が連《つら》なっていた。

多門は中腰で細長い庭に忍び込み、奥まで進んだ。万年塀を乗り越え、低層ビルの裏の敷地に降りる。

多門は三階建ての建物に近づくと、パーカの右ポケットから、吸盤型の盗聴マイクと受信機を取り出した。

俗に〝コンクリートマイク〟と呼ばれる高性能マイクは、厚さ五メートル先のコンクリートの向こうの音声や物音を拾ってくれる。

多門はレシーバーを耳に当て、低層ビルの外壁に高性能マイクを密着させた。だいぶ離れた場所から、男同士の会話がかすかに洩《も》れ聞こえる。

音源はどこなのか。多門は横に少しずつ移動しはじめた。次第に音が大きくなってくる。建物の真裏に回り込むと、遣《や》り取《と》りが鮮明に聴こえるようになった。

——森下《もりした》、車輛班のリーダーはおまえなんだぞ。最近、気が緩《ゆる》んでるんじゃないのか。先月はレクサス二十七台、レンジローバー十六台をスマートに盗み出してくれた。それは上出来だよ。誉《ほ》めてやろう。

——あっ、はい。ありがとうございます。

——けどな、一昨日《おととい》は〝CAN《キャン》インベーダー〟に不備があって、狙った高級四輪駆動車をかっぱらえなかった。

——すみません。最年少のメンバーが新手《あらて》の機器を使いこなせなかったんで、不備に気がつかなかったんですよ。

——おまえの班のメンバーは元自動車整備工で、高級車窃盗のプロなんだ。素人《トウシロ》みたいな言い訳をするなっ。

下條が怒鳴《どな》った。

会話が中断した。〝CAN《キャン》インベーダー〟は掌《てのひら》ほどの大きさで、最新の防犯装置も無力化できる。この新手の盗難機器を狙った車の配線に接続し、車内ネットワークにアクセスすることによって、鍵を開けたりエンジンをかけたりすることが可能になるわけだ。

国内で〝CAN《キャン》インベーダー〟は製造販売されていないが、ロシアから闇ルートで日本に流れ込んでいる。指紋認証でエンジンをかけられる車でも、〝CAN《キャン》インベーダー〟を使われたら、盗難を防ぐことはきわめて難しい。

これまでの高級車盗難事件では、電子式盗難防止装置を解除する〝イモビカッター〟やスマートキーの電子鍵から出る電波を悪用してロックを解除して、エンジンをかける〝リレーアタック〟の手口が多かった。

〝CAN《キャン》インベーダー〟は最強の機器だが、被害防止の手立てがないわけではない。車の左側にある配線に〝CAN《キャン》インベーダー〟を接続する手口を知っていれば、駐車場左側ぎりぎりに車を駐めることで盗難を避けられる。

ハンドルロック、タイヤロックといった防犯用器具や車の振動を検知できる防犯ブザー、センサーライトなどを設置する方法もある。

――おい、森下！　四人のメンバーに気を引き締めるよう言っとけ。盗難車を千葉のヤードに届ける前におまえらの誰かが逮捕《パク》られたら、パキスタン人バイヤーにメンバー全員を圧縮機《プレス》に放り込ませるぞ。

――下條さん、それはあんまりでしょ！　おれを含めて班の五人はリスクをしょいながら、仕事をやってきたんですよ。

――おまえらには毎月百五十万ずつ渡してるよな。ほかの仕事で同額を稼げるか。え？

――それは無理でしょうね。

――恐喝班は大企業や病院のシステムに潜り込んで、不正やスキャンダルの証拠を押さえて、数千万から億単位の口止め料を順調に手に入れてる。

――下條さん、恐喝班はいくら貰ってるんですか？

――月に二百五十万ずつ払ってる。問題処理班は腕力を使ってるだけだから、定収入は百万だ。

――そんなに差があるんですか。おれたち、二百万ぐらいは貰いたいな。ボスに伝えていただけませんか？

――車輛班が完璧な仕事をするようになったら、森下の希望をボスに話してやろう。

――お願いします。

会話が途切《とぎ》れた。

ちょうどそのとき、背後の民家で犬が高く吼《ほ》えはじめた。多門は低層ビルから離れ、隣の万年塀に向かって走った。

3

ボルボの運転席に入った直後だった。

前方のレンタカーの中にいる杉浦から電話があった。

「クマ、気になる四輪駆動車が低層ビルの周辺を回ってる。もしかしたら、下條の配下の見張り役《シキテン》かもしれねえな」

「車種は？」

「黒いジープ・ラングラーだよ。ナンバーをメモして、さっき駒込署の久保田にナンバー照会してもらったんだ」

「盗難車だったんじゃないの？」

「当たりだ。江戸川《えどがわ》区内で半月ほど前にかっぱらわれた四輪駆動車だったよ」

「そういうことなら、おそらくドライバーは下條の手下なんだろう」

「おそらくな。そいつは眼光が鋭く、口髭《くちひげ》をたくわえてたよ。三十代の半《なか》ばだろうが、素っ堅気じゃねえだろうな」

「こっちは、低層ビルに入っていった奴と下條の会話を盗み聴くことができたよ」

多門は言って、盗聴内容を喋った。

「車輌班の森下ってリーダーは四人のメンバーと〝CAN《キャン》インベーダー〟を使って、高級車を次々に盗《ギ》ってたわけか」

「そう。くすねた高級車を千葉にあるヤードに運んで、パキスタン人の買い手に渡してたんだろう。多分、買い手は盗難車の車体番号を削り取ってから、貨物船で母国に送ってるんじゃないかな」

「そうなんだろう。盗難車の売却金だけでは、病院買収の資金は賄《まかな》えない。だから、恐喝犯の奴らが名士《セレブ》や資産家の弱みにつけ入って、多額の口止め料をせしめてやがるんじゃねえか。脅してる相手が警察に駆け込む気配を見せたら、問題処理班のメンバーが暴力でビビらせてるにちがいねえよ」

「そうなんだろうね。下條を操《あやつ》ってるのは経済マフィアの堂珍徹臭いな。しかし、状況証拠だけじゃ、まだ黒幕とは極《き》めつけられない」

「そうなんだが、下條のバックに病院乗っ取り屋の堂珍が控えてることはほぼ間違いねえと思うよ」

「そう言える根拠は？」

「法務局にいる知り合いに三階建て空ビルの所有者を調べてもらったら、堂珍の妻の久仁子になってたんだ。だから、堂珍は下條にアジトとして使わせてるんだろうよ」

「そういうことなら、下條を動かしてるのは堂珍徹に間違いなさそうだな。元万引きGメンの草野も、堂珍の下働きをしてたんだろうか。故買屋《こばい》の三谷を怪しいと思ったんだが、心証はシロだった。三谷は草野毒殺事件に関与する動機があったとしても、医療関係者の犯行に見せかける必要はないよね。元刑事の杉さんは、そのへんをどう読んだ？」

「草野殺しに三谷は関わってねえだろう。確証はねえけど、その事件《ヤマ》で臭いのは下條と睨んでる。けど、まだ断定的なことは言えねえな。クマもよく知ってるだろうが、金の好きな犯罪者どもはだいたい欲深いよな？」

「そうだね。それから、意外に小心者が多い」

「だな。下條が草野の恐喝材料をそっくり奪う気になったと疑えなくもない。医療マフィアの堂珍が故買屋ビジネスにも参入したくなって、草野を下條に毒殺させたのかもしれないからな？」

「悪人どもは本当に強欲だからね。どいつもハイエナみたいだ」

「そうだな。はっきりと筋を読むことはできねえが、状況証拠が積み重なりゃ、解決の糸口が見えてくるだろうよ。あっ、前方から怪しいジープ・ラングラーがやってきた。クマ、車を脇道に入れて、物陰から空ビルをうかがうことにしようや」

杉浦が早口で言って、通話を終わらせた。

多門は電話を切ると、ごく自然にボルボを脇道に移した。少し経ってから車を降り、表通りまで歩く。

多門は角の雑居ビルにへばりつき、表通りを覗《のぞ》いた。

黒い四輪駆動車は、下條のいる低層ビルの真ん前に駐めてあった。車内には誰も乗っていない。ドライバーは空ビルの中にいるようだ。

多門は首を伸ばした。

四十メートルほど離れた枝道《えだみち》の角に杉浦がたたずんでいる。口髭を生やした男が空ビルに入る姿を見たかもしれない。

低層ビルから二人の男が姿を見せたのは数十分後だった。

下條と口髭の男だ。男が先にジープ・ラングラーの運転席に入る。下條は助手席に乗り込んだ。

多門はボルボに駆け寄り、バックで表通りに出た。ミラーを仰《あお》ぐと、杉浦のカローラが枝道から車首を出していた。

ジープ・ラングラーは数十メートル先を走行中だ。多門は慎重に四輪駆動車を追尾しはじめた。杉浦のレンタカーが従《つ》いてくる。

黒いジープ・ラングラーは十四、五分走り、文京区本郷《ほんごう》七丁目にある旧帝大医学部附属病院の正門近くの駐車場に滑り込んだ。

多門はボルボを路上に駐めて、附属病院の敷地に足を踏み入れた。一分ほど遅れて杉浦が倣《なら》った。しかし、彼は多門には近づこうとしない。

旧帝大系医学部附属病院は札幌、仙台、東京、名古屋、京都、大阪、福岡の七つある。どこも総合病院だ。

医師の世界にもヒエラルキーがある。東京にある帝都《ていと》大附属病院、京都の京和《きょうわ》大附属病院の医師たちはピラミッドの最上位にランクされ、残りの五つの旧帝大医学部附属病院の医療従事者の評価も高い。相撲で言えば、大関だろう。

帝都大と京和大が医師界をリードしていることは間違いないだろう。権力を握って医業の世界を牛耳《ぎゅうじ》っていると見る向きも多い。

私立大医学部系病院では、新宿区信濃町《しなのまち》にある京陽《けいよう》医大が最上位にランクされている。その下に地方の公立大医学部附属病院が位置し、ほとんどの私立大医学部系病院の医師はランクが高いとは言えない。その下位に開業医や民間クリニックのドクターがいるようだ。

帝都大と京和大は、製薬会社や厚生労働省に一目《いちもく》置かれている。それだけ権威があるわけだ。中小の製薬会社や民間医療研究所が新薬を開発しても、厚生労働省がただちに許認可を与えるケースは少ない。

医師界の重鎮《じゅうちん》たちが新薬に横槍を入れる場合もあるのだろう。帝都大と京和大は他の同業者や中小の製薬会社に先を越されることを屈辱と感じるのかもしれない。そんな背景があって、医業界の古い体質はなかなか改まらない。それが現状だ。

下條たちは本院をくまなく歩き回った。

口髭を生やした男は人目を盗んで、スマートフォンで動画を撮影しつづけている。入院棟の出入口や通用口も隠し撮りした。帝都大附属病院に何かしようと考えているのだろうか。とにかく、行動が怪しい。何を企《たくら》んでいるのか。

下條たち二人はたっぷり時間をかけて下見をすると、ジープ・ラングラーに乗り込んだ。多門と杉浦は、それぞれの車の運転席に入った。黒い四輪駆動車が駐車場を出た。

多門は口の中でテンカウントを取ってから、ボルボXC40を発進させた。大学附属病院を出ると、杉浦のレンタカーを先に行かせた。

ボルボとカローラはポジションを替えながら、ジープ・ラングラーを追尾した。

どこかで道路補修工事をしているのか、幹線道路は渋滞していた。苛々《いらいら》させられたが、やむを得ないだろう。多門はしぶとく四輪駆動車をマークしつづけた。後方の杉浦も諦《あきら》め顔だった。

小一時間後《こ》、ジープ・ラングラーは都庁第一本庁舎の正面で停まった。助手席の下條だけが車を降りた。口髭をたくわえた男はすぐ車を走らせはじめた。

多門はボルボを路上に駐め、下條の後《あと》を追った。ややあって、杉浦が多門を追ってきた。

下條は第一本庁舎のエレベーターホールに立っていた。多門たちは意図的《いとてき》に下條に近づかなかった。ほどなく下條が函《ケージ》に乗り込んだ。多門はエレベーターホールに歩《ほ》を進め、階数表示盤を見上げた。

ケージは四十五階で停止した。

展望室のある階だ。どうやら下條は展望室で誰かと会うらしい。多門たち二人はエレベーターで四十五階に上昇した。

展望室をゆっくりと見回る。下條は左の南側の端にいた。夕景を眺めている。その横には、なんと精神科医の小宮が並んでいる。下條と同様に外の景色を見ていた。二人とも背をみせている。口の動きは見えない。

しかし、何か言い交わしている。二人の間は一メートル数十センチしか離れていない。

「クマは小宮に顔を知られてるな。おれがちょっと行ってくらあ」

杉浦が言って、展望室を歩きはじめた。下條と小宮の背後をゆっくりと通り抜け、数十メートル先でUターンする。

下條たち二人は話に夢中で、杉浦の動きには気づいていない様子だ。杉浦は四往復をしてから、多門のいる場所に戻ってきた。

「会話は断片的にしか耳に入らなかったが、若手精神科医の小宮は下條に感謝してたよ」

「感謝だって？」

「そう。下條は小宮の夢の後押しをしてくれる資産家を紹介すると言ってたな。それだけでは理想的な民間クリニックの開設資金が足りなかったら、クラウドファンディングで全国から寄付を募《つの》るべきだと助言してたよ」

「小宮の反応は？」

「下條の助言に従うと即答してたな。それから、『タフネスの会』のメンバーにも協力してもらうつもりだと言ってた」

「『タフネスの会』というのは？」

「おそらく小宮のような民間クリニックの勤務医たちで構成されてる親睦団体なんだろう。メンバーの中には、公立総合病院なんかで働いてるドクターもいるのかもしれない。大学病院の医者から見たら、そうした連中はマイナーだよな？」

「そうなんだろうね。いまの医業界を改革する必要があると考えてる若手ドクターが集《つど》って、患者ファーストの病院の開設を目標にし、励まし合ってる会なんだろうな」

「帝都大や京和大医学部出身のドクターは頭は切れるんだろうが、患者に寄り添ってない人間が少なくないんじゃねえか」

「そうかもしれないな。超難関大学の入試試験を突破することを願ってた学校秀才は自分のことをまず先に考えて、他人を思い遣《や》る優しさは持ち合わせていないようだからね」

「だから、おれはエリート連中が嫌いなんだ。ちょっとばかり学業に秀《ひい》でてたって、それがなんだってんだ。エリート意識を持つなんて思い上がってらあ。人間は五十歩百歩さ。大差ねえんだ」

「こっちも、そう思ってるよ。それはそうと、杉さん、ほかに洩れ聞こえてきたことはないの？」

「おっと、まだあったよ。下条は資産家に全面協力してもらうには、『タフネスの会』のメンバー全員にやってもらいたいことがある。そう言ってたな、元刑務官は」

「夢を実現させてやるから、何かをやれってわけか。何かって、何だろう？　見当もつかないな」

多門は唸《うな》った。

「下条は、内部告発する勇気を持たなきゃ、夢は潰《つい》えるかもしれないぞと圧力《アッ》をかけてたよ」

「杉さん、読めたぜ。支援する気でいる資産家は『タフネスの会』のメンバー全員におのおのの勤務先の隠された医療事故、給付金詐取、製薬会社のキックバックなんかの証拠を握ってほしいんだろうな」

「クマの推測通りなら、謎の支援者は病院乗っ取り屋の堂珍徹なんじゃないのか」

「だとしたら、下条と堂珍は純な小宮ドクターたちをうまく利用して、恐喝材料を集める気なんじゃないのかね？」

「考えられるな」

杉浦が口を閉じた。

そのとき、小宮が下條と別れてエレベーター乗り場に足を向けた。下條は動かなかった。

「おれは下條を尾《つ》けるから、杉さんは小宮をマークしてよ」

多門は相棒に小声で頼んだ。

杉浦が黙ってうなずき、小宮と同じ函《ケージ》に乗り込んだ。それから十分ほど過ぎてから、下條がエレベーターの下降ボタンを押した。

多門は変装用の黒縁眼鏡《くろぶちめがね》をかけてから、下條が乗ったケージに入った。すぐに下條に背を向ける。

エレベーターが一階に着いた。

多門は先にケージから出て、靴の紐《ひも》を結び直す振りをした。言うまでもなく、視線は下條に当てたままだった。

下條は都庁舎を出ると、新宿中央公園方向に歩きだした。徒歩でビジネスホテルに戻るようだ。

多門は近くに置いてあるボルボに急ぎ、運転席に腰を沈めた。

車を発進させる。低速で、下條を追尾しつづけた。予想通り、元刑務官は連泊している『リラックス』の中に消えた。

多門はボルボをビジネスホテルの近くに停めた。そのまま、しばらく張り込んでみることにした。

「杉さんが何か新事実を摑んでくれると、助かるんだが……」

多門は声に出して呟《つぶや》き、ロングピースをくわえた。

ゆったりと煙草を喫《す》ってから、杉浦が差し入れてくれた五つのおにぎりと唐揚げを交互に食べはじめる。どちらもすっかり冷めてしまったが、味は悪くなかった。

時間が流れ、午後八時を回った。

しかし、下條は投宿先から姿を見せない。外出する予定はないのか。

杉浦から電話がかかってきたのは午後九時半過ぎだった。

「いま、渋谷の海鮮居酒屋『漁火《いさりび》』にいるんだ。店は道玄坂の中ほどにある」

「その店なら、知ってるよ。杉さん、小宮ドクターはその店にいるんだね？」

「そう。小宮は『タフネスの会』のメンバーと二人で小上《こあ》がりで飲んでる。おれはカウンターの端に坐って、二人の会話に聞き耳を立ててたんだ。いまは、トイレのそばにいる」

「小宮はいったん勤めてる心療内科クリニックに戻ったのかな？」

多門は訊いた。

「そうなんだ。それで七時過ぎに職場を出てタクシーで渋谷に来たんだよ。店で落ち合った男は藤代《ふじしろ》という苗字で、小宮と同世代だろうな。北区の内科クリニックで勤務医として働いてるようだ」

「そう？」

「小宮は嬉しそうに、『タフネスの会』の夢はそう遠くない日に実現しそうだと藤代って奴に言ってた。多摩市に住む高齢の資産家男性が小宮たちのプランに賛同し、十億円を寄付してもいいと言ったらしいんだ」

「杉さん、出資者は堂珍徹じゃないの？」

「堂珍は前科《マエ》があるんで、表面には出たくないんじゃねえかな」

「それで、知り合いの老資産家をダミーの篤志家に仕立てたわけか。うん、考えられるね。で、その老資産家の名前は？」

「久能繁之助《くのうしげのすけ》という名で、もともとは多摩一帯の大地主で、さまざまな事業を展開してたみたいだな。しかし、もう八十二らしいから事業欲はなくなったんだろう」

「堂珍と久能の繋《つな》がりはわかったの？」

「残念ながら、それはわからなかったんだ」

「そう。小宮たち二人は、ほかにどんなことを話題にしてたんだろう?」

「二人とも、医業界のヒエラルキーをぶっ壊さなければ、明るい未来は訪れないと繰り返してたな。マイナー視されてる勤務医たちにもたくさん優秀なドクターがいるのに、旧帝大附属病院の連中が幅を利かせていることがよくないんだと……」

「そんな大胆な話を居酒屋でへっちゃらでしてたのか。小宮は捨て身で生きる覚悟をしたようだな」

「そうなのかもしれねえな。藤代って男も声を潜《ひそ》めたりしなかった。小宮と同じように肚《はら》を据《す》えたんだろうよ」

「ああ、多分ね。小宮たちはそれぞれ働いてる総合病院やクリニックの不正の証拠を手に入れ、それらを下條に渡すつもりなんだろうな」

「そういう協力を惜《お》しんだら、久能という老資産家はともかく、堂珍は『タフネスの会』をバックアップしないと釘をさしたんじゃねえか」

「少し酔いを醒《さ》ましたら、杉さん、小宮たちより先に店を出てよ。あまり長く聞き耳を立ててると、不審がられるだろうからさ」

「そうすらあ」

「こっちも適当なとこで張り込みを切り上げるよ」

多門はそう言い、通話を切り上げた。

ウィキペディアをチェックする。久能繁之助は確かに実業家で、多くの不動産を所有していた。だが、堂珍との接点は不明だった。医療マフィアが勝手に老資産家の名を使った疑いも拭《ぬぐ》えない。そうだとすれば、小宮たちはまんまと騙《だま》されたことになるのではないか。

それだけではなく、とんでもない犯罪の片棒を担《かつ》がされるかもしれない。他人事《ひとごと》ながら、青臭い若手医師たちのことが心配になってきた。

多門は午後十一時まで粘《ねば》ってみたが、下條が『リラックス』から現われることはなかった。張り込みを続行しても、徒労に終わるだろう。

多門はボルボを発進させ、自宅マンションをめざした。

4

尾行中の黒塗りのセンチュリーが多摩市内に入った。

翌日の午後二時過ぎだ。センチュリーのハンドルを握っている下條は背広姿で、地味なネクタイを結んでいた。助手席に坐った精神科医の小宮もスーツを着込んでいる。

多門は正午前からビジネスホテル『リラックス』の近くで張り込んでいた。午後一時半ごろ、『リラックス』の前に黒いセンチュリーが横づけされた。

高級国産車を運転していたのは、例の口髭を生やした男だった。男が車の外に出て間もなく、ビジネスホテルから下條要が現われた。

下條は口髭のある男を犒《ねぎら》い、センチュリーの運転席に腰を沈めた。男がセンチュリーから離れる。下條はセンチュリーを短く走らせ、新宿中央公園の近くで小宮を拾った。

それから、四十分ほど経過している。行き先は老資産家の久能繁之助のオフィスか自宅と思われる。どうやら下條は小宮を支援者の久能に引き合わせることによって、『タフネスの会』の信用を得ようと考えているようだ。

センチュリーは丘の上にある邸宅街を進み、ほどなく久能邸に着いた。驚くほど敷地が広い。千坪ほどあるのではないか。

庭木に囲まれた豪邸は、並の和風旅館より大きい。久能邸の門扉《もんぴ》がリモート操作で開けられた。センチュリーが邸内に吸い込まれる。すぐに立派な門は閉《と》ざされた。

セキュリティーは万全なようだ。邸内に忍び込むことは不可能だろう。

多門は数軒離れた邸《やしき》の生垣《いけがき》にボルボを寄せた。

一服してから、相棒の杉浦に電話でこれまでの経過を伝える。口を結ぶと、杉浦が声を発した。

「下條は自分が怪しまれることを恐れ、本当に『タフネスの会』の活動を支援してくれる老資産家がいることを証明して、小宮たちの信用を得たいんだろうな」

「杉さんの言った通りだと思うよ。けど、久能繁之助は見せかけの支援者臭いね。大変な資産家だったとしても、十億円の寄付は重いにちがいない。マイナー扱いされてる若手医師たちの夢の後押しをする気になるだろうか。どうも疑問だな」

「クマ、久能は強引にダミーの支援者にさせられたと考えてもいいと思うよ」

「考えられるね。老資産家にダミーになることを強いたのは、医療マフィアの堂珍なんじゃないか。堂珍は自分が『タフネスの会』のメンバーを煽動《せんどう》してることを誰にも知られたくないんで、下條のバックにいるのは資産家の久能だと見せかける気になった。要するに、ミスリード工作なんじゃないか」

多門は自分の推測を語った。

「それ、考えられる」

「堂珍は小宮たちのグループをうまく利用して、何か陰謀を巡らせてるだろうな」

「その疑いは濃いと思うぜ」

「久能に何か弱みがあるんじゃないか。だから、ダミーの支援者を演じざるを得なくなったのかもしれないよ」

「こっちもそう推測したんで、久能一族のことをちょっと調べてみたんだよ。久能の妻は健在なんだが、夫婦は子宝に恵まれなかったんだ」

「そうなのか」

「そんなことで久能は、五年前に病死した実弟の長男の卓《すぐる》、四十九歳の甥を息子のようにかわいがってきた。その甥っ子は亡父と同じように久能繁之助が経営してる複数の会社の役員に名を連《つら》ねてた」

「そう」

「ところが、ちょうど二年前になぜだか久能卓は役員職を辞した。それで四国巡礼に出た後《あと》、妻子とは連絡を絶ってしまったんだよ」

「恵まれた生活をしてた人間が世捨て人になったのは、よっぽどのことがあったんだろうな。伯父の久能と確執《かくしつ》があって、別の生き方をしたくなったのか。それとも、妻や子供と何かで衝突して溝を埋められなくなったのかな」

「どちらも考えられる。そうじゃないとしたら、久能卓は激情に駆られて他人に危害を加えたんじゃねえか」

「杉さん、傷害ぐらいでお遍路《へんろ》さんになって弘法大師の遺跡八十八カ所を巡拝する気になるかな？」

「ならねえか」

「動機はわからないが、久能卓は人を殺《あや》めてしまったんじゃないのかな。もしかしたら、轢《ひ》き逃げをやらかしたのかもしれない。どちらだとしても、人殺しになってしまったんじゃないのかな？」

「クマの読みは正しそうだな。卓は出頭する勇気はなかったが、罪の重さに耐えられなくなった。で、四国巡礼の旅に出たんだろう」

「その後は、どこかで久能卓はひっそりと暮らしてるんじゃないか。逃亡生活を支えてくれてるのは父の実兄の久能繁之助なんだろうな」

「それ、考えられるぜ。久能は弟の息子を溺愛してたんで、逃亡の手助けをしてしまったんだろう。その後は、甥に何らかの方法で定期的に生活費を渡してるんじゃないか」

「杉さん、久能卓は仕組まれた犯罪の加害者になってしまったんじゃないだろうか。それを謀《はか》ったのは堂珍と考えるのは説得力が……」

「いや、ないとは言い切れねえな。クマの読み通りなら、堂珍は久能一族の致命的な弱みを知ってるわけだ。老資産家を『タフネスの会』のダミー支援者に仕立てることはたやすいだろう」

「堂珍は久能に『タフネスの会』に十億円ほどカンパさせて、小宮たち若手ドクターに何かさせる気なんじゃないか」

「堂珍はそういうことを企《たくら》んでるんだろうが、久能の寄付金をそっくり『タフネスの会』に渡す気はないんじゃねえか。もっともらしい理由をつけて、五、六億円吸い上げる気なのかもしれないぜ。裏口入学ブローカーをやってた奴はせいぜい成功者ぶってても、所詮は小者だよ。根がセコいんじゃねえか」

「金銭欲の強い奴は、そこまでやりそうだね」

「ああ、やるだろうよ。クマ、下條と小宮が久能邸から出てきたら、どう動くつもりなんだ？」

杉浦が問いかけてきた。

「下條が堂珍と接触するのを待ってるんだが、おそらく二人とも警戒してて、不用意に直《じか》に会うことはなさそうだ」

「だろうな。クマ、久能卓の知人に化けて、老資産家に面会を求めてみろや。かわいがってる甥が何かで困ってるという作り話をすりゃ、伯父も面会に応じるんじゃねえか」

「杉さん、悪知恵を働かせるね」

「たいした知恵じゃねえよ」

「そうかな。その作戦でいくよ。杉さん、ありがとう!」

多門は電話を切り、ロングピースに火を点けた。紫煙をくゆらせ、張り込みをつづける。

久能邸から黒塗りのセンチュリーが滑り出てきたのは、午後四時を数分回ったころだった。

多門は手早く両眼に双眼鏡を当てた。運転席の下條は無表情だったが、小宮の顔は上気していた。老資産家に自分たち若手医師の理想を熱っぽく語ったのではないか。

センチュリーが遠ざかった。

まだ多門は動かなかった。数十分過ぎてから、変装用の眼鏡をかけてボルボを降りる。

多門は大股で歩き、久能邸のインターフォンを鳴らした。

ややあって、年配の女性の声で応答があった。久能の妻のようだ。

「どちらさまでしょう?」

「わたし、鈴《すず》木肇《きはじめ》と申します。失礼ですが、久能繁之助さんの奥さまでしょうか?」

「はい、そうです。ご用件をお聞かせください」

「実はわたし、久能卓さんの知り合いなんですよ。あなたは彼の義理の伯母に当たられるんでしょう?」

「ええ、そうです。それで……」

「卓さんが潜伏生活に疲れ果てたとわたしに電話をしてきて、行方をくらましたんですよ。もしかすると、彼は人生に終止符《ピリオド》を打つ気でいるのかもしれません」

多門は、とっさに思いついた嘘を淀《よど》みなく喋った。

「ええっ⁉」

「ご主人、在宅ですよね？」

「はい、おります。いま門扉《もんぴ》のロックを解除しますので、ポーチまでいらしていただけますか？」

スピーカーが沈黙した。

待つほどもなく、ロックが解《と》かれた。多門は門扉を抜け、長いアプローチをたどってポーチに上がった。

ほとんど同時に大きな玄関ドアが開けられ、資産家の妻が姿を見せた。総白髪で、上品な顔立ちをしている。若いころは、かなりの美人だったのではないか。

多門は広い玄関ホールに接した応接間に通された。二十畳ほどのスペースで、外国製と思われる重厚なソファセットが据《す》えてあった。壁にはユトリロの油絵が掲げられていた。十号のキャンバスか。まさか複製画ではないだろう。

「どうぞお掛けになってください。主人がすぐにまいりますので」

久能夫人がソファを手で示し、応接間から出ていった。

入れ違いに久能繁之助が応接間にやってきた。年齢の割には若々しい。血色がよく、頭髪も豊かだ。

「アポなしでお邪魔して申し訳ありません」

多門はソファから立ち上がり、偽名を使った。

「坐ってください。家内には応接間に来ないように言ってありますので、何を話していただいても結構です。その代わり、粗茶も差し上げられませんがね」

久能がそう言い、正面のソファに腰を落とした。多門はソファに坐った。

「甥の卓とは、どういったお知り合いなんでしょう?」

「久能卓さんとは、四国で知り合ったんですよ」

「あなたも巡礼をなさった?」

「そうなんです。傷害事件を起こして、起訴されてしまったんですよ。初犯でしたので、執行猶予が付きましたけどね。反省してることを行動で示そうと四国を巡礼をしたわけです。卓さんも同じ気持ちから、四国の札所を巡ってたんでしょう」

「それより、甥が横浜のマンスリーマンションから消えたというのは、確かなことなんだね」

「もちろんです。自殺を仄《ほの》めかす電話があったので、彼の部屋に行ったんですよ。ドアはロックされていませんでした。床には、ハンマーで砕かれたスマホの欠片《かけら》が散乱していました」

「そうですか」

「あなたの甥っ子は気持ちが優しいんで、罪の重さを背負いきれなくなってしまったんでしょう。どんな理由があっても、してはいけないことをしてしまったわけですのでね」

「そのことには触《ふ》れないでくれないか。他人《ひと》には話したくないんだよ。うーん、しかし、鈴木さんには話さなければならないな。あなたには、あの日のことを打ち明けよう。辛いことだが、喋るよ。あの日のゲリラ豪雨がいけないんだ。視界が極端に悪くなったんで、卓は減速したんだよ。それでも運悪く運転していたジャガーで初老の男性を撥《は》ねてしまった。その被害者がまったく動かないので、甥はパニックに陥って現場から逃げた。被害者が亡くなって、警察に出頭することができなかったんだよ。卓は轢き逃げ犯として指名手配になって、絶望してしまったのか」

「卓さんの秘密の件で、伯父のあなたが誰かに強請《ゆす》られたことはありませんか？」

「そんなことはないね」

「そうですか。堂珍という医療マフィアが、なぜか卓さんの事件のことを知ってるんです」

「堂珍という人物とは一面識もないな。本当だよ」

久能が言いながら、目を伏せた。明らかにうろたえている。堂珍と接点がありそうだ。病院乗っ取り屋の堂珍が久能に甥の弱みをちらつかせて、ダミーの篤志家を演じさせているにちがいない。多門は、そう直感した。

「怪しい奴だ。きみは何者なんだっ。一一〇番するぞ」

久能が声を張った。

「警察を呼んだら、困るのはそちらでしょう。違いますか？」

「うむ。忌々《いまいま》しいが、取引しようじゃないか。甥の犯罪を知らなかったことにしてくれたら、二千万、いや、三千万払うよ」

「裏取引には応じられないな。こっちは恐喝で喰ってるわけじゃないんでね。これで引き揚げよう」

「きみの狙いは何だったんだ？」

「好きなように考えてください」

多門は応接間を出て、急いで靴を履《は》いた。久能宅を辞去し、ボルボに駆け寄る。多門はすぐエンジンを始動させた。

そのすぐ後、杉浦から電話がかかってきた。多門はスマートフォンをハンズフリーにした。

「クマ、駒込署の久保田刑事から耳寄りな情報を得たよ。元万引きGメンの草野が殺害される前日、『尾木ベーカリー』の周辺を口髭をたくわえた三十七、八歳の男がうろついてたことがわかった。事件現場一帯の防犯カメラの画像解析をやり直して、捜査本部はその不審者に気づいたらしいんだ」

「そいつは口髭を生やしてたんだね？」

「そうだ。怪しい男には恐喝の前科《マエ》があったんで、身許は割れた。両角賢斗《もろずみけんと》、三十六歳。武道家崩れで、およそ三年前から堂珍のボディーガードを務めてる」

「杉さん、その両角の顔写真《ガンクビ》は？」

「手に入れたよ。いま、そっちのスマホに送る」

杉浦が言って、写真を送信してきた。画像は粗《あら》かったが、見覚えのある顔だ。ジープ・ラングラーを運転していた口髭の男に間違いない。

「クマ、そいつに見覚えがあるか？」

「大ありだよ」

多門は必要なことを伝えた。

「両角って奴は、元刑務官の下條要と一緒に本郷の帝都大附属病院の内部を下見してたのか。それで、下條と堂珍が手を結んで、何かやらかそうとしてることは予想がつくな」

「堂珍が自分の手を汚すとは思えない。医療マフィアは下條を現場の指揮官にして、荒っぽい連中にでっかい犯罪《ヤマ》を踏ませる気なんだろう」

「ああ、おそらくな。『タフネスの会』のメンバーも駒として使うつもりかもしれないぜ」

「杉さん、それはないだろうね。小宮たちはドクターなんだ。アナーキーな犯罪の実行犯には適してないよ」

「うん、確かにな。堂珍は青っぽい若手ドクター集団の犯行に見せかける気なんじゃねえか。腹黒い冷血漢なら、やりかねないだろう」

「そうだね」

「おっと、肝心なことが後回しになってしまった。毒殺された草野恭太郎は、堂珍が数年前に乗っ取った美容外科クリニックの顧問になってたぜ」

「なんだって⁉　草野がそのクリニックの顧問になったのは、いつなの？」

「去年の九月だ」

「草野は悪党だから、堂珍のダーティー・ビジネスの証拠を握って、自分を顧問にしろと迫ったのかもしれないよ」

「それ、考えられるな。四浪までして大学の医学部に入りたがっていた草野は夢破れたわけだが、病院経営者になりたかったんじゃねえか。そして、いずれ堂珍が強引に買収した五つの病院をすべて乗っ取る気だったのかもしれねえぞ。堂珍は大物になったつもりでいるんだろうが、小者だから、寝首を搔《か》かれやすいんじゃねえか」

「そういう読みなら、両角賢斗という堂珍の用心棒が『尾木ベーカリー』に忍び込んで草野を何らかの方法で眠らせ、医療用チューブで青酸化合物を口から流し込んで殺したんじゃないか。杉さん、どう思う？」

「そうだったのかもしれねえな。堂珍は草野に急所を握られたままだと、破滅させられると考え……」

「不都合な人間である草野を両角に始末させたのか」

「駒込署に設置された捜査本部は、近いうちに両角に任意同行《ニンドウ》を求めるんじゃねえか。クマ、油断するなよ。下條と堂珍の二人は、こっちの動きを把握してるかもしれねえからさ」

杉浦が先に電話を切った。

多門はボルボを走らせはじめた。邸宅街を抜けて、丘陵地を下《くだ》った。

そのとき、後方の車がボルボを追い抜いていた。見覚えのある四輪駆動車だった。運転者は口髭を生やした両角だった。

両角はボルボと並走したとき、挑発的な目を多門に向けてきた。多門は罠の気配を感じ取ったが、少しも怯《ひる》まなかった。

ジープ・ラングラーは幾度か際《きわ》どい幅寄せをしてから、一気に加速した。住宅地を離れ、民家の少ない地区に向かっている。畑と雑木林が目につくようになった。

多門も加速した。

四輪駆動車はさらにスピードを上げた。車間距離が大きく開く。両角はドリフトの要領で、ジープ・ラングラーをUターンさせた。タイヤが軋《きし》み音をたてた。

両角の車はセンターラインを越え、逆走してくる。どうやらチキンレースを挑《いど》む気らしい。

多門は一歩も引かなかった。

ボルボを直進させ、アクセルペダルを踏み込む。黒い四輪駆動車はまっすぐ猛進してくる。どちらかがハンドルを切らなければ、正面衝突は避けられないだろう。

さすがに多門は緊張した。

タイミングを計《はか》って、最悪な事態を回避する気だが、果たしてジープ・ラングラーを躱《かわ》せるか。少し不安だった。それでも、直進しつづけた。

双方の我慢較《くら》べだった。気弱になったら、敗者になるだろう。しかも、命を落としかねない。

恐怖に克《か》てなかったのか、両角が先にハンドルを左に捌《さば》いた。切り方が大きすぎたようで、車体が傾《かたむ》いた。そのままジープ・ラングラーは対向車線を斜めに進み、大きな街路樹に激突した。

フロントグリルはひしゃげ、フロントガラスには亀裂が走っている。

多門はボルボをガードレールに寄せ、すぐに車の外に出た。車道に車は見えない。多門は事故現場まで駆けた。

運転席側のドアは大きくへこみ、ラジエーターから白い湯気が出ている。両角の額は裂傷で、鮮血に染まっていた。ぐったりとしている。

多門は自慢の怪力で、運転席のドアを抉《こ》じ開けた。

「シートベルトを外してくれねえか」

「ふざけたことを言うな。てめえは、おれを殺す気だったんだろうが！　両角、よく聞くんだ。おれの質問に正直に答えたら、救急車とレスキュー車を呼んでやってもいい」

「なんでも答えるよ。肋骨が折れて、内臓が破裂したようなんだ。片方の腿《もも》もハンドルシャフトに圧迫されて、動かせない」

「それだけ喋れれば、死ぬようなことはないだろう」

「他人事《ひとごと》だと思って……」

「元万引きGメンの草野に毒を盛ったのは、てめえだなっ」

「……」

「給油口をぶっ壊して漏れたガソリンに着火すりゃ、たちまち爆発するな。爆死してもいいのか！」

「やめろ、やめてくれーっ」

両角が訴えた。

「死にたくなかったら、こっちの質問に答えろ！」

「わかった、わかったよ。堂珍さんに草野って奴を始末してくれって頼まれて、渡された医療用チューブ、青酸化合物、天然水を使い、元万引きGメンを……」

「どんな手口だったんだ？」

「まず草野をチョーク・スリーパーで気絶させて、天然水に青酸化合物を混入させて医療用チューブに流し込んだんだよ。草野は堂珍さんの弱みにつけ込んで、美容外科クリニックの顧問にして、月二百万の役員報酬を払えと……」

「堂珍はいつまでも草野を生かしておくと、経営してる五つの病院をいつか乗っ取られるのではないかという強迫観念に取り憑《つ》かれたんだな」

「だと思うよ」

「首謀者は大物ぶってるようだが、薄汚い小悪党だな。小心者そのものじゃないか。ビッグボスの器《うつわ》じゃないな。医療用チューブや劇薬は、堂珍が経営してる五つの病院のどこかに保管されてた物なのか？」

「いや、どれも下條さんが裏ルートで入手した物だ。そうしないと、足がつくからな」

「堂珍は下條と共謀して、何かとんでもない犯罪を計画してるな。若手精神科医の小宮や資産家の久能繁之助をうまく利用して、いったい何を企《たくら》んでやがるんだ？」

「それは言えない。喋ったら、おれは消されてしまうだろう」

「吐く気がないなら、てめえで救急車を呼ぶんだな」

多門は冷ややかに言って、黒い四輪駆動車に背を向けた。両角が毒づく。

十数メートル歩いたとき、耳のそばをロケット弾が疾駆《しっく》していった。数秒後、被弾したジープ・ラングラーが爆発炎上した。ロケット弾が四輪駆動車の燃料タンクに命中したのだろう。

爆風で、多門はよろけた。体のバランスを崩しながらも、多門は繁みを見回した。ロケット弾ピストルを持った男が身を翻《ひるがえ》した。青いフルフェイスのヘルメットを被っている。動作から察すると、二、三十代だろう。

多門は生《お》い繁った雑草を掻《か》き分け、逃げる男を懸命に追った。野原の向こうは雑木林だった。林の中をくまなく検《しら》べたが、犯人はどこにもいなかった。

事件現場に長く留《とど》まっていることはできない。多門は自分の車に向かって駆けはじめた。

第五章　恐怖の殺人ウイルス

1

同じニュースを三度も観《み》た。

多門はテレビの電源を切った。堂珍のボディーガードの両角賢斗が前日、爆死したことは確認できた。

多門は特大ベッドに腰かけたまま、煙草をくわえた。自宅マンションだ。まだ正午前だった。

繁みから放たれたロケット弾ピストルの銃弾がジープ・ラングラーのガソリンタンクを貫《つらぬ》き、爆発炎上を誘発したことはニュースで報じられた。両角は運転席から脱出できずに焼け死ぬことになった。

武道家崩れは、堂珍に頼まれて草野恭太郎を毒殺したことを吐いた。だが、その告白を多門は録音していなかった。

両角が苦し紛《まぎ》れに偽証したとは考えにくい。しかし、自白音声を録音していなければ、堂珍を追い込むことはできないだろう。逃げた男は堂珍に雇われた殺し屋《プロ》と思われるが、居所はわからない。手の打ちようがなかった。

「くそっ」

多門は歯噛みした。

そのとき、部屋のインターフォンが鳴った。何かのセールスだろう。多門は居留守を使うことにした。

チャイムは連打され、ドアが荒っぽくノックされた。来訪者はニューハーフのチコかもしれない。多門はロングピースの火を灰皿の底で揉み消し、のっそりと立ち上がった。寝室を出て、玄関ホールに向かう。

多門はドアスコープに片目を当てた。

部屋の前に二人の男が立っている。どちらも背広姿だ。片方は四十年配で、もうひとりは三十歳前後だろうか。

ともに目つきがよくない。刑事ではないだろうか。

多門は用心しながら、ドアを開けた。四十代に見える男がＦＢＩ型の警察手帳を短く呈示《ていじ》した。

「多摩中央署刑事課の戸松《とまつ》といいます。連れは細谷《ほそや》です。あなた、多門剛さんでしょ？」

「そうだが……」

「犯歴がありますね。傷害で一年数カ月、服役してる」

「だから、なんだと言うんだっ」

多門は戸松刑事を睨《にら》みつけた。

「ストレートに言うよ。きのう黒いジープ・ラングラーに煽《あお》り運転されたことに腹を立てて、おたく、チキンレースを仕掛けたね。それで、相手の四輪駆動車を街路樹に激突させ、運転者を死亡させた。そうでしょ？」

「そうじゃねえよ。こっちは逆走してきた黒い車と正面衝突しそうになったんで、ハンドルを切ろうと思ったんだ。その前にジープ・ラングラーがハンドル操作を誤《あやま》って、自ら対物事故を起こしたんだよ」

「言い逃《のが》れられると思ったら、大間違いだぞ」

細谷刑事が口を挟《はさ》んだ。

「てめえ、何を言ってるんだ。おれは事実を言ったんだよっ」

「事故現場の近くに住む方がスマホでチキンレースを動画撮影してたんだ。おたくが四輪駆動車を故意に事故《ジコ》らせようにしたにちがいない。それから事故車にロケット弾ピストルの弾丸を撃ち込んだのは、おたくの仲間だよな。チキンレースをやる前に、その助っ人を電話で呼んだんだろっ」

「おれに前科《マエ》があるからって、犯罪者扱いするんじゃねえ！」

「足を洗っても、やくざ体質は直らないんだな。都合が悪くなると、そうやって凄《すご》む」

「てめえ、喧嘩売ってんのかっ」

「別にそういうわけじゃない」

「まあ、まあ。多門さん、気を鎮《しず》めてくれませんか」

戸松が仲裁に入った。細谷は気圧《けお》されたのか、多門と目を合わせようとしない。

「おれを別件でしょっ引く気なのか？」

多門は戸松を見据《す》えた。

「引き種《ネタ》なんか使いませんよ。ただ、ちょっと引っかかることがありましてね」

「何に引っかかってるんだ？」

「交通課の者たちは、煽り運転絡みのチキンレースで四輪駆動車が自損事故を起こしたんだろうと判断したんですが、われわれ刑事課は仕組まれた他殺の疑いも捨て切れなかったんで、本日中に署に捜査本部を設置することになったんですよ」

「単なる自損事故じゃなく、殺人事件の疑いが濃いって判断したって⁉」

「ええ、そうです」

「そう判断した理由を教えてくれ」

「わかりました。ロケット弾ピストルの銃弾はジープ・ラングラーの燃料タンクに命中しています。ロケット弾ピストルは火薬が使われていません。ですが、ガスの圧力で銃身から放たれるロケット弾は熱を持ちます。それで、ガソリンが爆発したんでしょう」

「だろうな。それだから？」

「ロケット弾ピストルは特殊な拳銃です。裏社会と繋《つな》がりのない人間が入手するのは難しいと思います」

「元組員だったおれが共犯者《レツ》にロケット弾ピストルで、四輪駆動車を運転してた奴を始末させたんじゃねえのか。そう疑ってるんだな？」

「ええ、まあ」

「おれは爆死した男と何も接点がなかったんだぞ。殺さなきゃならない動機なんかねえだろうが！」

「そのあたりのことを署で細かく教えていただけませんかね」

「任意同行には応じられねえな。引き取ってくれ」

「何か疚《やま》しさがあるのかな」

戸松が探《さぐ》るような眼差《まなざ》しを向けてくる。

「別に後ろ暗いことなんかしてねえよ」

「本当ですか？」

「早く帰ってくれ！」

多門は語気を荒《あら》らげ、玄関ドアを閉めた。すぐシリンダー錠を掛ける。

二人の刑事が交互に拳《こぶし》でドアを叩いた。多門は黙殺して、ダイニングテーブルの椅子に腰かけた。数分後、刑事たちが部屋から遠ざかった。

多門は少し間《ま》を置いてから、ベランダに出た。眼下を覗《のぞ》くと、灰色のスカイラインが見えた。覆面パトカーだ。アンテナで、警察車輛とわかった。いまの位置からは、車内がよく見えない。

多門は横に体をずらした。スカイラインの運転席には細谷が坐っている。年上の戸松刑事は助手席に腰を落とした。

二人は張り込んで、多門の動きを探る気になったのだろう。これで、自分は自由に動き回れなくなった。多門は舌打ちして、寝室に移った。

特大ベッドに腰かけ、杉浦に電話をかける。

ツーコールで、通話可能状態になった。多門は前日の出来事を話し、多摩中央署の刑事たちが自宅にやってきたことも語った。

「堂珍のボディーガードを務めてた両角賢斗って野郎は、元万引きGメンの草野を毒殺したことを喋ったんだな？」

「そうなんだ。両角は堂珍に頼まれて、草野を始末したことをはっきりと認めた。ICレコーダーはボルボのグローブボックスの中にあったんで、残念ながら、両角の音声は録《と》れなかった。車ごと焼け死んだ両角の自白音声があれば、病院乗っ取り屋に迫れたんだろうがね」

「癪《しゃく》だろうが、仕方ねえよ。草野は何がなんでも病院経営者になりたかったんで、まず堂珍が理事長をやってる美容外科クリニックの顧問のポストを得て、そのうちクリニックの経営権すべてを手に入れたいと考えてたのかもしれねえぞ」

「草野は堂珍が汚い手段で乗っ取った五つのクリニックを自分のものにする気だったんじゃないかな」

「そうなんだろう。医師の資格は取れなかったが、草野は病院経営者になって、周囲の人間を見返したかったんだろうな。ずっと抱え込んでたコンプレックスが発条《ばね》になったんじゃないか、悪い意味でさ」

「人間の執念はそら恐ろしいね」

「そうだな。二人の刑事《デカ》に張り込まれてるんだったら、クマは動くに動けねえな」

「だから、杉さんに協力してもらいたいんだ」

「わかった。クマの代わりに、おれが動くよ。で、何を調べりゃいい？」

「堂珍の交友関係やブレーンのことをとことん洗ってもらいたいんだ」

「二、三日、時間をくれねえか」

「わかった。日給十万でどう？　経費は別途《べっと》請求でさ」

「相棒が動けねえなら、こっちが動くほかない。日当五万円で引き受けらあ。もちろん、経費は別に貰うぜ」

「わかってるよ。おれは堂珍がどんな手を使って、病院を次々に乗っ取るだけの買収資金を調達してるのか知りたいんだ」

「名士《セレブ》や資産家の弱みを恐喝材料にして、巨額な口止め料をせしめてきたようじゃねえか」

「それだけじゃ、買収資金は調達できないと思うんだ」

「言われてみると、確かにな。どんな手段で、軍資金を工面してるのか。そいつがわかるといいな」

「詳しくは知らないけど、あらゆる産業で情報のデジタル化が進んだよね」

「便利になったが、サイバー攻撃で企業情報が盗まれてる」

「それだけじゃなく、鉄道や電力などのインフラが機能を奪われるリスクも高くなったみたいだよ。欧米じゃ身代金要求型犯罪《ランサムウェア》が年々、増加してるらしいぜ」

「ランサムというのは、身代金のことだったよな？」

　杉浦が確かめた。

「そう。こっちも精《くわ》しくないんだが、サイバー攻撃をやってるハッカーたちは政府、大企業、大学の情報、病院の電子カルテをすべて暗号化して、データを復元したければ、ビットコインなど暗号資産で身代金《ランサム》を払えと脅迫してるようなんだ」

「クマはアナログ派と思ってたが、こっそりＩＴの勉強してたのか」

「杉さん、そうじゃないんだ。先日、テレビのドキュメンタリー番組でサイバー攻撃の特集をやってたんだよ」

「なんでえ、そういうことか」

「企業や団体は攻撃元を特定して、加害者側のサーバーを使えなくしたがってるが、無効化するプログラムを使うには法律上の課題があるんだってさ」

「そうなのか」

「悪玉《ブラック》ハッカーは数多くいるようだから、そういう奴に協力してもらえば、堂珍は好きなだけ大企業や各種団体から巨額の身代金を毟《むし》れるんじゃない？」

「だろうな。本庁のサイバー犯罪対策課に知り合いがいるから、その男に最初に会ってみるよ。そいつ、不倫してるんだ。その弱みにつけ込めば、協力してくれるだろう」

「反則技《わざ》だが、よろしく頼むよ」

多門は通話を切り上げた。

そのとき、腹の虫が鳴った。多門は近くの日本蕎麦《そば》屋に電話をかけ、カツ丼と天丼の出前を頼んだ。注文した丼が届けられたのは、およそ二十分後だった。

多門は緑茶を淹《い》れ、二つの丼をすぐに平らげた。それでも、満腹感は味わえなかった。

多門はラスクを五枚ほど摘《つま》んだ。

紫煙をくゆらせていると、名取琴美から電話がかかってきた。

「少し前に小宮先生からラインがあったんです。患者優先のクリニックセンターの建設という夢が実現しそうだという内容でした。そうなったら、新しい心療内科クリニックの患者になってほしいと付記されていました」

「そう」

「多門さん、小宮先生は世間知らずの面があるので、自分たち若手ドクターを支援してくれる老資産家がいると信じているみたいでしたが、そんな篤志家が本当にいるでしょうか？」

「多摩市内に住む久能繁之助という老資産家が実在することは間違いないんだ。小宮ドクターは、その人物に会ってる。しかし、その久能という資産家が実際に十億円もの寄付をするかどうかは……」

「怪しいんですね？」

「そうなんだ。老資産家の甥は轢《ひ》き逃げ事件の加害者で逃亡中みたいなんだよ。その弱みを病院乗っ取り屋の堂珍という男に知られて、強制的に出資者に仕立てられた疑いがあるんだ」

「小宮先生たちは巧《たく》みに騙《だま》されて、何か犯罪の片棒を担《かつ》がされるのでしょうか」

「もしかしたら、そうなのかもしれないな」

「わたし、そのことを小宮先生に教えてあげます」

「それは待ってくれないか。まだ陰謀の確証を得たわけじゃないからな」

多門は言った。

「そういうことでしたら、小宮先生に余計なことは言わないようにします」

「そうしてくれないか。きのう、多摩市内で四輪駆動車が街路樹に激突したニュースがあったよな」

「事故のことはテレビのニュースで知りました。ドライバーは運転席から脱出できなくて、焼死したみたいですね」

「車ごと爆殺されたのは両角賢斗という男で、病院乗っ取り屋の堂珍のボディーガードだったんだ」

「えっ、そうなんですか」

「四輪駆動車の燃料タンクにロケット型の銃弾が撃ち込まれたんで、爆発炎上したんだよ。まだ他言しないでもらいたいんだが、死んだ両角はこっちを始末できなかったんで、堂珍が雇った殺し屋に葬《ほうむ》られたようなんだ」

「堂珍という医療マフィアは、救いようのない悪人ですね」

琴美が吐き捨てるように言った。

「そう考えてもいいだろうな。話は飛ぶが、草野を毒殺したのは焼死した両角だったよ。こっちが両角を詰問したら、そのことを認めたんだ。堂珍に指示されて、両角は草野を亡き者にしたんだろう」

「なぜ、そんなことを……」

「草野は堂珍の犯罪の証拠を握って、乗っ取り屋が理事長を務めてる美容外科クリニックの顧問のポストを要求したんだ。そのうち堂珍が乗っ取った五つのクリニックの経営権をそっくり脅《おど》し取るつもりだったんじゃないかな」

「草野は本当に極悪人ですね。不幸な死に方をしても、わたし、同情しません」

「当然だろうな。新たなことがわかったら、琴美ちゃんに教えるよ」

多門は電話を切った。

ほとんど同時に、着信音が響いた。電話をかけてきたのは杉浦だった。

「クマ、本庁サイバー犯罪対策課から大きな手がかりを得たぜ。医療マフィアの堂珍は、凄腕のハッカーの相馬《そうま》逸平《いっぺい》、三十九歳を抱えて大企業の不正を探らせ、恐喝材料にしてた」

「それだけじゃないよね？」

「ああ。相馬は新種のコンピュータウイルスを次々に使って、電力、ガス、銀行、交通制御などのデータを破壊したり、改ざんしてシステム障害を起こさせてる。遠隔操作を多用してるんで、相馬はまだ一度も検挙《アゲ》られてないんだよ。ランサムウェア犯罪も重ねてるらしいぜ。悪質なハッカー及びクラッカーとして、相馬はブラックリストに載ってるという話だったな」

「相馬の自宅は都内にあるの？」

「中目黒《なかめぐろ》の賃貸マンションが現住所になってるんだが、そこは荷物置き場になってるみたいだな」

「つまり、実際には住んでないんだ？」

「そうなんだろう。相馬は人づき合いが苦手だとかで、かっぱらったキャンピングカーで全国を巡ってるそうだ」

「キャンピングカーは目立つよね。道の駅の駐車場やオートキャンプ場で車中泊してたら、怪しまれるんじゃないのかな」

多門は言った。

「それが一度も職務質問《しょくしつ》されたことはないらしいんだ。高級な衣服や腕時計を身につけてるんで、不審人物とは思われないんだろうな」

「おかしな奴だね。専属の悪玉《ブラック》ハッカーを抱えてれば、堂珍は病院買収資金には不自由してないんだろう」

「堂珍は強欲なんじゃねえか。だから、元刑務官の下條要にも強請《ゆすり》の種《ネタ》を探させてるんだろうよ。銭はいくらあっても、邪魔にはならねえからな」

「そうだね。堂珍は五反田の池田山《いけだやま》に豪邸を構えてるんだっけな」

「そうなんだが、愛人《レコ》が二人いるようなんだ。本宅には月に二、三度しか帰ってないみたいだぜ」

「愛人の二人は何者だったの？」

「元クラブママと元女優のはずだ。元クラブママは広尾《ひろお》の借家住まいで、元女優は六本木《ろっぽんぎ》のタワーマンションで暮らしてる。クマ、愛人宅にいる堂珍を締め上げる気になったのか？」

「そうしたい気持ちもあるが、堂珍には共犯者《レツ》がいそうなんで、わざとまだ泳がせておくつもりなんだ」

「そのほうがいいだろうな。新情報をキャッチしたら、また連絡すらあ」

杉浦が通話を切り上げた。

多門は、またベランダに出た。多摩中央署の二人は依然として張り込み中だ。年長の戸松は助手席に移り、運転席には生意気な口をきいた細谷刑事が坐っている。

多門は溜息《ためいき》をつき、居室に戻った。テレビのニュースとネットニュースをこまめに観たが、きのうの物損事故の続報は伝えられなかった。いつまでも自宅にいたら、調査は進まない。

多門は午後四時に部屋を出た。

エレベーターで一階に下《くだ》り、マンションの裏手に回り込む。背後の民家は敷地が広い。多門は境界線の上に巡らされているブロック塀を乗り越え、中腰で庭木の間を通り抜けた。裏通りに出て、近くにあるレンタカー営業所をめざす。

多門は白いクラウンを借り、西新宿に向かった。小宮諭が勤めている心療内科クリニックを探し当てたのは三十数分後だった。

多門はレンタカーをクリニックから少し離れた場所に停めた。偽電話で、小宮が職場にいることを確かめる。

琴美の担当医の小宮が勤め先から姿を見せたのは午後六時十五分ごろだった。連れはいなかった。小宮は急ぎ足で表通りまで歩き、タクシーに乗り込んだ。多門は慎重にタクシーを追った。

やがて、タクシーは千代田区紀尾井町《きおいちょう》にある老舗料亭『喜代川《きよかわ》』に横づけされた。

多門はレンタカーを近くの暗がりに入れ、すぐライトを消した。エンジンも切る。

どうやら小宮は、経済力のある人間の座敷に招《よ》ばれたらしい。招き主はすでに料亭内にいるようだ。

十分ほど経《た》ってから、黒塗りのハイヤーが停まった。センチュリーだ。後部座席から降り立ったのは資産家の久能繁之助だった。しっかりとした足取りで、料亭の玄関に向かった。ただ、表情が硬い。

数分経ってから、多門はレンタカーの運転席を離れた。通行人を装って、老舗料亭の様子をうかがう。

下足番らしき六十年配の男が所在なげにたたずんでいる。小宮が誰の座敷に招《よ》ばれたか知りたかったが、前庭には防犯カメラが三台も設置されていた。料亭の従業員を買収することは難しいだろう。

多門は、借りた車の中に戻った。辛いことにレンタカーは喫煙が認められていない。ロングピースの香りを嗅《か》ぎながら、ひたすら待つ。

四十分あまり経過したころ、料亭から久能だけが現われた。待機していたハイヤーが久能の前に移った。久能は憮然《ぶぜん》とした顔で、ハイヤーの後部座席に乗り込んだ。

数十分後、無線タクシーが『喜代川』の前に停まった。料亭から出てきたのは、病院乗っ取り屋の堂珍と精神科医の小宮だった。堂珍とは一面識もなかったが、多門は裏のネットワークを使って、病院乗っ取り屋の顔写真を手に入れていた。

小宮だけが無線タクシーに乗った。堂珍は小宮を見送ると、すぐに料亭の中に戻った。これから共犯者と密謀を巡らせる気なのか。

多門は様子を見ることにした。

いくら待っても、それらしき人物は『喜代川』にやってこない。堂珍が料亭を出たのは午後十時過ぎだった。独《ひと》り酒を傾けていたようだ。

迎えのハイヤーで、そのまま帰宅した。多門は軽い失望を覚えた。代官山の自宅マンションの近くで、まだ二人の刑事が張り込んでいそうだ。今夜は自分の塒《ねぐら》には近づかないほうがいいだろう。

多門はそう思いながら、レンタカーを穏やかに走らせはじめた。

2

昨夜はよく眠れなかった。

多門はＪＲ五反田駅から少し離れた和風旅館の一室で夜具に横たわっていた。池田山にほど近い。堂珍の自宅まで車なら、五分もかからないだろう。朝になったら、堂珍邸に向かい、終日、医療マフィアを尾行する気でいた。運がよければ、一連の事件の全容が透《す》けてくるかもしれない。それを期待したわけだ。

それにしても、猛烈に眠い。うつらうつらしたのは、おそらく一時間ほどだろうか。

寝具が小さすぎて、両足が掛け蒲団から食《は》み出してしまう。その上、壁が薄かった。隣室に泊まった男性客は風邪気味らしく、ひっきりなしに咳《せき》をしていた。耳障りだった。

多門はこの旅館に入ると、近所にある小料理屋で酒と肴《さかな》を頼んだ。レンタカーはコインパークに預けてあった。とことん飲む気でいた。

しかし、小一《こ》時間で店は閉店時刻になった。店主夫婦は七十代の半ばに見えた。店主は営業時間は気にしなくてもいいと幾度も口にした。しかし、老《お》いた夫婦に負担を掛けたくなかった。

多門は小料理屋を出て、投宿先に戻った。畳の上で寝るのは久しぶりだった。なぜか、なかなか寝つけなかったのだ。

生欠伸《なまあくび》が止まらない。寝不足だったが、多門は起きた。煙草を喫《す》ってから、部屋のテレビを点ける。午前六時前だった。

画面には、見覚えのある建造物が映っている。帝都大医学部附属病院だった。本院だ。

「速報です。きょう未明、文京区内にある帝都大学附属病院がリモート爆弾によって、爆破されました。ほぼ全壊です。さきほど鎮火《ちんか》しましたが、当直の医療関係者は死傷したと思われます。被害状況はまだ把握しきれていません」

四十代に見える男性アナウンサーが少し間《ま》を取って、言い重ねた。

「京都の京和大学附属病院の本院も何者かによって、リモート操作爆弾で破壊されました。死傷者の数は不明です。テロリスト集団の犯行と思われますが、はっきりしたことはまだわかりません。帝都大病院と京和大病院は旧帝国大学医学部附属病院として知られています。ほかに旧帝大附属病院は札幌、仙台、名古屋、大阪、福岡に五つあります。現在のところ、その五つの旧帝大附属病院は爆弾テロの被害は受けていません」

ふたたびアナウンサーが言葉を切り、言い継いだ。

「新たな情報が入りました。帝都大病院と京和大病院の入院棟と空調装置に殺人ウイルスが撒《ま》かれ、給水槽《きゅうすいそう》に毒物が投げ込まれた疑いがあるとのことです。どちらの病院も入院患者が次々に苦しみ、緊急治療を受けはじめているとの情報す。亡くなられた方もいるかもしれません。こうした卑劣な蛮行《ばんこう》は断じて許せません」

アナウンサーの顔が消え、また帝都大附属病院が映し出された。その後、京和大附属病院の全景に画面が変わった。本院はほとんど原形を留《とど》めていない。

「ただいま新しい情報が入りました。『タフネスの会』と称する謎の団体が主要マスコミにフリーメールで犯行声明を寄せました。帝都大病院と京和大病院を狙ったことを表明し、残りの旧帝大系病院をすべて瓦解《がかい》させると予告しています。警察庁も公安調査庁も『タフネスの会』に関する捜査資料は持っていないようです。正体不明の爆弾テロ犯の犯行目的は何なのでしょうか。あまりにアナーキーで、残忍な凶行です」

またアナウンサーが映り、叫ぶように言った。それから、東京と京都の事件現場の画像が交互に映し出された。

多門はチャンネルを次々に変えた。各局とも似たような報道をしているだけで、まだ知らない情報は流れていなかった。

多門はテレビの音量を落とし、太くて長い腕を組んだ。小宮たち『タフネスの会』のメンバーは、医師界で幅を利かせている旧帝大出身の医師たちを排除したがっていた。だが、小宮を含めて会のメンバーはマイナー視されている勤務医にすぎない。『タフネスの会』はテロリスト集団ではなく、単なる親睦団体だろう。

彼らがピラミッド型のヒエラルキーをぶっ壊したいと願っていても、旧帝大系病院を機能不全に陥《おちい》らせるだけの力と金を有しているとは考えにくい。

先日、元刑務官の下條要は帝都大附属病院の本院と分院の内部を調べ、連れに動画撮影させていた。下條と堂珍が共謀して、旧帝大医学部出身者を抹殺する気なのか。それを『タフネスの会』の犯行に見せかけたのだろうか。

多門はそこまで推測したが、素朴な疑問にぶつかった。病院乗っ取り屋の堂珍は旧帝大医学部出身のドクターたちの思い上がりを苦々しく感じていたかもしれないが、エリートたちを抹殺する必要があるとは思えない。

ただ、権威を持つエリート医師たちを目障りだと感じている人間はいるだろう。地方の国公立病院や私大系総合病院の勤務医、中小製薬会社の新薬開発研究者たちも、旧帝大出身の医者を嫌っているのではないだろうか。

堂珍は何か大きな見返りを得られると判断して、旧帝大医学部出身者たちの存在を疎《うと》ましく思っている人物に協力する気になったのか。

そうだったとしても、自分が捜査当局に疑われるような真似は絶対に避けたいだろう。勤務医の小宮たちの夢の後押しをするような振りをして、若手勤務医に餌《えさ》をちらつかせ、爆破テロの実行犯グループに仕立てようとしているのではないか。

それを裏付ける事柄がなくはなかった。

先夜、小宮ドクターは偽電話に騙《だま》されて都庁前にキャリーケースを受け取りに現われた。多門は琴美の身代金を取りにきたのではないかと疑ってしまったが、小宮は営利誘拐事件には関与していなかった。彼に濡衣《ぬれぎぬ》を着せようとしたのは下條か、堂珍だったのではないか。

そう推測すると、堂珍のほうが怪しく思えてくる。状況証拠では疑わしいが、まだ一連の事件の首謀者が医療マフィアの堂珍とは言い切れない。

焦《あせ》ったら、失敗を招く。ここは慎重に行動すべきだろう。

多門はテレビの画面に目を向けた。

帝都大附属病院の入院棟の全容が映っている。二十代後半と思《おぼ》しい女性アナウンサーの上半身がアップになった。

「数日前から本院と入院棟に白衣をまとった三十代半《なか》ばの男たちが出入りしていました。彼らの姿は複数の防犯カメラに収められていましたが、全員、帝都大病院の関係者ではありませんでした。また、入院棟には三人の作業服姿の男が出たり、入ったりしていました。その三人も、偽の修理業者と思われます。警察はそうした不審者が爆発テロの実行犯とみて、捜査を開始しました」

アナウンサーがいったん言葉を切って、早口で言い継《つ》いだ。

「入院中の患者十三人が亡くなり、二十八人の男女が別の病院で集中治療を受けています。入院棟の空調装置には殺人ウイルスが注がれたようですが、詳細はわかっていません。事件と関わりがあるかは不明ですが、一週間ほど前に全日本細菌研究所から冷凍保存されていたボツリヌス菌毒素、エボラウイルスが何者かに盗まれました。さらに急性脳炎を引き起こすニパウイルス、重症の出血熱を起こすマールブルグウイルスも冷凍保管庫から消えていました。それらは同一犯によって、盗み出されたようです。なお、入院棟の給水槽の蓋《ふた》が少しずれており、飲料水から青酸化合物の成分が検出されました。毒物が混入された飲み水を口に含んだのは患者だけに留《とど》まらず、夜勤の医師、看護師、衛生検査技師など四十人以上に上っています。次は京和大病院からの中継です」

画面が変わった。

四十代後半に見える報道部記者が、京和大附属病院の惨状を乾いた声で報告しはじめた。すでに十六人の医療関係者が爆死、二十五人の入院患者が亡くなったらしい。毒物入りの水を飲んだ患者と医療関係者は六十人を超えたそうだ。

無差別テロに近い暴挙だ。どんな動機があっても、とうてい赦《ゆる》せない。多門は義憤《ぎふん》に駆られながら、テレビの電源を切った。

急いで洗顔を済ませ、着替えをする。多門は伸びた髭《ひげ》が気になったが、そのまま部屋を出てチェックアウトした。コインパーキングで料金を払って、レンタカーのクラウンに乗り込む。

間もなく午前七時になる。堂珍はまだ自宅にいるだろう。

多門はクラウンを池田山の高級住宅街に向けた。数分後には堂珍邸に着いた。広いガレージには、イギリス製のベントレーとロールスロイス・ファントムが並んで駐《と》めてあった。

まだ堂珍は出かけていないようだ。多門はレンタカーを二軒先の邸宅の生垣《いけがき》に寄せて、ロングピースをくわえた。

一服し終えると、ワード検索する気になった。多門は殺人ウイルスに関する知識が乏《とぼ》しかった。

致死率の高い疫病トップ5《ファイブ》は、ニパウイルス感染症、鳥インフルエンザ、マールブルグ出血熱、エボラ出血熱、新型コロナだ。

ニパウイルス感染症は馴染《なじ》みがなかったが、急性脳炎などを引き起こすらしい。死亡率はおよそ四十パーセントだという。侮《あなど》れない感染症と言えるのではないか。一九九九年三月にマレーシアで感染者の急性脳炎が多発したそうだ。

多門はマールブルグ出血熱のこともよく知らなかった。

マールブルグ病は突発的に発症し、発熱、下痢、嘔吐、頭痛、筋肉痛が数日つづいて、全身衰弱、出血、多臓器不全に陥る。人によっては、精神錯乱に苦しめられるようだ。

エボラ出血熱はエボラウイルスに感染することによって、引き起こされる感染症の一種で致死率は八十パーセント以上と高い。だが、感染者の体液や血液に触《ふ》れなければ、めったにうつることはないという。

殺人ウイルスは種類が多く、昔から生物兵器として使われてきた。一般的に知られているのは、ボツリヌス菌や炭疽菌《たんそきん》だろう。

多門は検索を終わらせ、背凭《せもた》れに上体を預けた。すぐに堂珍が自宅から出てくることはなさそうだ。

多門はふと思い立って、堂珍に揺さぶりをかける気になった。裏マーケットで手に入れた他人名義のスマートフォンで、堂珍宅の固定電話を鳴らす。受話器を取ったのは、堂珍の妻だった。夫に替わってもらう。

多門は恐喝屋の振りをして、一連の事件の首謀者は堂珍だという証拠を握ったと早口で告げた。

堂珍はブラフだろうとせせら笑ったが、少しうろたえたようだ。心証はクロだろう。

電話は切られた。

多門はロングピースをくわえようとした。そのとき、相棒の杉浦から電話があった。

「クマ、帝都大学病院と京和大学病院のツートップが真っ先にテロを受けたな。両方とも、本院を爆破され、入院棟の空調に殺人ウイルスを撒かれて、給水槽には青酸化合物が投げ込まれた」

「いま杉さんは、真っ先にと言ったよね。もしかしたら、ほかの旧帝大医学部附属病院も同じような被害を受けたの？」

「クマは知らなかったのか。十数分前に、五つの旧帝大附属病院の本院が爆破され、入院棟の空調に殺人ウイルスが撒《ま》かれたんだよ。給水槽の中には青酸化合物が投げ込まれたようだ」

「札幌の全道《ぜんどう》大学病院、仙台の奥州《おうしゅう》大学病院、名古屋の中部《ちゅうぶ》大学病院、大阪の浪花《なにわ》大学病院、福岡の西日本《にしにっぽん》大学病院も同じ犯行手口で……」

「旧帝大附属病院のすべてが爆発物、殺人ウイルス、青酸化合物によって、機能不全に陥ったわけだ。犯行グループはよほど旧帝大附属病院を嫌ってたんだろう」

「杉さん、『タフネスの会』が主要マスコミに犯行声明を寄せたという報道は知ってるよね？」

多門は確かめた。

「もちろんだ。けど、偽装工作だろうな。若手勤務医たちの親睦団体が大それた犯罪《ヤマ》を踏めるはずねえ」

「おれもそう思ってるんだ。『タフネスの会』の仕業《しわざ》に見せかけろと元刑務官の下條に命じたのは、病院乗っ取り屋の堂珍と睨んでるんだが、どうだろう？」

「堂珍が旧帝大附属病院を機能不全にさせても、特にメリットはないんじゃねえのか。医療マフィアが強引な手段で経営権を押さえたのは私立病院だったよな」

「そうだね」

「旧帝大附属病院がなくなっても、堂珍の病院の患者が増えやしないだろう。格が違いすぎるからな」

杉浦がいった。

多門は堂珍に電話で揺さぶりをかけたことを明かしてから、付け加えた。

「杉さん、こうは考えられない？　堂珍は旧帝大附属病院で働いてた優秀なドクターを自分が経営してる病院に引き抜くことを考えてるのかもしれないぜ。頭のいい勤務医たちも、金の魔力には克《か》てないいんじゃないかな」

「エリート医師たちはプライドが高いだろうから、小さな総合病院やクリニックに再就職する気にならねえだろ？」

「現年収の四、五倍を払うと言われても、引き抜きには応じないかな」

「無理だと思うぜ。ただ、堂珍が狼狽《ろうばい》したようだったと聞くと……」

「そうなんだよな。爆破事件が続発したことで、メリットがあるのは地方大学医学部出身者や私大系でトップの京陽医大だろう」

「京陽医大は優秀なドクターがいるようだが、帝都大附属病院や京和大附属病院の活躍が目立つんで、存在感はあまりない。地方の公立病院より知名度は高いがな」

「杉さん、堂珍は患者が増えると予想される京陽医大の優れたドクターを何人か自分の病院に好条件で引く気なんじゃないだろうか。そうすれば、ランクアップが期待できるんじゃない？」

「そのことは否定しないが、リスクはでかいぜ。一応、医療マフィアは五つの病院の理事長を務めてるんだ。そこまで危険なことはしねえと思うがな」

杉浦が言った。

「おれの推測は的外《まとはず》れだったか」

「そうは言ってねえよ。クマの筋読みはまるでリアリティーがないわけじゃない。欲の深い悪党どもは金をたっぷり得ると、次に権威が欲しくなるみてえだからな」

「そういう傾向はあるよね。杉さん、京陽医大の偉いさんが旧帝大附属病院潰しを画策して、堂珍に汚れ役を引き受けてもらったとは考えられないかな。その見返りに京陽医大の協力医院にしてもらう。そういう条件なら、旧帝大附属病院潰しに手を貸す気になるんじゃないだろうか」

「そうなのかな。おれは夜が明けてから、悪玉《ブラック》ハッカーの相馬逸平の中目黒の自宅マンションの近くで張り込んでるんだ」

「相馬が自宅に戻るという情報を得たの？」

「そうじゃねえんだ。元刑事の勘なんだが、対象者《マルタイ》は数日中にてめえの家《ヤサ》に戻るかもしれないと……」

「杉さんの勘は割に当たるから、そういうことになりそうだな」

「そうなるといいがな。それはそうと、堂珍には親しい友人はいなかったよ。金以外のものは信じてねえのかもしれないぜ」

「そうなんだろうな」

「そんな堂珍も、自分のフィッシング・クルーザーに釣り仲間と一緒にトローリングに出ることがあるみたいなんだ」

「そいつは何者なんだろう？」

「六十絡みの紳士然とした人物らしいよ」

「堂珍のフィッシング・クルーザーは、どこに係留されてるんだい？」

「葉山《はやま》マリーナだよ。艇名《ていめい》は『アマンダ号』だ。もし相馬って奴が自宅に戻ってきたら、すぐクマに教えらあ」

「頼むね。こっちは堂珍の自宅を注視しつづけ、行動確認《コウカク》するよ。運がよければ、堂珍が共犯者と接触するかもしれないからさ」

多門は通話を切り上げ、煙草に火を点けた。

名取琴美から電話がかかってきたのは、午前八時半過ぎだった。

「小宮先生が代表を務めている『タフネスの会』が大学病院を爆破したという犯行声明がマスコミ各社にフリーメールで送信したようですけど、それは事実なんでしょうか。多門さん、どう思われます？」

「きみの担当医は夢の後押しをしてくれると言った連中にうまく利用され、濡衣を着せられたんだろうな。不器用な熱血ドクターは他人《ひと》を疑うことができなかったようだね。『タフネスの会』のメンバーは誰も今回のテロ事件には関与してないはずだよ」

「そうでしょうね。先生たちを上手に利用したのは誰なんですか？」

「見当はついてるんだが、まだ確証は得てないんだ」

多門は言った。

「そうなんですか。わたし、小宮先生は悪事の片棒を担いだりしていないと信じています。夢の実現を急ぐあまり、父の支援を求めたことでは少し失望しましたけど、小宮先生は患者を大事にするドクターです。いまも基本的には先生をリスペクトしています」

「脇が甘いところがあるが、好人物は好人物だよな」

「ええ、そう思います。先生が犯罪者の汚名を着せられたままでは気の毒すぎます。多門さん、どうか小宮先生の味方になってあげてください。お願いします」

琴美が涙声で言って、通話を切り上げた。

多門はスマートフォンを懐に収め、レンタカーを十メートルほど後退させた。ルームミラーに堂珍邸の門扉が映るようになった。

3

腰が痛くなった。

長いこと同じ姿勢でレンタカーの運転席に坐っているせいだろう。あと数分で三時半になる。堂珍は自宅から一歩も出てこない。来訪者もいなかった。

きょうは終日、自宅にいるつもりなのか。悪い予感が膨《ふく》らむ。多門は吐息を洩らしそうになった。

無駄骨を折ることになるかもしれない。そんな不安が胸を掠《かす》める。多門は逸《はや》りそうになる自分を戒《いまし》めた。

無為《むい》に過ごしてきたわけではない。ラジオとネットニュースで、旧帝大附属病院に関する情報をできる限り集めた。

七つの旧帝大病院のテロ事件で、五百人以上の死者が出た。重軽傷者は七百人近い。

これからも亡くなる人たちは増えるだろう。前代未聞の事件ではないか。震撼するような凶行だ。

医療関係者たちが少し高慢であったとしても、別に罪を犯したわけではない。さまざまな病気で入院している患者たちは残忍なテロに抗しようがなかった。

そうした人たちをほとんど無差別に襲うとは、非道そのものだ。人の道に外れている。善人ぶるわけではないが、多門は強い憤《いきどお》りを覚えていた。もっと言えば、犯行グループのメンバー全員を個人的に闇に葬《ほうむ》りたかった。

法治国家で私刑は認められていない。そのことはもちろん知っていたが、せめて犯行グループを操《あやつ》っている首謀者を捜し出して制裁を加えたい気持ちだ。

多門は怒りを持て余《あま》し、レンタカーのハンドルを大きな拳《こぶし》で打ち据えた。

数秒後、相棒の杉浦から電話があった。多門はスマートフォンをハンズフリーにした。

「クマ、おれの勘が的中したぜ」

「ハッカーの相馬逸平が中目黒の自宅マンションに戻ってきたんだね？」

「そう。十分ほど前にな。相馬はキャンピングカーを近所の月極駐車場に入れて、『中目黒ブリリアントハウス』の六〇一号室に入っていった。着替えを含めて必要な物を大型バッグかキャリーケースに詰め込んだら、相馬は自宅マンションから離れるつもりなんじゃねえか」

「多分ね」

「さっきキャンピングカーの車台にGPSの端末を装着させたんだ。おれは相馬の車を尾行して、行き先を突きとめらあ」

「杉さんだけじゃ、危険だな。相馬は荒っぽいことはしないだろうが、下條か堂珍の息のかかった奴らがハッカーをガードしてるかもしれないぜ」

「ああ、考えられるな。けど、クマは堂珍の家《ヤサ》を張り込む必要があるじゃねえか。堂珍に共犯者がいるかどうか調べなきゃな」

「そうなんだが、杉さんのことが心配だからさ」

「年上のおれをガキ扱いしやがって」

「堂珍は自宅から出る気配がないんだ。張り込みを中断して、そっちに行くよ。五反田と中目黒は案外、近いからね」

「そうだけどな。そういうことなら、クマが来るのを待つよ。ただし、相馬がキャンピングカーで移動したら、こっちは追尾するぞ。それで、そっちに電話でキャンピングカーの走行ルートを教えるよ」

「了解！」

『『中目黒ブリリアントハウス』は駅前通りに面してる。外壁が白くて、八階建てだよ」

「二十分弱で、そっちに行けると思うな。それじゃ、後で合流しよう」

多門は電話を切って、借りたクラウンを発進させた。

近道を抜けて、山手通りに出る。道なりに進み、東急東横線中目黒駅横のガードを潜《くぐ》った。加速する。

数百メートル先の左手に目的の賃貸マンションがあった。割に新しい。築浅なのだろう。

多門はレンタカーを脇道に入れた。すぐ近くに月極駐車場が見える。大型キャンピングカーが駐《と》めてあった。相馬の車にちがいない。

月極駐車場から少し離れた路肩にレンタカーのカローラが寄せられている。運転席には杉浦が坐っていた。

多門はクラウンをカローラの後方に停めた。数分遣《や》り過ごしてから、静かに車を降りる。

多門はカローラの助手席に乗り込んだ。先に口を開いたのは杉浦だった。

「早かったじゃねえか」

「山手通りが空《す》いてたんだ。相馬は、まだ六〇一号室にいるようだね？」

「ああ、それは確認済みだ。陽《ひ》が落ちてから、部屋を出てくるんじゃねえか」

「そうかもしれないな」

「帝都大学病院と京和大学病院だけじゃなく、ほかの旧帝大系病院の本院が爆破され、入院棟の空調装置に殺人ウイルスが注がれて、給水槽に毒物が投げ込まれた。殺人ウイルスの種類が若干異《こと》なるが、犯行手口は酷似してる。同一犯グループが旧帝大系病院を潰す気なんだろう」

「それは間違いないと思うよ。堂珍が疑わしいが、病院乗っ取り屋が旧帝大附属の病院をぶっ潰《つぶ》しても、それほどメリットはないんだよな。堂珍は何か見返りを期待して、共犯者《レツ》に協力したんだろうか。杉さん、どう思う?」

多門は訊《き》いた。

「多分、そうなんだろうな。医療界で力を持ってる旧帝大系病院が潰滅《かいめつ》状態に陥って、再建に長い年月を要するとなれば、大関か関脇クラスの公立病院や私大系大学病院トップの京陽医大はグレードアップを期待したくなるんじゃねえのか」

「そうだろうね。公立病院関係者は旧帝大病院にある種のジェラシーを感じてると思うな。だからといって、アナーキーな犯罪に走るだけの度胸も覚悟もないんじゃない?」

「地方大学医学部出身のドクターは地味で真面目な印象があるよな。クレージーなテロ行為に走るとは考えにくいんじゃねえか」

「そうだろうね。消去法で考えると、私大系大学病院の京陽医大関係者が怪しく思えてくるな。各界の著名人が最新の手術を受けたり、入院してることでよく知られた大学病院だが、世間の評価は帝都大病院や京和大病院ほど高くない。そのことに不満を持ってる有力なドクターは少なくないんじゃないかな。京陽医大の入学試験にパスすることはきわめて難しいからね。プライドが高いのは、旧帝大医学部出身者たちと同じなんじゃないの？　それだから、いつまでも大関か関脇というランクに留《とど》まるのは屈辱だと考える者がいそうだな」

「何人かはいるだろう。だからって、知的な医者が無差別テロめいた凶行に走ったりしないんじゃねえか」

杉浦が異論を唱《とな》えた。

「うーん、そうだろうな」

「クマ、ちょっと気になることを思い出したよ。こっちに時々、調査の仕事を回してくれる弁護士先生から聞いた話なんだが、京陽医大の院長と副院長は犬猿の仲で、互いに相手の弱点を盗聴、密告で暴《あば》き合ってるらしいんだ。愛人の有無《うむ》や子息の素行も探偵社に調べさせてるそうだよ」

「杉さん、院長と副院長の名前までは聞いてないだろうな」

「そこまでは教えてくれなかったが、こっちが頼めば、弁護士先生は内緒でこっそり……」

「無駄になるかもしれないけど、その弁護士に電話してみてくれる？　連続爆破テロに京陽医大の院長か副院長が関与してる疑いがゼロではないとか言ってさ」

多門は相棒に頼んだ。杉浦が少し迷ってから、スマートフォンを懐から取り出した。すぐにスピーカー設定にする。

スリーコールで、電話が繋がった。

「杉浦です。いつもお世話になっています」

「こちらこそ、世話になるばかりで申し訳ない。そのうち調査謝礼をアップしないとね。ところで、どうしたのかな？」

「京陽医大の院長と副院長の確執《かくしつ》が凄いとうかがったことがありましたよね。その二人の氏名、年齢、現住所を教えていただけませんか」

「弁護士に守秘義務があることは、きみも知ってるはずだ」

「それは百も承知です。旧帝大系病院がことごとく爆破されて入院棟の空調に殺人ウイルスを注入され、給水槽に毒物が投げ込まれたでしょ？」

「その連続テロに京陽医大の院長か副院長のどちらかが関与してるのかね？」

「ええ、その疑いがあります。まだ確証は得ていませんが、どちらにも怪しい点がありまして……」

「しかし、弁護士のわたしが個人情報を漏《も》らすわけにはいかないよ」

相手がきっぱりと断った。それでも、杉浦は粘《ねば》った。しつこく喰い下がる。

「犯行グループは、すべての大学病院にテロを仕掛ける気なのかもしれません。そうだとしたら、万単位の人間が命を奪われることになるでしょう」

「そうだろうね」

「情報源は決して明かしません。ですので、先生、独《ひと》り言みたいに小声で院長と副院長の個人情報を呟《つぶや》いてもらえませんか」

「きみには敗けたよ。これから喋ることは、すべて独り言だからね。院長は浅岡茂房《あさおかしげふさ》、五十七歳だったかな。自宅は目黒の碑文谷《ひもんや》四丁目にあるはずだ。副院長は高梨芳樹《たかなしよしき》、五十九歳だったか。住んでるのは世田谷区羽根木《はねぎ》一丁目だったと思う」

「先生、ありがとうございます。二人がいがみ合うようになったのは、なぜなんでしょう？」

「院長の浅岡は尊大な人間で二つ年上の高梨副院長を君づけで呼んで、まったく敬語は使わないんだ。副院長はそのことを苦々しく思ってたんだろうね。それから浅岡院長は帝都大医学部出身の自分は、京陽医大ＯＢよりすべての面で優れていると公言してるな」

「最も人に嫌われるタイプですね」

「その通りだな。副院長のほうが年上なんだから、無礼な物言《ものい》いは慎《つつし》むべきだ。ルール違反はこれくらいにしよう」

「先生とは、差し障《さわ》りのない世間話をしたきりでしょ？　わたし、密談めいたことなどしてませんよ」

「狸《たぬき》だね、きみは」

弁護士が苦笑して、電話を切った。杉浦が通話終了ボタンをタップした。

「悪かったね、杉さん。必要な個人情報は頭に叩き込んだよ。副院長は敵視してる嫌いな院長をポストから引きずり下ろしたくて、七つの旧帝大病院に大きなダメージを与え、京陽医大のグレードアップを計《はか》りたかったのかもしれないな」

「クマ、ちょっと待てよ。副院長の高梨が連続テロ事件で、帝都大学病院の患者たちをごっそり京陽医大に転院させたことが世間に知れたら、自分がポストから転げ落ちる破目になるじゃねえか」

「なるほど、そうだな。なら、高梨副院長が連続テロに関与してたとしたら、ただ単に帝都大学ＯＢの鼻持ちならない院長と無理心中をする気だったんだろうか。旧帝大系病院が復旧するまで必然的に京陽医大の患者は多くなるはずだ。そうなりゃ、副院長は帝都大出身の院長に勝ったことになると考えたんじゃないのかな」

「男のジェラシーは女以上だと言われてるが、そこまで考えるのは頭《ペテン》がおかしいよ」

「確かにね。けど、妄執《もうしゅう》を払えない人間もいるんじゃないのかな。ハッカーの相馬が動きだしたら、二台の車でリレー尾行しよう」

多門はカローラから出て、レンタカーのクラウンに足を向けた。

時間が流れ、外は暮色《ぼしょく》の底に沈んだ。相馬が自宅マンションから現われたのは午後六時過ぎだった。悪玉《ブラック》ハッカーは、大きなトラベルバッグを提《さ》げていた。だいぶ重そうに見える。

相馬は近くの月極駐車場まで大股で歩き、キャンピングカーに乗り込んだ。

相棒の杉浦がレンタカーを月極駐車場から二十メートルあまり離れた路肩に寄せた。

多門は、借りたクラウンをカローラの後方に停めた。手早くヘッドライトを消す。

待つほどもなく、相馬のキャンピングカーが月極駐車場から走り出てきた。

少し車間距離を取ってから、カローラが相馬の車を尾行しはじめる。多門はライトを灯《とも》し、カローラに従った。

キャンピングカーは玉川《たまがわ》通りに出ると、そのまま東名高速道路に乗り入れた。多門たちコンビは車のポジションを替えながら、慎重にマークしたキャンピングカーを追尾した。

相馬の車は沼津《ぬまづ》IC《インターチェンジ》で一般道に下《お》りた。迂回路《うかいろ》を使いながら、西へ進み、愛鷹山《あしたかやま》の麓《ふもと》をしばらく走った。標高千百八十八メートルの山は影絵のように見える。都会と違って、星の瞬《また》きが鮮やかだ。

キャンピングカーはゴルフ場を回り込むと、林道に入った。道幅は割に広い。一方通行ではなかった。

多門たち二人は減速し、相馬の車を追った。そう遠くない場所に犯行グループの隠れ家があるのだろうか。そうなら、元刑務官の下條要の手下たちが潜伏しているかもしれない。あるいは、車輌班、恐喝班、問題処理班がそれぞれアジトを有しているのか。

少し経《た》つと、キャンピングカーが広いキャンプ場の駐車場に駐められた。多門たちコンビはおのおのレンタカーを見つかりにくい暗がりに駐め、そっと運転席から出た。

足音を殺しながら、キャンプ場に近づく。駐車場には相馬の車が置かれているだけだ。

キャンプ場利用者はほかにいないのだろう。好都合だ。相馬を手荒く締め上げても、誰かに一一〇番通報されることはないと思う。

「クマ、どんな方法で相馬に迫る?」

杉浦が小声で問いかけてきた。

「キャンプ場の新しい管理人に化けてもらえる?」

「おれが管理人を装うわけか」

「そう。相馬がドアを開けたら、こっちは野郎をキャンピングカーから引きずり出して、柔道の受け身の基本技を教えてやる」

「クマのことだから、相馬を五、六回派手に投げ飛ばす気なんじゃねえのか?」

「そのつもりだよ。おれがいろいろ投げ技を掛けはじめたら、杉さんはキャンピングカーの中にあるトラベルバッグの中身を検《しら》べてほしいんだ」

「あいよ」

「相馬は保険として、下條や堂珍との会話をICレコーダーに録《と》ってるかもしれないからさ。二人の目を盗んで、動画を無断で撮影したとも考えられるね」

「そうだな。そういう物が出てくりゃ、下條や堂珍を追い込むことはできるだろう」

「運がおれたちに味方してくれることを祈ろうよ。さて、行くか」

多門は杉浦に目配せして、忍び足でキャンピングカーに接近した。杉浦が従《つ》いてくる。

多門はキャンピングカーのドアの横にへばりついた。

「お客さん、夜分にすみません」

杉浦が車のドアを軽くノックして、まず詫《わ》びた。

「あれ、いつもの管理人さんと声が違うな」

「わたし、ピンチヒッターなんですよ。常勤の管理人が体調を崩して入院したものですから、当分、わたしが代役を務めることになったんです。申し遅れましたが、中村一郎《なかむらいちろう》といいます」

「なんか偽名っぽいな。ま、いいか。こちらは相馬だよ」

「ご挨拶したいので、ドアを開けてお顔を見せていただけないでしょうか」

「律儀なんだね。いま、ドアを開けるよ」

相馬が言った。杉浦が横に少し移動する。

キャンピングカーのスライドドアが大きく開けられた。車内の照明で足許が明るくなった。多門は相馬の首をホールドして、車から引っ張り出した。すかさず杉浦がキャンピングカーの中に飛び込む。

多門は相馬の襟《えり》を摑み、最初は背負い投げを打った。駐車場の砂利の上に仰向けに倒れた相馬は頭部と背中をまともに撲《う》ったようで、歯を剝《む》いて長く唸《うな》った。

多門は相馬を摑み起こし、次に跳《は》ね腰を使った。ふたたび転がった相馬はまたもや痛みを訴えた。いかにも辛そうだ。

「受け身のコツは全身を発条《ばね》にすることだよ。そうすりゃ、ダメージは小さくなる」

「おたくら、何者なんだ⁉」

「察しはついてるだろうが！」

「まるでわからないよ」

「てめえは医療マフィアの堂珍に抱き込まれたブラックハッカーだな」

「…………」

「もう少し粘る気らしいな。上等だっ」

多門は相馬を立たせ、一本背負い、大腰、内刈り、外刈りをたてつづけに掛けた。投げられるたびに、相馬は呻《うめ》いた。女性のような悲鳴もあげた。

多門は相馬を腹這《ば》いにしてから、両肩の関節を外した。相馬が体を左右に振って、涙声で白状する。

「堂珍さんに頼まれて、大企業、大物政治家、投資家、企業舎弟、大口脱税者たちのシステムに潜り、不正やスキャンダルを恐喝材料にしてたんだ。うーっ、猛烈に痛い！関節を元に戻してくれないか」

「まだ駄目だ。てめえが弱みのある企業や個人たちを脅迫してきたのか？」

「そうじゃない。堂珍さんの側近の下條要が仕切ってる実行犯グループの恐喝班のメンバーが……」

「そうなのか」

「巨額の口止め料を脅し取ってるんだ。車輌班は高級車をかっぱらって、パキスタン人のバイヤーに流してるんだが、大きな儲けにならないんで、あまり積極的には……」

「元手は一円もかかってないじゃねえか。高級車泥棒ビジネスでも、かなり儲けたはずだっ」

「いや、それほど利益は多くなかったんだ」

「それで、堂珍は側近の下條と共謀して身代金要求型と呼ばれてるランサムウェア犯罪ででっかく稼ぐ気になったわけか。そうなんだろっ」

「そんなことはしてないよ」

「もう少し空とぼける気になったか。甘いぜ」

多門は急所を外して、相馬のほぼ全身を蹴りまくった。それでも、相馬は問いかけに答えようとしない。

「しぶといな。気に入ったぜ。ほうびをやろう」

多門は左目を眇《すが》めた。他人を侮辱するときの癖だった。

「な、何を考えてるんだ⁉」

相馬が震える声で問いかけてきた。

多門は大きな足を使って、相馬の体を仰向けにさせた。椰子《やし》の実《み》大の膝頭で悪玉ハッカーの腹部を押さえ、グローブのような両手で相手の頬をきつく挟《はさ》みつける。もっと力を加えれば、間違いなく相馬の顎の関節は外れる。

「もう荒っぽいことはしないでくれ」

「ようやく質問に答える気になったみたいだな」

「堂珍さんたちの非合法ビジネスのことを喋ったら、下條さんは問題処理班の誰かにわたしの口を塞《ふさ》がせるだろう。堂珍さんがこちらのことを裏切り者と怒って、腕っこきの殺し屋を雇うかもしれないな」

「始末されたくないから、おれが訊いたことには答えられない？」

「ああ、そうだね。命のスペアはないからさ」

「なら、仕方ないな。指先に力を入れることになるぞ。おれはリンゴを手で潰《つぶ》せるんだよ。クルミの殻《から》だって、両方の掌《てのひら》で圧迫すりゃ割れる。てめえの顎の骨も、ぐちゃぐちゃにできるんだぜ。試《ため》してみようか。え？」

多門はバナナを連想させる手指に力を込めはじめた。

ちょうどそのとき、キャンピングカーから杉浦が降りてきた。相馬のトラベルバッグを提げている。

「その男をもう締め上げる必要はなくなったよ。相馬のトラベルバッグの中に堂珍だけじゃなく、下條との会話も録音されてたんだ。ＩＣレコーダーの音声データを手に入れたわけだから、相馬を痛めることはねえだろう」

「音声、すぐに再生できる？」

「ああ」

「早く遣《や》り取《と》りを聴きたいね」

多門は急《せ》かした。杉浦がウールジャケットのアウトポケットからライトグレイのＩＣレコーダーを掴み出し、再生ボタンを押し込んだ。

――下條さん、しばらくランサムウェアで身代金をせしめろという指令でしたが、それはボスの堂珍さんのお考えなんですか？

――相馬、ボスの名を不用意に口にするんじゃないと忠告したはずだ。

――あっ、すみません。ボスは二十四時間診療を売り物にしてる医療法人『慈愛会《じあいかい》』のサーバーを使えなくして、復元したければ、十億円以上の身代金を他人名義の架空口座かカリブ海の小島にあるペーパーカンパニーの口座に入金しろと……。

——そうだな。ボスは五つのクリニックの経営権を手に入れたが、もっとビッグになりたいんだろう。出世欲が強いのは世間から負け犬と見られてるという劣等感に長く苦しめられてたから、どんな手を使ってでも一目置かれる勝利者になりたいんだろうな。自意識過剰だと思うが……。

——そうなんでしょうね。話を戻します。『慈愛会』の創始者は医療界の革命児と持ち上げられて、わずか四年で百六十を超《こ》える総合病院を全国展開し、大成功を収めました。ですが、六十代半《なか》ばで難病に苦しめられた後、意識障害に陥《おちい》って昏睡状態にあるらしいですよ。一部の週刊誌が九十過ぎの創始者は何年か前に他界したのではないかと書いていましたが……。

——それは誤報だろう。創始者はカリスマ視されてるんで、患者たちが『慈愛会』傘下の病院に殺到するようになったにちがいない。

——ええ、そうなんでしょう。長男が二代目の理事長を継《つ》いでから、多角経営に失敗して、負債総額は九百億円以上もあるようですよ。

——二代目理事長は経営の才がないんで、『慈愛会』は間もなく立ち行かなくなるさ。

——ボスは『慈愛会』をそっくり買収したいんでしょうが、商売《ビジネス》として成り立つのかな。

——ここだけの話だが、ボスは医業界の有力者を新理事長に迎えて、『慈愛会』の再生を考えてるようなんだ。

——その有力者というのは誰なんです？

——それは相馬にも教えられない。頼んだ件、よろしくな。

音声が途絶えた。

杉浦はICレコーダーを持ったままだった。同じメモリーに堂珍との遣り取りも収録されているのかもしれない。多門は耳をそばだてた。

——相馬君の協力に感謝してるよ。ランサムウェア犯罪は正体を突きとめられる心配が少ないし、狙った相手は恐怖を募《つの》らせる。システムが機能不能になったら、身代金を払わない限りサーバーと周辺機器は復元できない。

——堂珍さん、いえ、ボスにお願いがあります。こちらの取り分のことなんですが……。

——来月から、きみの分け前は身代金の五パーセントにしよう。これまで三パーセントだったが、相馬君の協力がなければ、『慈愛会』系の総合病院をすべて買収することは難しかっただろう。ひとつよろしく頼むよ。

――は、はい。

会話が終わった。杉浦がICレコーダーの停止ボタンを押した。

数十秒後、林道から黒っぽい塊《かたまり》が投げ放たれた。多門は目を凝《こ》らした。

放たれたのは手榴弾《しゅりゅうだん》だった。多門は小柄な杉浦を全身で庇《かば》いながら、駐車場の隅まで逃《のが》れた。

炸裂音《さくれつおん》が轟《とどろ》き、オレンジ色がかった赤い炎が拡散する。半身を起こしかけている相馬が被弾し、前のめりに倒れ込んだ。頭頂部が吹き飛ばされていた。相馬は微動《びどう》だにしない。

「杉さんは、ここにいてよ」

多門は相棒に言って、林道に躍《おど》り出た。

闇を透《す》かして見たが、手榴弾を投げつけた者はどこにもいない。相馬のトラベルバッグを胸に抱えた杉浦が駆け寄ってくる。

「ひとまず事件現場から遠ざかろうや」

「わかった。杉さん、急ごう！」

多門たちはレンタカーに向かった。

十数メートル走ったとき、突然、前方の闇が明るんだ。ヘッドランプを装着した黒ずくめの男が立ちはだかっている。手に握っているのは手榴弾だろう。

「杉さん、退《さ》がって！」

多門は相棒に言って、身構えた。

次の瞬間、男が手榴弾のピンリングを引き抜いた。ヘッドランプの光輪《こうりん》が揺らいだ。手榴弾は多門をめがけて投げ放たれた。躱《かわ》す余裕はなかった。

これで一巻の終わりになるのか。

多門はそう思いながら、足許に落ちた手榴弾を思うさま蹴り返した。手榴弾は首尾よく襲撃者の胸部に当たった。閃光《せんこう》が走り、手榴弾が爆《は》ぜた。

男は後方に吹き飛ばされた。

多門は腕で煙幕を払って、倒れたままの魔手に近づいた。

男は身じろぎもしない。上半身の筋肉が削《そ》がれ、腸《はらわた》が食《は》み出ている。ヘッドランプは夜空に向けられていた。

「クマ、怪我《けが》はねえか？」

杉浦が駆け寄ってきた。

「危ないところだったが、運よく無傷だよ」

「とっさに手榴弾を蹴り返したんだな？」

「そう」

「倒れた奴は、ぴくりともしねえな」

「爆死した」

多門は答えた。

そのすぐ後《あと》、黒ずくめの男のパーカのポケットの中でスマートフォンの着信音が響いた。多門は屈《かが》み込んで、ポケットの中からスマートフォンを取り出した。

ディスプレイを見る。発信者は下條要だった。多門は通話ボタンをタップしたが、意《い》図的《とてき》に声は発しなかった。

「米原《よねはら》、相馬の口を封じてランサムウェア犯罪に絡むＵＳＢメモリーや音声データを手に入れてくれたな？」

「………」

「おい、どうして黙ってるんだ!?　失敗《ドジ》を踏んだのかっ。返事ができない状態なのか？」

「手榴弾を投げた奴は死んだよ」

「きさま、誰なんだ!?」

元刑務官の下條は狼狽していた。

「こっちの正体は察しがついてるだろうが！」

「多門なのか？」

「ノーコメントだ。てめえは病院乗っ取り屋の堂珍の側近だったのか。医療マフィアは、医療法人『慈愛会』をそっくり買収したら、京陽医大の高梨芳樹を新理事長に据《す》えて、まともな病院経営に乗り出す気になったのかい？　そのためには、旧帝大系の七つの大学病院をぶっ潰して『慈愛会』をグレードアップさせる必要があったわけだ。そうなんだろっ」

「………」

「京陽医大の高梨副院長は二つ年下の浅岡院長を毛嫌いしてたんで、長いこと二人は反目し合ってきた。負けず嫌いな高梨は帝都大医学部出身の浅岡院長を心底憎んでたんで、なんとか点数を稼いで京陽医大に恩を売って一目置かれる存在になりたかったんだろう。それだから、堂珍と共謀して七つの旧帝大病院を……」

「そこまで調べ上げてたのか。なら、消すことになるだろうな」

「おれを始末できるものなら、やってみろ！」

多門は言い返した。

下條は何か言いさしたが、無言で電話を切った。多門は米原のスマートフォンを自分のパーカのポケットに入れた。何かの役に立つと判断したからだ。

「手榴弾を投げつけてきた野郎は、下條要の配下なんだろう？」

杉浦が問いかけてきた。

「そう。下條が動かしてる実行犯グループの問題処理班のメンバーだよ」

「問題処理班の奴らだけでは、旧帝大の大学病院を機能不全にすることは無理じゃねえか」

「だろうね。軍事訓練を積んだスペシャリストたちに助《す》けてもらったんだろう。おれは下條にリスキーな揺さぶりをかけたから、敵は死にもの狂いで反撃してくるにちがいない。杉さん、相馬のトラベルバッグをおれが預けるよ」

「それでいいのかい？　敵は相馬がハッキングで集めた恐喝材料を奪還する気だろう。クマ、命《タマ》を奪《と》られることになるかもしれねえぞ」

「殺《や》られることになっても、おれは独身だからね。けど、杉さんには長期入院中の奥さんがいる。死なせるわけにはいかないよ」

「クマ……」

「おれだけじゃなく、杉さんも四、五日自宅に戻らないほうがいいと思うな。おれに相馬のトラベルバッグを預けたら、杉さんは先に逃げてよ」

多門は言った。杉浦が相馬のトラベルバッグを多門に託し、レンタカーに乗り込んだ。

4

翌日の午前中である。

多門は渋谷の公園通りに面した中規模ホテルの一室にいた。目覚めてから、ランサムウェア犯罪に関する恐喝材料の分析に没頭している。巧妙な手口で、どこまでも狡猾《こうかつ》だ。

多門はルームサービスのコーヒーは飲んだが、ビーフサンドは半分しか食べていなかった。

前夜、米原に爆殺されたブラックハッカーの相馬は悪才に長《た》けていた。盲点を衝《つ》く方法で、身代金要求型の犯罪を重ねてきた。警視庁のサイバー犯罪対策課も、なかなか相馬の尻尾《しっぽ》を摑めなかったのだろう。

堂珍が凄腕のハッカーを抱えた理由もわかる。ほとんどリスクなしで、ランサムウェアで二千億円近い身代金をせしめることができた。これほどおいしいダーティー・ビジネスはほかにないだろう。相馬に高い成功報酬を払っても、それこそボロ儲けだ。

間もなく午前十一時になる。多門は残りのビーフサンドを頬張った。味は悪くない。

ペーパーナプキンで口許を拭《ぬぐ》っていると、杉浦から電話がかかってきた。

「クマは、どこに泊まったんだ？」

「渋谷のホテルだよ。一応、シティホテルだけど、客室数は多くないんだ。確か百室ちょっとだったな。杉さんはどうしたんだい？」

「女房の入院先の近くのビジネスホテルにチェックインしたんだ。ちょくちょく女房を見舞ってやれるからな」

「それはいい選択だったね。朝のニュースで相馬がキャンプ場の駐車場で爆殺されたことは報じられたが、米原という男のことは……」

「まったくニュースで報じられなかったな。おそらく堂珍が配下の者に米原の死体を回収させたんだろう」

「多分ね」

「静岡県警にいる知り合いの刑事にさりげなく探りを入れてみたんだが、おれたち二人が事件現場にいたという目撃証言は得てないようだったよ。けど、まだ安心はできねえ。おれはキャンピングカーの中にあったパソコンに触《さわ》ったんでな。車内の調理台の下に消火器があったんだよ。あれで、車内を泡塗《まみ》れにすべきだったな。消火液を噴霧《ふんむ》しておけば、指紋《モン》は検出できなくなる」

「杉さん、そんなに不安がることはないよ。仮に相馬のパソコンから杉さんの指掌紋《ししょうもん》が出ても、もっともらしい作り話で切り抜ければいいんだからさ」

「クマは度胸が据《す》わってるな。それはそうと、手に入れた録音音声を使って、堂珍にまた揺さぶりをかけるつもりなんだろ？」

「様子を見て、そうするつもりだよ」

多門は答えた。

「おれも何か手伝おう」

「協力してほしいときは連絡するよ」

「そうかい。敵は手強《ごわ》いんだ。クマ、なめてかからないほうがいいぜ」

「わかってるよ」

「なら、いいけどな」

杉浦がそう言って、先に電話を切った。

多門は通話終了ボタンをタップした。ほぼ同時に着信があった。

「あなたの恋人のチコでーす」

「勝手に決めるんじゃねえよ」

「うふふ。クマさん、きょう同伴出勤してくれない？　店の売上が下がる一方なのよ。少し売上アップに協力してくれないかな」

「協力してやりてえところだが、ちょっと面倒なことになってるんだ」

多門は事の経過をかいつまんで話した。

「病院乗っ取り屋の悪事を調べてるうちに、旧帝大系病院潰しが浮かび上がってきたのね」

「そうなんだ。で、昨夜《ゆうべ》は渋谷のホテルに泊まったんだよ。きょうも泊まる予定なんだ」

「多摩中央署の刑事たちに張り込まれてるだけじゃなく、病院乗っ取り屋の手下たちがクマさんを殺しに自宅に現われるかもしれないのね」

「そうなんだよ。チコ、おれの自宅マンション周辺をちょっと偵察してもらえねえかな。そのうち同伴出勤につき合うからさ」

「いいわよ。すぐにタクシーを飛ばして、代官山に行くわ。後で電話するね」

チコが早口で言って、通話を切り上げた。

多門はスマートフォンをテーブルの上に置き、相馬が密かに録音した堂珍との会話を改めて聴いた。うっかり聞き洩らしたことはなかった。相馬と下條との遣《や》り取《と》りも再度確認してみたが、結果は同じだった。

多門は五階にある部屋を出て、エレベーターで地下一階に下《くだ》った。老舗の飲食店が十店ほどテナントとして入っている。

多門は鮨屋《すしや》に入った。素木《しらき》の付け台の端に坐り、お好みで三十数貫握ってもらった。ビールを飲みながら、握りを豪快に喰《く》らう。

値の張る種《ネタ》が多かったせいか、勘定は安くなかった。しかし、それだけの価値はあった。

多門はホテルの周りを散歩してから、部屋に戻った。ネットニュースをくまなくチェックしてみたが、新しい情報は何も得られなかった。

多門はベッドに大の字になって、下條や堂珍をどうやって追い込むかを考えはじめた。

最初に頭に浮かんだのは、堂珍の二人の愛人を人質に取ることだった。しかし、女性たちを人質に取ることには抵抗があった。

堂珍は二人の愛人を囲っているが、彼女たちと情愛で繋がっているのか疑問だ。二人とも、ただのセックスペットなのかもしれない。そうだったとすれば、堂珍は体を張ってまで愛人たちを護《まも》ろうとはしないだろう。

次に多門は、堂珍の側近の下條要を拉致《らち》して監禁することを考えた。元刑務官の下條はボスの忠実な犬なのだろう。堂珍は、〝汚れ役〟を引き受けてくれた下條にそれなりの感謝をしているにちがいない。

それ以前に下條が力を貸してくれなかったら、恐喝で病院乗っ取りの買収資金も調達できなかったのではないか。ランサムウェアで巨額の身代金をせしめようと提案し、凄腕ハッカーの相馬を口説《くど》いて仲間に引き入れたのも下條なのかもしれない。

堂珍は外道《げどう》も外道だが、下條には恩義を感じているのではないか。そうなら、下條を人質に取れば、弾除《よ》けにはなるだろう。

多門は上体を起こした。捜査関係者に成りすまして、西新宿のビジネスホテル『リラックス』に電話をかける。

半ば予想していたことだが、下條はきのうのうちにチェックアウトしたという。多門は新橋にあるホテル『グロリア』にも問い合わせの電話をしてみた。やはり、下條はチェックインしていなかった。

千駄ヶ谷の空ビルに身を潜《ひそ》めているのかもしれない。そう思ったとき、チコから電話があった。

「覆面パトカーと思われる車は一台も目につかなかったわ」

「そうか。なら、多摩中央署はおれを捜査対象者リストから外したんだろう。チコ、荒《すさ》んだ印象を与える男たちがおれの塒《ねぐら》の周《まわ》りをうろついてなかったか？」

「そういう連中も見かけなかったけど、しばらく様子をうかがってみようか」

「そこまでしなくてもいいよ。チコ、ありがとな。そのうち何かで必ず埋め合わせをすらあ。お疲れさん！」

多門はチコに謝意を表し、通話を終わらせた。

部屋を出て、地上二階に降下する。

多門は借りつづけているクラウンに乗り込み、千駄ヶ谷に向かった。目的地まで二十数分しか要さなかった。

多門は不動産会社の社員を装って、空ビルをくまなく歩き回った。無人だった。読みが浅かったようだ。

多門はレンタカーの中に戻った。渋谷の投宿先に引き返す。何かと世話になっている情報屋に電話をしてみたが、何も手がかりは得られなかった。

杉浦から連絡があったのは夕方六時過ぎだった。声が弾んでいる。

「杉さん、何か手がかりを摑んだようだな」

「当たりだ。いま葉山マリーナにいるんだが、従業員の証言で堂珍が自分のクルーザーの船室《キャビン》の中で京陽医大の高梨副院長と何度かひそひそ話をしてたらしいんだよ」

「二人には接点があったわけだ。おれたちの筋読《すじよ》みは正しかったんだな」

「そうだろう。マリーナの責任者には現職刑事だと嘘ついて、防犯カメラの映像を観《み》せてもらったんだ。堂珍が先に『アマンダ号』に乗り込んで、数十分後に京陽医大の高梨副院長がクルーザーに入るところがばっちり映ってたよ」

「そう。二人は時には出航して、沖で錨《アンカー》を落とし、密談に耽《ふけ》ってたんだろうな」

　多門は言った。

「マリーナの責任者も、そう証言してた。もちろん、操船してたのは堂珍だったよ。二人は伊豆大島《いずおおしま》近くで、トローリングを愉《たの》しんだこともあったらしい。堂珍は側近の下條要を『アマンダ号』に乗せて、沖に出ることもあったそうだ」

「これで旧帝大系七つの大学病院に残忍なテロを仕掛けたのは、堂珍と高梨の二人だったと判断してもよさそうだ」

「そうだな。二人は共謀して、下條要に汚れ仕事をさせたにちがいねえよ」

「元刑務官の下條は堂珍の忠実な飼い犬だったんだろうが、そこまで言いなりになるもんかな」

「でっかい餌《えさ》をちらつかされたんで、下條は無法者やハッカーを使って、ダーティー・ビジネスに励んできたんじゃねえか。分け前は一億や二億じゃなく、五億円以上なのかもしれないぜ」

「そうなんだろうな」

「下條は刑務所で多くの服役者に接してきたんで、犯罪者たちの中に性根《しょうね》の腐ったのが少なくないことを知ってるはずだ」

「もしかしたら、下條は堂珍にさほど忠誠心なんか持ってない？」

「ああ、ひょっとしたらな。堂珍の指示通りに動いてれば、銭はたっぷりと得られる。それだけの打算しかなかったら、堂珍を殺《や》るかもしれねえな」

「そうなら、下條は悪党も悪党だね」

「けど、所詮は小悪党だよ。小判鮫やハイエナみたいにお零《こぼ》れを期待してるんだろうからな」

「言われてみれば、確かにね。てめえの手をまったく汚さないで、妬《ねた》んでた旧帝大系の大学病院をすべて機能不全にさせた京陽医大の高梨副院長のほうが大悪党か」

「おれは、そう思うよ。医療マフィアの堂珍はまだ甘いな。『慈愛会』を強引な手口で買収したら、京陽医大から高梨の息のかかった優秀なドクターを引き抜けると思ってるんだろうが、それは単なる餌で……」

「いざとなったら、高梨は堂珍を突き放して一切《いっさい》協力はしないかもしれない？」

「高梨は異常なほど愛校心が強くて、京陽医大が帝都大や京和大のはるか下にランクされてることがどうしても我慢できなかったんじゃないか。で、うまく堂珍を唆《そそのか》して旧帝大系の大学病院を潰《つぶ》させたのかもしれないぞ」

「杉さんの推測が正しかったら、堂珍が『慈愛会』を買収し終えても、高梨は表向きの理事長になる気はないんだろうな」

「だと思うよ。高梨は誰かに堂珍を始末させ、下条を新理事長に据《す》える気でいるんじゃねえか。で、陰で下條を操《あやつ》って銭の力で憎んでる京陽医大の院長一派を分裂させ、てめえが院長の座につきたいと考えてるのかもしれないぜ」

杉浦がそう言い、電話を切った。

それから間もなく、死んだ米原が使っていたスマートフォンに着信があった。ディスプレイに目をやる。発信者は下條要だった。

「多門だな？」

「そうだ」

「おれのブレーンが、資産家の久能繁之助と精神科医の小宮諭を拉致して監禁してる」

「なぜ二人を……」

「甥の轢《ひ》き逃げ事件の件でボスに偽の篤志家を演じさせられた久能が『タフネスの会』

の小宮代表を騙《だま》し通せなくなって、からくりを教えたようなんだ。それで、二人は警察に相談に行きそうになったんだよ。久能の甥がジャガーで轢き殺したのは、ボスの用心棒のひとりだったんだ。ボスは探偵社の調査員と交通事故鑑定人を使って、轢き逃げ犯が資産家の甥であることを突きとめさせた。もちろん、潜伏先もな。久能は甥が逮捕《パク》られることを避けたかったんで、ボスの言いなりになったというわけだ」

「そうだったのか」

「二人は川崎市宮前区《みやまえく》野川《のがわ》にある休業中の洋食屋『マックス』の店内に監禁してるんだ。相馬が保管してた恐喝材料のすべてを持って、そこに来い。助っ人を連れてきたら、久能と小宮にスキサメトニウムという筋弛緩剤《きんしかんざい》を注射する。すぐに心肺停止になって、息絶えるだろう」

「おれが単身で、その洋食屋に行くよ」

「できるだけ早く来るんだ。いいなっ」

「これから、すぐ向かう」

多門は電話を切ると、相馬が使っていたトラベルバッグを手にした。その中に敵が欲しがっている物が収まっている。

多門は部屋を出て、地下二階に置いてあるレンタカーに乗り込んだ。玉川通りに出て、第三京浜《けいひん》道路をたどる。宮前区野川の外れに『マックス』はあった。

多門は借りているクラウンを店の手前に停めた。いつの間にか、暗くなっていた。

運転席を出て、店に近づく。店内は真っ暗だった。ドアはロックされていない。だが、妙にノブが重い。ワイヤーが巻きついているようだ。仕掛け爆弾《ブービー・トラップ》がセットされているのだろうか。

横に並んだラーメン屋とカレーショップの間を無断で通り抜け、多門は店の裏手に回った。特殊万能鍵を用《もち》いて『マックス』に忍び込む。通路を挟んで左側に調理場がある。

多門はスマートフォンの明かりで足許を照らしながら、一歩ずつ進んだ。

右側に和室があったが、誰もいない。その先が店のフロアになっている。カウンター席と四卓のテーブル席があった。

テーブル席の椅子にロープで縛られているのは、小宮と久能だった。二人ともぐったりとしていて、まったく動かない。

致死量の筋弛緩剤を注射されたのだろうか。多門は先に小宮ドクターの手首に触《ふ》れた。脈動は熄《や》んでいた。資産家の久能も同じだった。すでに息絶えている。

ドアのフレームにはピアノ線のような太い針金が引き渡され、三個の手榴弾《しゅりゅうだん》がぶら下がっていた。

ドアのノブと手榴弾のピンリングは細めのワイヤーと連結している。ドアを開けると、ピンリングが外れて手榴弾が爆発する仕組みになっているのだろう。昔から使われているブービー・トラップだ。

罠に引っかからなかったことは運がよかったのだろう。下手したら、ミンチにされていたところだ。

多門はスマートフォンを挟む形で、二人の死者に合掌した。踵《きびす》を返し、勝手口から建物を出た。急ぎ足で裏通りに出て、『マックス』の前に回る。

多門は視線を巡らせた。

下條の姿は見当たらなかった。配下らしき人影も目に留《と》まらない。ブービー・トラップで自分を始末できると、高を括《くく》っていたようだ。そのうち仕掛けた手榴弾が弾《はじ》けたかどうか、誰かが様子をうかがいに現われるのではないか。

多門はクラウンを四十メートルほど後退させ、暗視双眼鏡《ノクト・ビジョン》を目に当てた。言うまでもなく、その前にライトは消した。エンジンも停止させた。

三十分あまり過ぎたころ、『マックス』に近づく人影が見えた。多門はレンズの倍率を最大に上げた。下條の姿が確認できた。

多門はレンタカーから出て、休業中の洋食屋に向かった。

間合いが半分ほど縮まったとき、下條が多門に気づいた。

「ブービー・トラップに気がついたようだな」

「ああ。資産家と精神科医に筋弛緩剤を注射して、てめえが二人を死なせたんだなっ」

「さあな」

「おめ、このおれさ、なめてんのけっ」

「なんだよ、急に東北弁で喋ったりして」

「おれは興奮するど、生まれ故郷の方言さ、出てすまうんだ。悪いけ？　文句ねえべさ」

多門は怒声を放ちながら、下條に向かって駆けはじめた。

すると、下條がベルトの下から消音装置《サイレンサー》付きの自動拳銃を引き抜いた。暗くて断定はできないが、グロック26と思われる。オーストリア製の高性能拳銃だ。

「おめえに撃てるんけ？　そんだば、スライド引いて、引き金《トリガー》さ、早く絞れ。すぐ撃つべし！　おれは負けねど！」

多門は羆《ひぐま》のように両腕を掲《かか》げ、駆けはじめた。

下條が両手保持で、たてつづけに二発連射した。とっさに多門は身を伏せた。頭上を銃弾が疾駆《しっく》していった。衝撃波で頭髪が揺れる。

多門は敏捷に起き上がって、ジグザグに走りだした。

動く標的は狙いにくい。下條がハンドガンを下げ、脇道に走り入った。逃げる気なのだろう。多門は追った。

脇道に入ると、ちょうど下條が黒いRV車の助手席に乗り込んだところだった。多門は全速力で走った。

すぐにRV車は加速した。みるみる引き離されていく。忌々《いまいま》しいが、とても追いつけそうもない。諦めざるを得なかった。

「くそったれが！」

多門は表通りに駆け戻り、レンタカーに走り寄った。急いでクラウンを発進させ、『マックス』から離れる。

エピローグ

発信者が沈黙した。

次の瞬間、嗚咽《おえつ》が洩《も》れてきた。多門は、電話をかけてきた名取琴美に何も言えなかった。どんな励ましの言葉も無力だ。琴美は、ひとしきり泣きむせんだ。

精神科医の小宮諭が老資産家と一緒に休業中の『マックス』で殺害された翌日の正午前である。多門は代官山の自宅マンションにいた。前夜、自分の塒《ねぐら》に戻ったのだ。チコが言ったように、自宅周辺に多摩中央署の刑事や不審人物の姿は見当たらなかった。

「誰が小宮先生の命を奪ったのでしょう?」

琴美が訊いた。その声は、涙でくぐもっていた。

危うく多門は、元刑務官の下條が昨夜の事件に関与した疑いが濃いことを口走りそうになった。だが、すぐに思い留《とど》まった。自分が事件現場に侵入したことを明かしたら、何かと面倒なことになるだろう。それは避けたかった。

「多門さん、犯人に見当がついているのではありませんか？」

琴美が言った。

「残念ながら、思い当たる人物はいないんだよ」

「そうですか。テレビのニュースによると、小宮先生と一緒に被害にあった方は多摩在住の資産家だったらしいですね。その方は小宮先生の夢の後押しをしてくれていたのでしょうか？」

「そうなのかもしれないが、二人に接点があったのかは確認できてないんだ」

多門は苦し紛《まぎ》れに嘘をついた。被害者たちに接点があったことだけではなく、殺害された理由も察していた。しかし、そのことを喋るわけにはいかなかった。

「小宮先生は青臭かったのかもしれませんが、心の病気で悩んでいる患者に親身になって寄り添ってくれていました。そんな好人物の命を奪うなんて、惨《むご》すぎます」

「そうだね。道半《なか》ばで亡くなってしまったが、小宮ドクターの夢を叶えてやりたかったな」

「わたしも、そう思います。それにしても、人間は儚《はかな》いものですね」

「そうだが、長生きすればいいってもんじゃない。小宮ドクターは若死にしてしまったわけだが、確たる信念を貫いたんだろう」

「そうだったのでしょうけど、まだ三十代後半でした。短い生涯が気の毒で……」

「こっちも惜《お》しいと思うよ。しばらくショックと悲しみの尾は曳《ひ》くだろうが、気持ちが落ち着いたら、患者に寄り添う心療内科クリニックを探したほうがいいね」

「ええ、そうするつもりです」

「例の身代金は必ず名取家に届けるよ。ただ、もう少し時間が欲しいんだ」

「はい、わかりました。多門さんと電話で喋ったら、少し心が落ち着きました。ありがとうございました」

　琴美が礼を言って、通話を切り上げた。

　多門はスマートフォンをダイニングテーブルに置き、冷蔵庫に歩み寄った。冷凍室を覗くと、ドライカレーピラフとパスタがあった。

　どちらもレンジで温め、インスタントのコーンポタージュに湯を注いだ。早めの昼食を摂《と》ってから、多門は風呂に入った。ついでに髭《ひげ》を剃《そ》り、歯も磨く。

　ダイニングキッチンで一息ついていると、相棒の杉浦から電話があった。

「小宮と老資産家が川崎市宮前区にある休業中の洋食屋で椅子に括《くく》られたまま筋弛緩剤《きんしかんざい》を注射されて殺《や》られたな。横浜市大の法医学教室で、きょうの午後に司法解剖されるそうだ」

「杉さん、おれも事件現場に誘《おび》き出されて、殺されそうになったんだよ」

多門は前夜のことを詳しく話した。

「元刑務官の下條が堂珍に命じられ、小宮たち二人を手下に始末させて、クマも殺るつもりだったんだろうな」

「それは間違いないね」

「話は違うが、おれは葉山マリーナの近くにいるんだ。『アマンダ号』に仕掛けた盗聴マイクの自動録音機を駐車場の植え込みから回収したんだが……」

「何も録音されてなかったんだね？」

「そうなんだ。堂珍と高梨はフィッシング・クルーザーの船室《キャビン》で密談してなかったよ」

「せっかく杉さんが『アマンダ号』にワイヤレスの高性能マイクを仕掛けてくれたのに」

「ちょっとがっかりしたが、役に立つ情報をマリーナの従業員から得た」

「どんな情報？」

「ちょうど一週間後の夜明け前に堂珍は高梨とトローリングに出るんで、所有艇《てい》の整備を依頼したんだってよ。クマ、下條を動かしてた二人の男を締め上げるチャンスじゃねえか」

「そうだね」

多門はにんまりと笑って、通話を切り上げた。ネットの闇サイトを開いて、水中ドローン、プラスチック爆弾、起爆装置、リモコン、防水パウチなどを偽名で注文する。注文した物品は六本木の公園で代金と引き換えに渡されることになった。

総額代金は三十二万円だった。多門はユニークな方法で二人の黒幕を闇に葬《ほうむ》る計画を密かに立てていた。


一週間後の午前零時過ぎである。

多門は自宅のダイニングテーブルの上にゴムシートを拡《ひろ》げ、自爆型水中ドローンを手造りしはじめた。ネットで密造の仕方は学んでいた。手順は頭の中に入っている。

闇サイトを通じて買い求めた必要な部品もチェック済みだ。多門は手指《しゅし》と掌紋《しょうもん》に早乾性の透明なマニキュア液を塗り、コンポジョンC-4のカプセルを抓《つま》み上げた。軍用プラスチック爆薬の一種である。

多門は慎重にC-4に信管を挿《さ》し込んだ。カプセルの上部に起爆装置を巻きつけ、防水パウチで包み込む。

それを水中ドローンに装着させ、遠隔操作器をパソコンに繋いだ。深呼吸して、手製の自爆型水中ドローンを用意してあった大きな段ボール箱の中に静かに入れる。多門は蓋《ふた》をして、粘着テープで封印した。

ゴムシートを畳んで、自分の部屋を出る。多門は地下駐車場に下《くだ》り、ボルボXC40の運転席に入った。

堂珍一行が午前何時に出航するかまではわかっていない。多門は早めに葉山マリーナへ向かった。

第三京浜を進み、横浜横須賀《よこはまよこすか》道路経由で逗葉《ずよう》新道を南下する。百三十四号線を左折して短く走ると、やがて葉山マリーナが見えてきた。

多門はマリーナから数百メートル先でボルボを路肩に寄せた。あたりは暗かった。車内に数十分留《とど》まり、静かに車の外に出る。段ボール箱を持たずにマリーナの様子をうかがうことにしたのだ。

多門は葉山マリーナの手前で、浜に下《くだ》り降りた。暗視双眼鏡《ノクト・ビジョン》で、マリーナの桟橋《さんばし》を見る。舷灯《げんとう》の点《つ》いているヨットやクルーザーは一艘も見当たらない。

まだ堂珍も高梨も、『アマンダ号』に乗船していないのだろう。少し待つことにした。

多門は海岸通りに戻った。

と、人影が近づいてきた。よく見ると、相棒の杉浦だった。

「どうして杉さんがここに⁉」

「マリーナの駐車場の植え込みの中に隠してある自動録音機は、堂珍と京陽医大の高梨副院長の二人の声がきょうは、録音されてるかもしれねえと思ったんだよ。そうなら『アマンダ号』にいつ上船したかわかるだろうが」

「ああ、なるほどね」

「クマ、堂珍と高梨を葬《ほうむ》るつもりなんじゃねえのか？」

「一般の市民を大量に殺したり、苦しめた奴らを生かしておいちゃいけないよ」

多門は抹殺計画を杉浦に話した。

「手製の自爆型水中ドローンで『アマンダ号』を爆破させて、クルーザーもろとも悪人どもを始末するのか。面白《おもしれ》え！　おれも協力すらあ」

「杉さんは東京に戻ったほうがいいよ。自動録音機は、どのへんの植え込みに隠してあるのか教えてくれないか」

「二人のほうが作戦はうまくいくだろうよ。クマは車の中で待機して、スマホをマナーモードにしといてくれ。堂珍たちが『アマンダ号』に乗り込んだら、そっちに電話すらあ」

杉浦がそう言い、葉山マリーナのある方角に歩きだした。

多門は体を反転させ、ボルボに足を向けた。

マイカーに乗り込んで、相棒からの連絡を待つ。スマートフォンが懐で震動したのは、午前三時半ごろだった。

「クマ、堂珍と高梨だけじゃなく、下條もクルーザーに乗り込んだぜ。悪人の揃い踏みだな」

「えっ、下條も？」

「ああ。下條は何か企んでるのかもしれねえぞ」

「考えられるね。杉さん、船室の会話はちゃんと収録されてる？」

「鮮明に会話は聴こえるよ。『アマンダ号』は城ケ島《じょうがしま》沖で最初のトローリングをして、釣果《ちょうか》が悪かったら、伊豆大島まで行くようだ。下條も一級船舶免許を持ってるみたいだから、堂珍と交代で操船する気なんだろう」

「そうなのかもしれないね」

「間もなく出航するだろうから、クマは準備に取りかかったほうがいいな」

杉浦が言って、電話を切った。

多門は段ボール箱を抱えて、ボルボから離れた。少し歩いてから、浜辺に下《くだ》る。多門は手造りの自爆型水中ドローンを砂浜に置き、パソコン機器を点検した。不備はなかった。

十分ほど経過したとき、葉山マリーナを堂珍の所有艇が離れた。船体は白とマリンブルーに塗り分けられていた。全長二十メートル前後だろう。

『アマンダ号』は長者ケ崎《ちょうじゃがさき》に向かっている。多門は膝まで海の中に入り、標的をパソコンのディスプレイに表示させた。クルーザーは三浦《みうら》半島を南下し、ほどなく笠島《かさじま》に差しかかった。

そのとき、ふたたび杉浦から電話がかかってきた。

「クマ、下條が舵輪《だりん》を握ってた堂珍をロープで絞殺して、京陽医大副院長高梨の両手足を針金で括《くく》って甲板《デッキ》から暗い海に投げ込んだぜ。オートパイロットになってるようで、クルーザーは順調に走ってる」

「元刑務官の下條は下剋上の歓《よろこ》びを味わいたくて、捨て身で勝負に出たんだろう。うっちゃりは面白いが、極悪人の下條は勘弁できねえ。きっちりけじめを取ってやる！」

多門は通話を切り上げ、自爆型水中ドローンを標的に向かわせた。リモート操作で、軌道を修正する。

数分後、『アマンダ号』が派手な爆発音を轟《とどろ》かせた。真っ二つに裂《さ》けた船体がゆっくりと沈んでいく。下條は即死状態で爆死したにちがいない。自業自得だろう。

多門は段ボール箱にパソコン機器、リモート・コントローラーを投げ入れた。段ボール箱を抱え持って、海岸通りに出る。

葉山マリーナの方から杉浦が駆けてきた。

「やったな、クマ」

「杉浦さん、レンタカーはどこに？」

「電車とタクシーで、こっちに来たんだよ」

「そうだったのか。なら、ボルボで一緒に逃げ《フケ》よう」

多門は先に段ボール箱をボルボの中に入れ、運転席に坐った。少し遅れて杉浦が助手席に乗り込んできた。

多門はボルボＸＣ40を急発進させた。海水を吸ったチノクロスパンツは濡れたままだったが、なぜか不快には感じなかった。

多門はアクセルペダルを深く踏み込んだ。

本作品はフィクションであり、実在の
個人・団体などとは一切関係がありません。

本書は書き下ろしです。

実業之日本社文庫　最新刊

実業之日本社文庫　好評既刊

南　英男
刑事《デカ》くずれ

刑事を退職し、今は法で裁けぬ悪党を闇に葬る裏便利屋・郷力恭輔。彼が捨て身覚悟で守りたいものとは？　灼熱のハードサスペンス！

み71

南　英男
裏捜査

美人女医を狙う巨悪の影を追え——元SAT隊員にして始末屋のアウトローが、巧妙に仕組まれた医療事故の陰謀に鉄槌を下す！　長編傑作ハードサスペンス。

み72

南　英男
切断魔　警視庁特命捜査官

殺人現場には刃物で抉られた臓器、切断された五指が。美しい女を狙う悪魔の狂気。戦慄の殺人事件を警視庁特命警部が追う。累計30万部突破のベストセラー！

み73

南　英男
特命警部

警視庁副総監直属で特命捜査対策室に籍を置く畔上拳。未解決事件をあらゆる手を使い解決に導く。元部下の巡査部長が殺された事件も極秘捜査を命じられ…。

み74

南　英男
特命警部　醜悪

闇ビジネスの黒幕を壊滅せよ！　犯罪ジャーナリストを殺したのは誰か。警視庁副総監直属の特命捜査官・畔上拳に極秘指令が下った。意外な巨悪の正体は？

み75

実業之日本社文庫　好評既刊

南 英男
特命警部　狙撃
新宿の街で狙撃された覆面捜査官・畔上拳。本人は助かったが、流れ弾に当たって妊婦が死亡。その夫は畔上を逆恨みし復讐の念を焦がす……シリーズ第3弾！

み76

南 英男
特命警部　札束
多摩川河川敷のホームレス殺人の裏で謎の大金が動いていた――事件に隠された陰謀とは!? 覆面刑事が闇に葬られた弱者を弔い巨悪を叩くシリーズ最終巻。

み77

南 英男
報復の犬
ガソリンで焼殺された罪なき弟。復讐の狂犬となった、元自衛隊員の兄は犯人を追跡するが、逆に命を狙われ……壮絶な戦いを描くアクションサスペンス！

み78

南 英男
探偵刑事《デカ》
警視庁特命対策室の郡司直哉は探偵稼業を裏の顔に持つ刑事。正義の男の無念を晴らすべく、手段を選ばぬ怒りの鉄拳が炸裂。書下ろし痛快ハードサスペンス！

み79

南 英男
捜査魂
誤認逮捕によって警視庁のエリート刑事から新宿署生活安全課に飛ばされた生方猛が、さらに殺人の嫌疑をかけられ……刑事の誇りを賭けて、男は真相を追う！

み710

実業之日本社文庫　好評既刊

南英男
強奪　捜査魂

自衛隊や暴力団の倉庫から大量の兵器が盗まれた。新宿署の生方警部が捜査を進める中、巨大商社にロケット砲弾が撃ち込まれた。テロ組織の目的とは……!?

み7 11

南英男
首謀者　捜査魂

歌舞伎町の風俗嬢たちに慕われた社長が殺された。新宿署刑事・生方が周辺で頻発する凶悪事件との関連を探ると意外な黒幕が!?　灼熱のハード・サスペンス!

み7 12

南英男
飼育者　強請屋稼業

一匹狼の私立探偵が卑劣な悪を打ち砕く!　強請屋探偵の見城《けんじょう》が、頻発する政財界人の娘や孫娘の誘拐事件の真相に迫る。ハードな犯罪サスペンスの傑作!

み7 13

南英男
盗聴　強請屋稼業

脱走を企てた女囚が何者かに拉致された!　調査を依頼された強請屋探偵の見城豪は盗聴ハンターの松丸とともに真相を追うが……傑作ハード犯罪サスペンス!

み7 14

南英男
強欲　強請屋稼業

ヘッドハンティング会社の女社長が殺された。一匹狼探偵・見城豪が調査を始めると、背景に石油会社の買収を企む謎の団体が。執念の追跡を悪の銃弾が襲う!

み7 15

実業之日本社文庫　好評既刊

南英男
脅迫 強請屋稼業
新空港の利権にからみ、日本進出をもくろむアメリカ企業がスキャンダルをネタにゆさぶりをかける。敵対会社の調査を依頼された見城豪に迫る罠とは!?
み7 16

南英男
警視庁極秘指令
柔肌を狩る連続猟奇殺人の真相を暴け！ 初動捜査で解決できない難事件に四人の異端児刑事が集結。極秘捜査班の奮闘を描くハードサスペンス、出動！
み7 17

南英男
謀殺遊戯　警視庁極秘指令
元エリート官僚とキャバクラ嬢が乗った車が激突して二人は即死。しかし、この事故には不自然な点が。極秘捜査班が調査に乗り出すと――怒濤のサスペンス！
み7 18

南英男
偽装連鎖　警視庁極秘指令
元ＩＴ社長が巣鴨の路上で殺された事件で、タレントの恋人に預けていた隠し金五億円が消えていたことが判明。社長を殺し、金を奪ったのは一体誰なのか!?
み7 19

南英男
罠の女　警視庁極秘指令
熱血検事が少女買春の疑いをかけられ停職中に金属バットで撲殺された。極秘捜査班の剣持直樹は、検事を罠にかけた女、自称〈リカ〉の行方を探るが――!?
み7 20

実業之日本社文庫　好評既刊

南 英男
裁き屋稼業
卑劣な手で甘い汁を吸う悪党たちに闇の裁きでリベンジせよ！　落ち目の俳優とゴーストライターのコンビは脅迫事件の調査を始めるが、思わぬ罠が……。
み 7 21

南 英男
虐殺　裁き屋稼業
内部告発者の死、そしてさらなる犠牲者が——悪辣企業の密謀を暴き出せ！　不正の真相をめぐり闇の探偵コンビが格闘する、傑作クライムサスペンス！
み 7 22

南 英男
邪欲　裁き屋稼業
社会派ライターの真木がリストラ請負人の取材中に殺害された。裁き屋の二人が調査を始めると、事件の背景には巨額詐欺事件に暗躍するテロリストの影が…。
み 7 23

南 英男
毒蜜　決定版
女以外は無敵の始末屋が真の悪党をぶっ潰す——裏社会専門の始末屋として数々の揉め事を解決してきた多門剛に危険な罠が…!?　ベストセラーシリーズ決定版。
み 7 24

南 英男
毒蜜　残忍犯　決定版
マフィアか、ヤクザか…残虐すぎる犯行の黒幕は!?　旧友の新聞記者が首を切断され無残な死を遂げた。裏社会の無敵の始末屋・多門剛が真相に迫るが——。
み 7 25

実業之日本社文庫　好評既刊

南 英男
毒蜜 人狩り 決定版
六本木で起きた白人男女大量拉致事件の蛮行は、外国人犯罪組織同士の抗争か、ヤクザの所業なのか。多門は夜の東京を捜索するが、新宿で無差別テロが――！
み7 26

南 英男
毒蜜 天敵 決定版
赤坂で起きた銃殺事件。裏社会の始末屋・多門剛が拳銃入手ルートを探ると、外国の秘密組織と政治家たちを狙う暗殺集団の影。因縁の女スナイパーも現れて…。
み7 27

池井戸 潤
空飛ぶタイヤ
正義は我にありだ――名門巨大企業に立ち向かう弱小会社社長の熱き闘い。『下町ロケット』の原点といえる感動巨編！（解説・村上貴史）
い11 1

池井戸 潤
不祥事
痛快すぎる女子銀行員・花咲舞が様々なトラブルを解決に導き、腐った銀行を叩き直す！ テレビドラマ「花咲舞が黙ってない」原作。（解説・加藤正俊）
い11 2

池井戸 潤
仇敵
不祥事を追及して職を追われた元エリート銀行員・恋窪商太郎。彼の前に退職のきっかけとなった仇敵が現れた時、人生のリベンジが始まる！（解説・霜月 蒼）
い11 3

実業之日本社文庫 み 7 29

毒蜜《どくみつ》 冷血同盟《れいけつどうめい》

2023年4月15日　初版第1刷発行

著　者　南 英男《みなみひでお》

発行者　岩野裕一
発行所　株式会社実業之日本社
〒107-0062　東京都港区南青山 5-4-30
emergence aoyama complex 3F
電話 [編集]03(6809)0473 [販売]03(6809)0495
ホームページ　https://www.j-n.co.jp/
ＤＴＰ　株式会社千秋社
印刷所　大日本印刷株式会社
製本所　大日本印刷株式会社

フォーマットデザイン　鈴木正道(Suzuki Design)

ISBN978-4-408-55804-2（第二文芸）